시와 수필 同人

동포문학 6호

시와 수필 同人

동포문학 6호

1판 1쇄 발행 ‖ 2017년 9월 11일

펴낸이 : 이동렬

디자인 : 이다연

편집위원: 류재순, 김노, 변창렬, 강성봉, 전월매, 송연옥, 황해암, 곽미란

펴낸곳 : 도서출판 바닷바람

등   록 : 2014년 4월 7일 제2014-000056호

주   소 : 서울특별시 영등포구 디지털로 54길 24-1(대림2동)

전   화 : 02-836-1789   팩 스 : 02-836-0789

이메일 : wx819@hanmail.net

ISBN : 979-11-87464-07-5 93820

정 가 **13,000원**

「이 도서의 국립중앙도서관 출판예정도서목록(CIP)은 서지정보유통지원시스템 홈페이지
(http://seoji.nl.go.kr)와 국가자료공동목록시스템(http://www.nl.go.kr/kolisnet)에서
이용하실 수 있습니다.(CIP제어번호: CIP2017023443)」

디아스포라 문학의 지평선에서 만났습니다

시와 수필 때스

시와수필 同人

차례

초대시

한국 文人 시와 수필 同人

동포문학 제6호

동포•중국 文人 시와 수필 同人

시와 수필 떠人

동포문학 제6호

발간사

회장 류재순   운영위원장 이동렬

안녕하십니까.
재한동포문인협회장 류재순, 운영위원장 이동렬입니다.

우리 협회의 설립 5주년을 맞아 정말 감회가 깊습니다. 이 5년간은 우리 동포문인들은 열정과 문학에 대한 끈질긴 집념으로 디아스포라문학 영역에서 풍성한 열매를 거둔 시간이었습니다. 또 한국과 중국, 그리고 80만 재한동포사회에 끊임없이 자신들을 부각시키며 오로지 글로써 이 세상과 대화를 나누고 삶의 의의를 찾고 우리 조선족의 뛰어난 자질을 보여주면서 한중간의 문화 소통과 문학의 발전을 위해 각고의 노력을 해온 나날들이었습니다.

우리 협회와 '동포문학'은 이제 한국뿐만 아니라 중국 내 조선족, 심지어 세계 재외동포 문학인들도 관심을 갖고 사랑할 만큼 자리매김을 거듭하고 있습니다. 이는 우리들의 노력만이 아닌, 우리를 사랑하는 '법무법인 안민'을 비롯한 여러 한국 지성인들의 도움과 성원이 있었기에 가능했던 일입니다. 이에 심심한 감사를 드립니다.

앞으로도 우리 문인협회는 지성적인 사고와 행동으로 재한동포사회의 모범을 보여주며 열심히 배우고 문학 창작하는 것을 통해 우리에게 관심을 갖는 모든 분들의 사랑과 은혜에 보답해 나가겠습니다. 우리만의 디아스포라적인 문학의 새 영역을 개척하기 위해 노력하겠습니다.
재한동포문인협회의 융성발전을 기원합니다.

2017년 09월 17일
재한동포문인협회장 류재순, 운영위원장 이동렬

인사말

대표변호사 홍선식   사무국장 차홍구

동포문인 여러분, 안녕하십니까.

법무법인 안민 대표변호사 홍선식, 사무국장 차홍구 인사드립니다.

재한농포분인협회가 설립된 지도 벌써 5년이 지났네요.

우리 법무법인 안민은 그동안 이동렬 위원장님을 비롯한 동포 회원님들이 한국 정착의 어려운 여건 속에서도 창작의 필을 놓지 않고 한국은 물론, 중국에서도 열심히 글을 발표하고 책을 출판하며, 지성인의 지조를 지켜나가는 모습에 감동되어 해년마다 '안민문학상'을 설치하고 적으나마 여러분을 격려하기 위해 노력해 왔습니다.

아무리 생활이 어렵다고 해도 글을 읽고 글을 쓰고 책을 펴내는 것은 우리 조상들의 선비정신이고 지조입니다. 이런 지조를 지켜나가는 여러분의 정신세계가 정말 아름다워 보입니다.

우리 법무법인 안민은 앞으로도 지속적으로 韓中지성인간의 소통과 화합 및 네트워크결성에 앞장서서 한중간의 문화(문학)의 교류와 발전에 기여하고 있는 여러분을 돕기 위해 노력하겠습니다. 또 다문화 포함, 우리 동포들을 자기 핏줄로 알고 포용하고 이끌고 도와주며 항상 그들의 입장에 서서 그들의 인권과 삶의 지향점을 대변해 주는 역할을 지속적으로 할 것입니다.

이제 곧 한민족의 전통명절 추석이 다가옵니다. 그래서 이번 '동포문학' 6호의 출간이 이 가을에 여러분이 맺은 결실로 더 의미가 있지 않나 생각해봅니다.

여러분 건강하시고 행복하시기를 빕니다.

감사합니다.

2017년 9월 17일
법무법인 안민 대표변호사 홍선식
재한동포문인협회 고문위원회 회장 차홍구

축사

여러분 반갑습니다.

더불어민주당 국회의원 박영선 인사드립니다.

한중수교 25주년을 맞이하여 열리는 재한동포문인협회 창립 5주년과 '동포문학 6호'의 출간을 진심으로 축하드립니다.

한국과 중국 두 나라는 친근한 이웃으로서 정치, 경제, 문화 등 다양한 방면에서 오랜 역사와 문화를 함께 만들어 왔습니다.

한중수교이후, 수많은 중국동포문인들이 한국에 정주하고 체류하면서 중국문학을 한국문화와 문학에 접목시키고 디아스포라문학을 꽃피우면서 한중간의 문학예술의 발전을 위해 열심히 노력해왔습니다. 또 해마다 구로구나 영등포구를 비롯한 지역 문인들과도 다양한 문화행사를 함께 개최해 오며 70만 동포사회에 지성인다운 모범을 보여주고 있어 큰 박수를 보내고 싶습니다.

앞으로도 재한동포문인협회가 한중문화와 문학의 발전을 위해 더욱 힘써 주실 것을 바라며 이번 행사의 성공적인 개최를 기원 드립니다.

2017년 9월 17일

더불어민주당 국회의원 박영선

축사

안녕하십니까.

더불어민주당 국회의원 신경민입니다.

어느덧 무더위가 지나가고 선선한 바람이 옷깃을 스치며 가을이 왔음을 알리고 있습니다. 청명한 가을 하늘 아래에서 재한동포문인협회 창립 5주년과 동포문학 6호 출간을 진심으로 축하드립니다.

매년 출간되는 동포문학은 재한동포문인뿐만 아니라 해외에서 활동 중인 동포들의 우수한 작품을 소개해 왔습니다. 회원들에게는 창작 의욕을 고취시키고 내국인들에게는 동포들의 생활상을 쉽게 접하고 이해할 수 있는 길잡이 역할을 수행해 왔습니다.

앞으로도 동포문학이 재한동포들의 삶을 기록하며 고단하고 치유가 필요한 많은 분들의 희망과 위로가 되었으면 합니다.

녹록치 않은 환경에서도 동포문학 발전을 위해 노력하고 계시는 재한동포문인협회 회원들의 노고에 감사드리며 여러분의 건승을 기원하겠습니다.

감사합니다.

2017년 9월 17일
더불어민주당 국회의원 신경민

축사

안녕하십니까?

재한동포문인협회 창립 5주년 기념 '동포문학 6호' 출간식과 '제3회 韓中국제문화예술교류전'의 개최를 진심으로 축하드립니다. 한·중간 문화교류의 촉진을 위해 활발히 활동하고 계신 이동렬 대표 등 재한동포문인협회 회원들의 열정과 정성에 감사를 드립니다.

'제3회 韓中국제문화예술교류전'은 국내 거주 중국동포들의 문화교류의 장이자 문화예술을 기반으로 한·중간 소통을 넓혀가는 의미 있는 교류의 장입니다. 바쁜 생활 속에서도 문화예술을 통해 이웃들과 서로 소통하고자 노력하시는 재한 중국동포 여러분께 감사와 격려의 말씀을 드립니다.

금년은 한·중 수교 25주년인데 1992년 수교 이후 양국관계는 다방면에서 큰 발전을 이루어왔습니다. 최근에 한중관계가 어려움을 겪고 있지만, 양국은 훌륭한 역사적 관계와 문화적 공감대를 바탕으로 진심과 상호신뢰의 우호협력을 키워나갈 것을 기대합니다. 지금은 북한의 핵무기 개발과 미사일 도발저지를 위해 한·중간 협력이 필요한 시점입니다. 이러한 상황에서 한반도와 동북아 평화안정의 구현을 위해 동포 여러분의 힘을 모아주시기 바랍니다.

재외동포재단은 720만 재외동포들의 역량결집과 정체성 함양을 통해 글로벌 한민족네트워크를 확대하는데 많은 힘을 쏟고 있습니다. 국내 거주 재외동포의 안정과 역량강화를 위해서도 더 많은 노력을 기울일 것입니다.

다시 한 번 이번 행사 개최를 축하드리고 이번 '동포문학 6호 출간식' 및 '제3회 韓中국제문화예술교류전'을 준비하신 관계자 여러분의 노고에 깊은 감사말씀을 전하며 재한 중국동포 여러분의 가정의 건강과 행복을 기원합니다.

2017년 9월 17일
재외동포재단 이사장 주철기

축사

안녕하십니까. 중국 연변작가협회 주석 최국철입니다.

재한동포문인협회 창립 5주년기념 및 '동포문학 6호 '출간식 개최를 진심으로 축하드립니다.

한국 체류 80만 중국 조선족들 중, 수많은 조선족 작가들이 어려운 여건 속에서도 열심히 창작을 해오고 있습니다. 이들은 중국과 한국의 문화를 접목시키고 디아스포라적인 글로벌 문학을 지향하면서 한중간에서 문학(문화)의 발전을 위해 애쓰고 있습니다. 나름대로 성과도 이루었습니다. 여기에 재한동포문인협회가 구심점이 되고 있어 너무 자랑스럽습니다. 박수를 보내드립니다.

재한동포문인협회의 무궁한 발전을 기원합니다.

감사합니다.

2017년 9월 17일
연변작가협회 주석 최국철

축사

동포여러분, 반갑습니다.

사단법인 소정한중문화예술교류협회 이사장 이상규입니다.

재한동포문인협회가 벌써 창립 5주년을 맞이하고 '동포문학' 6호를 발간한 다니 너무 감개무량합니다.

지난 2012년 8월 19일, 이동렬 회장이 협회를 성립하고 줄곧 열심히 이끌 어오며 동포문학의 발전을 위해 헌신해 왔습니다. 그 길이 비록 어렵고 힘들 었지만 우리 동포문인들의 끊임없는 노력과 주위 여러 한국문인들의 도움을 받아 오늘과 같이 괄목한 성장을 이룩했습니다. 또, 재한동포사회에서 모범 을 보여주며 동포이미지 개선에도 큰 기여를 하고 있어 격려의 박수를 보내 드립니다.

귀 협회의 무궁한 발전을 기원합니다.

2017년 9월 17일
재한동포문인협회 자문위원장 이상규

축사

인사드립니다.

(주)가인국제무역 대표 이용섭입니다.

재한동포문인협회 창립 5주년 및 '동포문학' 6호 출간 기념식의 개최를 진심으로 축하드립니다.

우리 문인들은 동포사회의 지성인들로서 동포사회 이미지개선을 위해 열심히 노력할 뿐만 아니라, 동포들이 겪고 있는 실생활을 문학작품으로 써내 한중간의 문학(문화)교류와 발전을 위해 큰 기여를 하고 있습니다.

㈜가인국제무역은 재한동포문인협회 회원들이 더욱 훌륭한 작품을 창작하여 중국동포사회의 위상을 높이도록 힘써 도울 것이며 또 아름다운 雪原酒 문화가 동포사회에 더불어 뿌리내리도록 우리 문인들이 함께 노력해 줄 것을 부탁드립니다.

주최 측의 노고에 심심한 감사를 드립니다.

2017년 9월 17일

(주) 가인국제무역 대표 이용섭

축사

안녕하세요.

한국문인협회 구로지부 회장 장동석입니다.

재한동포문인협회 설립 5주년과 동포문학 6호 발행을 진심으로 축하드립니다. 그동안 우리 동포문인들은 어려운 생활 속에서도 열심히 창작을 하면서 '동포문학'을 한국사회에 널리 알려왔습니다. 동포문인들의 다양한 생각과 고민들을 작품을 통해 보여주면서 한국문인들과 소통하고 교류하고 우의를 증진시키며 한민족의 아름다운 미래를 개척하기 위해 끊임없이 노력해 왔습니다.

우리 구로문인협회는 여러분들의 각고의 노력과 문학 분야에서 이룩한 성과에 대해 경의를 표하며, 또 함께 할 수 있는 여러 프로젝트들을 고민하고 실천에 옮기도록 힘쓰겠습니다.

다시 한 번 주최 측의 노고에 감사를 드립니다.

2017년 9월 17일

한국문인협회 구로지부 회장 장동석

축사

안녕하세요.

한국 문협 남북문학교류위원회 위원장 신상성입니다.

재한동포문인협회 창립 5주년을 진심으로 축하드립니다.

한국 체류 중국동포문인들은 우리 한민족 문학의 귀중한 자산이고 한국문학과 중국문학을 섭렵하며 자신들만의 독특한 문학영역을 개척해 나갈 수 있는 큰 역량을 가졌다고 생각합니다.

우리 동포문인들이 고국에 체류하며 항상 건강하시고, 더 훌륭한 문학작품을 많이 창작해 주시기를 진심으로 기원합니다.

사랑합니다. 감사합니다.

2017년 9월 17일
한국문협 남북문학교류위원회 위원장 신상성

축사

동포문인 여러분 반갑습니다.

사단법인 한중사랑 이사장 이상부입니다.

여러분은 비록 조상의 땅에서 살고 있다고 하지만, 여러모로 척박한 삶의 환경 속에서 민들레씨앗처럼 튼튼히 뿌리를 내리면서 억척스레 생활해 오고 있습니다. 한국사회의 이런저런 비뚤어진 시각을 바로잡으며 소신을 갖고 열심히 문학창작을 하면서 동포문인들의 부지런하고 진취적이고 미래지향적이며 선비다운 기질과 올바른 이미지를 부각시켜오고 있습니다. 동포사회는 바로 여러분들과 같은 문인들이 필요합니다. 앞으로도 지속적으로 내국인들과 잘 소통하고 화합하며 더 밝은 미래를 열어가기를 기대하겠습니다.

재한동포문인협회 성립 5주년과 동포문학 6호의 출간을 진심으로 축하드립니다. 감사합니다.

2017년 9월 17일
사단법인 한중사랑 이사장 이상부

초대시

정신재 약력

〈시문학〉에 문학 평론으로 등단(1983), 〈한국
시조〉를 통해 시인으로 등단(1994).
국민대에서 문학박사 학위 취득. 문학평론가협
회 사무국장, 국민대 강사, 디지털 서울문화예
술대학 외래 교수, 세계한글작가대회 집행위원
(2015-2016)
현재 〈한국 현대시〉 주간. 국제 PEN 한국본부
이사, 한국 현대시인협회 부이사장
저서: 산문집 『내 마음의 풍경화』(시문학사)
외 16권.
수상: 문학평론가협회상, 이은상 문학상 대상,
한국 크리스천 문학상 수상

노을

일상이 있다는 건 소중한 일
노을은 산 위에서 거룩한 노래가 되고
구름을 말아 먹은 햇살이 마을로 내려와
작은 너와집을 싸고 앉아도

배따라기 주워 담는 황소의 눈자위엔
신화를 삼키고 떠난 구름이 너울댄다

햇살이 내려놓는 한숨 한 포대기는
긍정으로 새기는 풀피리에 날아가고

산새가 왜 나는지
뻐꾸기가 왜 사는지

나는 너의 바다에 와서야
치어 리더가 된 일상을 내려놓는다.

시작노트

최근 필자는 몸 시(詩) 공연 운동을 벌이고 있다. 시인이 가만히 앉아서 독자의 방문을 마냥 기다릴 수는 없다. 그래서 대중을 향하여 적극적으로 멋과 낭만을 제공하고 싶었다. 원시종합예술에서 시와 노래와 춤이 한꺼번에 연출된 바와 같이, 21세기 융합 시대에는 시인도 노래하고 춤추며 시를 읊조리는 공연을 선보여야 할 것이다.

행복은 그것을 받아들이는 자의 몫이다. 그리고 그 행복은 멀리 있는 것이 아니라, 바로 내 안과 옆에 있다. 곧 서민의 일상에서도 얼마든지 행복이 기웃거리고 있는 것이다. 그 행복을 즐기는가, 마는가는 수용하는 자의 자유다. 그래서 필자는 일상에 숨어 있는 서민들의 행복을 찾아 나서기로 하였다. 우리가 일상에 살아 있다는 것은 얼마나 좋은 일인가.

나는 누구나가 즐길 수 있는 노을을 바라보며 그것이 가져다주는 아름다움과 행복을 봄에 체현하기로 하였다. 그래서 상황이 가져다 줄 수 있는 '한숨'도 개인의 긍정적 태도 여하에 따라 아름다운 흔적이 될 수 있음을 보았다. '산새'나 '뻐꾸기'도 다 살아가는 이유가 있고, 나도 우주에 놓여 있는 생동하는 개체임에 감사할 뿐이다. 그래서 자칫 드러내고 싶은 욕망을 내려놓고 無爲自然의 자연에 안기고 싶었다. "나는 너의 바다에 와서야/ 치어 리더가 된 일상을 내려놓는다."

초대시

장동석 약력

한국문인협회, 한국시인협회, 한국수필가협회, 한국공간시인협회 세계시문학회, 서울시우문학회 회원, 現한국문인협회 구로지회 회장
제5회 올해의 좋은문학 작가상 수상, 제30회 세계시문학상 대상 수상
모범공무원 국무총리 포상 및 서울시장 등 표창, 대한민국 녹조근정훈장(대통령) 수훈
前서울특별시 구로구 문화홍보과 등 근무(행정사무관)
시집:「그대영상이 보이는 창에」,「구로동 수채화」,「그리움이라고는 더욱 말할 수 없다」외 다수

裸木

어둠이 내리는 저녁 무렵
들녘에선
나무들이
조용히

고개를 숙인다

적막한 어둠을
가슴으로 안은 채
기도하는 수도자(修道者) 형국이다

차디찬 바람 속
별빛 머금은
잎 새마다
잔잔히 음영이 번져 올 때

외로이 깃을 펴
빙빙 한 바퀴 윤무(輪舞)를 추다가
숙연히
맡겨진 일 모두 마친
순명자처럼
하늘을 향한다

詩해설

人間은 본질적으로 고독한 존재이다.

설혹 富貴와 영화를 누리는 인간일지라도 고독의 그림자에서 빠져나오는 경우는 드물다. 이는 원천적으로 단독자의 운명이 인간의 처지이고, 홀로의 운명을 외면하면서 살아가는 사람은 없기 때문이다. 그렇다면, 모두 假飾과 은폐로 자기를 내세우는 일이 있을지라도 혼자라는 운명에 스스로를 의탁하면서 살아가는 셈이다.

나무는 인간의 참 모습과도 같다.

어둠이 내리면 조용히 나로 돌아가고, 또 어둠에서 삶의 이유와 未來를 생각하면서 꿈을 꾸지만, 그 꿈들은 언제나 먼 거리에서 별빛으로 손짓한다. 이리하여 '외로이 깃을 펴' 運命에 따르는 사람의 모습으로 나무는 변모하는 것이다. 자연의 이치는 운명에 거역하는 것이 아니라, 운명에 따르는 것일지라도 이런 이치는 결국 삶의 이치와 같고, 또 이런 이치에 운명을 맡기면서 살아간다는 것은 삶의 이치를 터득한 인간의 모습으로 투영된다.

고안나 약력

시인. 시낭송가, 한국오페라교육문화진흥원 추
진위원.
국제에이즈 연맹 한국 홍보이사, 부산시인협회
회원. 모닥불문학회 부회장.
시전문지 『작가와 문학』편집위원, 시전문지
『청암문학』부산시 지부장
미당문학회 이사. 미당시낭송회 회원, 한국낭송
가협회 전문 시낭송가로 활동.

노을

이것은 마음이야

봄 빠져나온 생각이지

잠자리 들기 전

쓰는 그림일기

먼 벌판 서성이며

서녘 하늘 품었다 가지

보고 들은 모든 것 비우는 시간

잠시, 하늘은 무릉도원

복사꽃 만발하지

둥근 천정 속에 갇힌

내 사랑, 몇 발자국 더
내 곁 비껴 갈 때
몸 바꾸며
서산의 해 지네

시인의 해설

누구나 서산의 지는 노을을 바라보며 석류알같은 가슴앓이 한번쯤은 해 보았을 것이다. 땀 흘리며 고단한 하루를 마감하고 집으로 돌아가는 길목 어디쯤에서 애달프도록 서러운 노을의 잔상을 물끄러미 쳐다본 자 만이 안다. 더러는 잊힌 옛사랑이 기억나기도 했을 것이며 살아온 시간을 되돌려 보며 남은 날들을 계수해 보기도 했을 것이다. 기억 속에 잠겨있는 노을빛의 추억이 새삼 그리워지는 시간, 잠시 휘청거리며 아름다운 여운 속으로 비집고 들어가 젊은 날의 내가 되어 보기도 했을 것이다. 생각 속에 머무르고 싶었던 순간순간들이 현실이 되어 내 앞에 나타났으면 하는 착각도 해 봄직하다. 이렇듯 세상에 영원한 것은 아무것도 없을진대 하물며 우리의 삶은 오죽하랴? 새벽을 깨우며 땀 흘리는 동안 우리의 발은 서쪽을 향해 행진하고 있음을 깨닫게 될 것이다.

'노을'을 바라보다 문득 태양의 몸을 빠져나온 생각이라고 느꼈다. 하루를 마무리하며 쓰는 일기처럼 보고 들은 모든 것 비우는 행위 같았다. 가장 아름다운 한때를 보내는 절묘한 순간, 또 다른 이상향의 별천지가 궁금했다. 복사꽃 지듯이, 노을빛이 내 곁을 비껴가듯이 내 사랑도 영원하지 않아 안타까울 뿐이다. 서산의 노을이 지고 싶어질까?

한국 文人

시와 수필 隨人

김남희 약력

사천시 삼천포 출생, 시 전문지 심상 등단. 부산
문인협회•부산시인협회•한국 월간문학•모닥불•
한올문학•작가와 문학 회원.
한국 가람문학 문학상•최치원문학상•부산시인
협회 우수상•한올문학 본상•작가와 문학 문학
상 수상. '노을과 함께 물들어가는 풍경' 외 4권
상재

코스모스

하늘 한 자락 휘휘 둘러 감고
바람 부는 언덕에 서서
떨고 있구나
너는

기다리다 지친 그리움을
핏빛으로 물들이고

못다 태운 열정 미련으로 남아

이 가을
깊은 한숨으로 떠도는 너

그 뒤를 사모하기에
저무는 들녘 초연히 불 밝히고
그토록 목을 늘려 기다리는가

그리움이 사무칠수록
짙어가는 향기
청순한 꽃잎 하얗게 바래지던 날
어느 소녀의 책갈피에서
소중한 추억 다독이며
네 바람 접어둘까

가을에 보내는 편지

가을 발자국 소리에
잊고 살았던
당신의 안부를 묻는다

항상 가까운 거리에서도
타인처럼 느껴지는
당신과의 벽
이 가을에는
정말 헐어버릴 수 있을까

사랑은 가을하늘처럼
그렇게 멀고 깊고
푸르기만 한 것

이아침
당신의 눈빛에서
가을하늘을 읽는다

김태겸 약력

서울대학교 경영학과, 미국 노터대임 대학교 경영학 석사(1983)
강원도 행정 부지사. 전국시도지사협의회 사무총장, 한국건강관리협회 서울시 동부지부장 역임. 現㈜바이오인프라 감사.
계간 〈문학의 강〉 수필 등단(2014), 〈문학의 강〉 편집국장. 일현문학회•심지문학회•서초문인협회 회원. 신정부혁신론(공저)

어머니가 만든 필통

그것은 천으로 만든 필통이었다. 세로줄이 쳐져 있는 두터운 쑥색 헝겊을 사각 모양으로 잘라 덧대어 꿰매고 위에는 지퍼를 달았다. 필기도구를 대여섯 자루 넣을 수 있는 앙증맞은 수공예품이었다.

대학에 입학하던 해 어느 날, 어머니가 한지로 싼 조그만 꾸러미를 내밀었다. 포장지를 벗기자 헝겊 주머니가 모습을 드러냈다. 무슨 용도로 사용하는 물건인지 알 수 없어 의아한 표정을 지었다. 어머니는 겸연쩍은 듯 필통으로 사용하면 편리할 것이라고 말했다.

어머니는 손재주가 좋았다. 시간만 나면 재봉틀을 돌리거나 뜨개질을 했다. 낡은 옷을 다시 뜯어 수시로 체형이 바뀌는 오 남매의 옷을 그럴싸하게 만들어 내었다. 오래된 스웨터의 실을 풀어서는 목도리를 만들거나 장갑을 짜주었다. 위로 누나밖에 없었던 나는 누나의 겨울 코트를 개조한 어색한 모양의 코트를 입고 학교에 갔다가 놀림감이 된 적도 있었다. 그러나 어머니의 정성이 깃든 옷들이 부끄럽지는 않았다.

어머니는 대학에 갓 입학한 내게 무엇인가 선물을 하고 싶었을 것이다. 아버지의 사업 실패로 경제적으로 여유가 없던 시절, 궁리 끝에 장롱 속에 모아 두었던 자투리 천을 활용하여 세상에 하나밖에 없는 필통을 만들어 준 것이었다. 나는 그 필통을 책상 서랍 한 구석에 밀어 넣고는 곧 잊어버렸다.

대학교 졸업반이 되었다. 다들 취업을 준비하느라 여념이 없었다. 나는 공무원시험을 보기로 결심하고 집 근처의 독서실에 틀어박혔다. 하루에 열 시간 이상을 공부하는 강행군이었다.

나는 무엇인가 외우려 할 때는 손으로 글씨를 쓰는 버릇이 있었다. 하루에 백지 수십 장이 새까만 볼펜 글씨로 뒤덮여 버려졌다.

어느 날, 서랍을 정리하다가 그 필통을 발견했다. 마침 필기구를 여러 자루 담을 만한 필통이 필요했었는데 안성맞춤이었다. 금속제 필통은 소음이 나는 데다 딱딱해서 휴대하기 불편했다. 헝겊 필통은 바지 주머니에 쏙 들어갔고 독서실을 오가면서 손으로 만지작거리면 어머니의 따뜻한 정이 느껴지는 듯했다.

"잠깐, 뭐 좀 물어봐도 돼요?"

독서실 휴게실에서 잠시 머리를 식히고 있는데 예쁘장한 여대생이 내게 말을 걸어왔다. 가끔 마주치는 얼굴이었지만 대화를 나누어 본 적은 없었다. 무슨 말을 할까 두근거리는 가슴으로 그녀를 바라보았다.

"그 필통, 어디서 샀나요?"

시간이 있으면 차라도 함께 하자는 이야기를 기대하고 있었는데 고작 필통 이야기였다.

"산 게 아니고 어머니가 만든 거예요."

퉁명스럽게 한 마디 던지고는 이내 공부방으로 돌아왔다.

공무원시험은 논문형으로 이틀에 걸쳐 시행되었다. 과목별로 두 문제씩 출제되었는데 시험문제가 적힌 종이 두루마리가 칠판 위에 걸렸다가 타종 소리와 함께 아래로 펼쳐졌다. 문제지가 사르륵 펼쳐질 때마다 나는 초조한 마음에 어머니의 필통을 부여잡고 기도를 했다.

'부디 내가 들인 노력이 헛되지 않기를……'

다행히 문제들은 내가 공부한 범위에서 벗어나지 않았다. 그러나 어떠한 체계를 잡아 써내려갈까 생각하면 머릿속이 하얘졌다. 이상한 것은 어머니의 필통 속에서 볼펜을 꺼내드는 순간 평소 공부한 내용이 선명하게 떠오르는 것이었다. 그 다음은 머릿속의 내용을 기계적으로 답안지에 옮겨 적기만 하면 되었다.

덕분에 공무원시험은 무난히 합격하였다. 그 후 어머니의 필통은 내게 행운의 부적과 같은 존재가 되었다. 공무원 교육을 받을 때도 직장 초년병 시절에도 나는 그 필통을 내 분신처럼 지니고 다녔다.

어느덧 그 필통은 모서리가 너덜너덜하게 닳아 볼품이 없게 되었다. 해진 틈으로 필기구가 빠져 나오기도 해 더 이상 사용하기 어렵게 되었다. 하지만 나는 그 필통을 차마 버릴 수 없었다. 어머니의 정성을 저버리는 듯한 기분이 들었기 때문이었다. 기념으로 간직하려고 서랍 한 구석에 고이 넣어 두었다. 세월이 흐르는 동안 그 필통은 내게서 마술처럼 사라졌다. 어느 날 문득 생각이 나서 오래 묵은 짐들을 샅샅이 뒤져보았지만 자취도 없었다. 그 필통과 함께 내 젊은 시절의 추억도 잊혀 갔다.

이제 구십에 가까워 앙상해진 어머니를 바라볼 때면 나는 귀퉁이가 다 닳아버린 그 필통을 떠올린다. 자식의 장래를 위해 자신의 알맹이를 모두 빼주고 남루한 껍데기만 남은 듯한 그 모습에 속으로 오열하고 있는 것이다.

雲停 김윤섭 약력

시인, 칼럼리스트. (사)한국문인협회 영등포지부
사무국장(2014)
한강문학 동인, 한국문화네트워크 부회장
㈜효도실버신문사 편집인

하얀 새

새야 새야
하얀 새야

달빛 젖은
이슥한 밤

자작나무 한 가지
얻고자 하나

홀연(忽然)히 바람 일어
가지 흔드네

새야 새야
하얀 새야

라일락-1

담 너머 핀
라일락 꽃(花)

담 넘어 온
라일락 향(香)

내 맘 닮았다

라일락-2

라일락 향인가요
달빛에 실려
반쯤 열린 창(窓)으로
내게 왔네요

미정(嵋情) 박종윤 약력

수필문학 등단(1994).
한국문협 회원, 한국수필문학작가회 부회장, 구
로문협 부회장, 前수필문학 추천작가회장
작품집 '숨결로 이어진 그대', '밤하늘 반짝이는
별처럼' 외 공동문집 다수
수필문학상 수상

잠든 아내를 바라보며

잠자리에서 꿈 깨듯 눈을 지그시 떠보니, 어느 새 대낮처럼 밖이 환하다. 깜짝 놀라 시계를 보니 여섯시도 안 되었다. '유월의 해가 부지런하여 일찍 부산을 떨며 동산위에 얼굴을 내밀었나보다' 하고 중얼거리며 다시 잠을 청했다. 여느 때는 잠을 깨면 이불을 박차고 뛰쳐나갔지만 오늘 아침은 피곤한지 이부자리를 밀칠 수가 없었다. 깬 잠이 바로 오지 않아 옆에 자고 있는 아내를 바라보았다.

깊은 잠속에 떨어진 아내의 얼굴이 새삼스럽다. 턱을 괴고 내 쪽을 향해 구부리고 곤히 자고 있는 것이 아닌가. 로댕 작품의 '생각하는 사람'을 연상케 한다. 아이처럼 쌔근쌔근 조용히 자고 있는 아내의 얼굴이 퍽 평화스럽다. 오랜 세월 큰 욕심 없이 두 아들의 엄마와 아내의 자리를 지키고 지아비를 신뢰하며 살아 온 얼굴이 아닌가. 갑자기 '으응'하고 잠꼬대를 한다. 꿈속에서 '거닐다 돌부리에 혹 넘어질 뻔하지 않았나' 염려 아닌 내 입가에 미소가 일었다. 지금까지 살아오면서 이렇게 자고 있는 모습을 물끄러미 바라본 적이 좀처럼 생각이 나질 않는다. 사십여 년을 함께 살아온 정이 이제야 새록새록 하나 보다. 아내의 얼굴 구석구석을 살펴보며 함께 한 세월을 더듬어 보았다.

결혼 후 십여 년이 지난 어느 따사한 날, 둘만의 시간이 있었다. 빙긋이 웃으며 "내가 노총각을 구제한 공로자야"한다. 돌이켜 보니 결혼할 무렵 아내의 나이는 이십대 금방 넘은 나이였고 나는 갓 서른이 된 때였다. 지금이야 결혼 연령이 만혼이기에 내 나이가 늦은 편도 아니었지만 그 당시에는 노총각으로 취급받았던 때였다. 그러니 아내가 한 말이 틀리지는 않았지만 아내의 말이 내 귀를 거슬렸는지 가끔 그 말이 떠오른다. 그 때마다 '노총각을 구제한 선녀여' 하고 농(弄)을 건네기도 했었다.

아마 나처럼 반려자를 '시간의 경제적인 방법'으로 택한 사람도 드물 것이다. 사십여 년 전에 학년 말 방학이 끝날 무렵인 어느 날, ㄱ다방으로 나오라는 지인(知人)의 연락을 받고 댓바람으로 그 곳에 갔다. 양가의 부모님, ㅇ장로님, ㅊ목사님이 지금의 아내와 자리를 함께 했다. 목사님이 모인 이들을 간단히 소개한 후 "잠시 둘은 저쪽으로 가서 이야기를 나누라"는 초면인 만남 시간이 허락되었다. 해맑은 얼굴, 순박하며 건강한 모습이 눈에 먼저 들어왔다. 아마도 마음을 굳히는 데 결정적 요인이 되었다고 생각된다. 갑작스러운 만남이라 마땅히 할 말이 없어 오륙 분만에 대화를 마친 것으로 기억된다. "이제 상대를 봤으니, 둘은 나가면서 ㅇ시계점에 들려 반지를 맞추고 이틀 후인 3월 1일에 ㅈ음식점에서 약혼식을 갖자고 ㅇ장로님이 제안하여 고개를 끄덕 했다. 이렇게 우리는 오래전부터 같은 방향을 향해 살아오다가 순간적인 만남으로 부부가 되어 지금껏 살고 있다. 양가의 부모님들은 이미 서로 우리 둘을 아시고 혼담이 오고갔었다고 훗날에야 알게 됐다.

잠자고 있는 아내의 얼굴은 지난날의 곱고 앳된 모습과는 거리감이 느껴진다. 나무의 나이테 마냥 그어진 실금과 간밤에 살짝 내린 서리 맞은 머리를 보면서 세월의 무상함이 새삼스럽다. 인간은 늙어 가는 것이 아니라 익어가는 것이라는 노래 가사 말이 있지만 세월의 흔적만은 지울 수가 없다.

초등학교 운동회에서 두 어린이의 한쪽 발을 묶어서 함께 "영차 영차" 달리기 하던 모습이 떠오른다. 부부란 이렇게 함께 발맞추어 걸어온 삶이 아니었던가. 흐뭇한 생활도 있었지만 밤 새워 걱정을 나누며 두 아들을 건사한 때도 많았다. 직장 따라 이곳저곳 이사를 자주 하다 보니 '이사의 달인'이 된 적도 있었다. 지금은 두 아들의 배필을 맺어 주어 둥지에서 떠 보냈지만, 가슴 졸이며 품안에 키우던 때가 그립기도 하다. 귀여운 손주들이 가끔씩 찾아와 재롱을 부려 우리를 즐겁게 한다. 옛말에 "자식이 결혼하면 떡두꺼비 같은 손주를 안겨주어야 효자"라고 한 말이 실감난다. 자식 키울 때보다 확실히 손자가 귀엽다. 한참 일할 젊은 시절에는 자식에게는 느긋이 바라볼 마음의 여유가 없었다고 생각된다. 이젠 우리 생활은 직장에서 완전히 귀가(歸家)한 안착된 생활을 하고 있어 어린 것들을 바라볼 마음의 여유가 생겼다.

편안한 모습으로 잠속에 푹 빠진 아내를 보니 다시 한 번 아내와 함께한 흘러간 세월만큼 연민의 정이 깊음을 내 눈으로 감지(感知)한다. 봄바람처럼 부드럽고 햇볕같이 따사한 말로 스트레스를 주지 않도록 언행에 신중을 기할까 한다.

아내의 건강이 곧 내 건강이다. 깰까 봐 조심스레 그냥 일어났다.

백성일 약력

시전문지 '심상' 신인상으로 등단
주식회사 대성무역 회장

고요하여라

회천의 강물도 숨죽이고
느리게 쉬임없이 흘러간다
앞산 소나무도 비밀스럽게
요동없이 조용하다
엷은 회색 구름도 하늘인양
변신하여 숨어들고 있다

고요는 적막을 낳고
암흑과 두려움의 고통을

불러오며 태풍전야같이
때론 세상을 비웃는다

강물도 구름도 내 걸음걸음도
쉬임없이 흘러가고
흔들리는 내 마음도
고요하여라

낙엽

높고 푸른
하늘에 취하고
산천에 반하여 노래하며
익어가는
산과 들이 침묵하지만
타들어가는 단풍이
못내 아쉬워
노을의 서러움 참지 못하여
울고 있다
멍들어 가는 낙엽 들고
낭만을 찾던 내 가슴이
멍들어간다

신길우 약력

문학박사, 수필가, 시인, 국어학자.
중국 연변대학 초빙교수. 서울서초문인협회 회
장,한국문인협회 자문위원 등
現한국영상낭송회 회장, 종합문학지 '문학의강'
발행인, 문강출판사 대표.

동파와 적벽 東坡赤壁

동파(東坡)는 중국 북송(北宋)의 소식(蘇軾, 1036.12.19.~1101.7.28.)의 호이고, 적벽(赤壁)은 그가 지은 '적벽부(赤壁賦)'의 작품무대이다. 둘 다 지명인데 사실 별로 알려지지 않았던 곳이다. 동파는 작은 언덕이었고, 적벽도 강가의 붉은 절벽이었을 뿐이다. 그런 곳이 한 문인의 호로, 문학의 한 명작 무대로 각기 유명해진 것이다.

그런데 소문이 나면 덧붙여지고 과장되고, 때로는 내용도 바뀌거나 왜곡되기도 하여, 본래의 것과 다르게 되기도 한다. 소식의 '동파'와 '적벽'도 그 한 예가 되기도 한다.

북송(北宋)의 감관고원(監官告院)을 맡았던 소식이 왕안석(王安石)의 개정 신법을 반대하다가 1071년에 스스로 지방 근무를 자청하여 항주통수(杭州通守)로 나갔다.

호주 지사(知事)로 있던 1079년 어사 하정신(何正臣)에 이어, 이정(李定)과 서단(徐亶) 등이 소식의 글 중에 조정의 정치를 비방하는 내용이 있다고 탄핵을 올렸다. 소식은 7월 28일 체포되어 수도로 호송되고, 8월 18일에 어사대 감옥에 하옥되어 100일 동안 갇혔다. 심문에 넘겨진 시가 100여 편이 넘었고, 모든 시의 창작의도를 설명하도록 강요받았다. 이때 어사들의 심문과 소식의 변명을 담은 기록이 '오대시안(烏臺詩案)'에 남겨져 지금까지 전해 오고 있다.

이 사건은 12월 29일 소식을 황주의 단련부사에 좌천하는 것으로 마무리되었다. 정치 관여는 않고 황주에서 거주해야만 하는 일종의 유배생활이었다. 1080년 소식은 21살인 아들 매(邁)와 함께 2월 1일 황주(黃州)에 도착했다. 황주는 지금의 호북성 황강현(湖北省 黃岡縣)이다. 생활은 매우 어려웠다. 부인은 양잠을 했고, 소식은 버려진 채 병영으로 있는 언덕을 빌려 농사를 지었다. 삶의 터전이 된 그 동쪽 언덕을 '동파(東坡)'라고 이름 짓고, 자신도 동파거사라고 했다.

소식은 위기에 앞날을 살펴 대처하고, 불행에 방도를 찾아내 삶을 일구어냈다. 그런 속에서도 시서화 재능은 끊임없이 펴나가 팔방미인 소리를 들었다. 그러한 삶에서, 이름도 없는 시골의 작은 언덕 동파가 훗날 천하의 유명한 호로 지명으로 불리게 되었다. '적벽(赤壁)'도 마찬가지이다.

"임술년 가을 7월 기망기망(음력 16일)에, 나는 손님과 함께 배를 띄우고 적벽(赤壁) 아래에서 노닐었다. 맑은 바람이 살랑살랑 불어오고 물결도 일지 않는데, 술잔을 들어 손님에게 권하며 [시경(詩經)에 나오는] 명월의 시를 읊고 요조의 장(窈窕章)을 노래했다."

소식의 '전 적벽부'의 첫머리부터 '적벽'이 나온다. 10월에 지은 '후 적벽부'에도 '적벽'에서 놀았다고 하였다.

"이에 술과 고기를 가지고 다시 적벽강(赤壁江) 아래에서 노니, 강물은 소리를 내며 흐르고 깎아지른 강 언덕은 천척이나 되는구나."

전과 후에 다 나오는 '적벽'은 황강현(黃岡縣), 곧 황주의 서북쪽 장강(長江) 가에 있다. 적갈색의 바위벼랑이어서 적벽이라 불린다. '삼국지'에 나오는 적벽대전의 적벽이 아니다. 그 적벽은 호북성(湖北省) 포기현(蒲圻縣)의 북쪽에 흐르는 장강(長江)의 남쪽 기슭에 있다. 황주의 적벽보다 더 서쪽이다.

그런데 '적벽대전'과 '적벽부'가 둘 다 유명하고, 또 이름도 똑같이 '적벽'이어서 서로 다른 지역인데도 흔히들 같은 곳으로 여기기가 쉽다.

더구나 소식은 '적벽부(赤壁賦)'에서, 황주의 적벽을 노래하면서 삼국시대의 '적벽대전'과 결부시키고 있다.

"이곳은 조조가 주유에게 공격을 당하던 곳이 아닙니까? … 바야흐로 형주를 공격하고 강릉으로 내려오며 물길을 따라 동쪽으로 가매, 크고 작은 배들이 천리까지 이어졌고, 배의 깃발은 하늘을 가리었는데, 강가에서 술을 마시며, 긴창을 가로놓고 시를 지었으니, 참으로 일세의 영웅이었으나, 오늘 어디에 있습니까?"

소식이 배를 타고 바라보고 있는 '적벽'이 바로 적벽대전의 '적벽'으로 착각하기 쉽게 되어 있다. 지리를 모르는 이는 더욱 그럴 수 있다. 두 지명의 같은 이름과 고금(古今)의 사실을 함께 활용하여, 유려한 문장과 호소력 있는 표현이 읽는 이들이 쉬 그렇게 생각하게 하기도 한다.

사람이 훌륭해지면 사람만이 아니라, 그가 살던 지명까지도 유명해진다. '동파'는 이름 없는 시골의 작은 언덕에서 당송8대가 소식을 대표하는 유명한 호가 되었고, '적벽'은 분명 두 곳인데 소식의 명작 적벽부로 말미암아 적벽대전의 적벽과 함께 둘 다 이름난 지명이 되었다.

문인은 작품으로 살고 작품을 남긴다. 이름난 작품 한 편이 얼마나 큰 영향을 주는가를 생각하게 한다.

신상성 약력

소설가, 문학박사. 동아일보 신춘문예(1979) '회귀선' 소설 당선.
한국펜클럽(PEN) 국제위원장, (사)한중문화예술콘텐츠협회 이사장, 한국문협 남북문학교류위원회 위원장, 한국현대문예평론학회 부회장. 서울문화예술디지털대학 설립자 겸 초대총장, 용인대 명예교수. 중국 천진외대 석좌교수, 국가유공자(월남참전).
수상 : 경기도문화상, 동국문학상, 한국펜문학상, 국가훈장(황조근정훈장) 등
소설집: 처용의 웃음소리, 목숨의 끝 등.
평론집: 문학의 이해, 한국소설사의 재인식 등.
수필집: 내일은 내일의 바람이, 당신의 눈을 들여다보면 등 저서 약 50여권.

영국은 영국이다

영국은 영국이다.

영국은 유럽이 아닌 또 다른 나라라며 영국인들의 자존심은 유별나다. 그들이 애살떠는 권위도 일리는 있다. 바로 반세기 전만 해도 세계를 주름잡던 영국이 아닌가. 해가 지지 않는 넓은 영토를 자랑하지 않았던가. 지구를 뺑 돌

려 보면 영국령의 허리띠가 그린벨트가 아닌 식민지 벨트로 이어져 있었다. 그 유니언잭, 끄트머리에 영국보다 몇 배나 크고 영국인보다 십 몇 배나 많은 인도인들을 지배하지 않았는가. 다시 그 끄트머리엔 '아편전쟁'을 일으켜 인도보다도 몇 배나 큰 중국을 무릎 꿇게 하여 말 불알 같은 홍콩을 잘라먹지 않았던가.

어디 아시아뿐이랴, 아프리카와 남-북미까지 그리고 호주는 아예 술안주 감, 영계 칠면조로 해서 털도 안 뽑고 꿀떡 삼켰다. 섬나라인 그들은 일찍이 해양전술을 익혀서 쪽배에 대포를 껴안고 다니면서 전 대륙을 칼질했다. 섬나라 사람들은 땅에 대한 애착이 유난하다. 제한된 땅에 눈에 띄게 불어나는 인구를 보면 땅뺏기에 안달이 날 만도 하다. 이웃나라 일본의 노략질에서 우리는 몸으로 익히 알고 있는 바가 아닌가.

역사적으로 그들은 대륙에 대한 집착으로 얼마나 잔인했던가. 사무라이 칼날 아래에서 한국을 비롯한 중국 인도지나 반도까지 얼마나 무고한 사람들이 그 칼날 아래에서 생선 횟감으로 찢겨져 나갔던가. 만주에 '노구교' 사건을 일으켜 제2차 세계대전에 불을 붙인 일본이 45년 항복을 한 지 반세기도 지나지 않아 다시 독도의 영유권을 주장하고 있지 않은가. 그들이 빼어든 훈도시 칼날의 얼룩진 피가 아직도 마르지 않고 '정신대' 문제로 이어져 아시아의 전 여성들의 한이 울부짖고 있는데도 그들은 땅에 대한 집념을 버리지 않고 있다. 그들에게 있어 땅뺏기는 어쩌면 민족성이 아닌 숙명인지도 모른다.

그래서 같은 섬나라 일본과 영국은 전 세계를 대상으로 땅뺏기에 혈안이 되었었다. 영국에서도 그들의 국호가 바로 땅이란 뜻의 잉글랜드이다. '잉글랜드'라는 말의 어원은 앵글로 인의 땅(Angle-Land)이란 데에서 유래가 되었다. 5세기까지 영국을 목대 잡고 있던 로마가 본국이 위태로워 철수하자 호랑이가 없는 굴에 토끼가 왕이라고 그 빈자리에 게르만계인 앵글로 족과 색슨족이 쳐들어갔다. 그들은 로마의 문화 흔적을 지우는 작업과 함께 이전의 주민인 켈트족을 서쪽으로 쫓아버리고 새로운 주인이 되었다. 그 중에도 앵글로 족이 더 강성하여 '잉글랜드'란 이름을 강제하게 된 것이다. 그래서 앵글로색슨족의 언어는 영어의 선조가 되어 지금은 전 세계의 언어로 군림하게 되었다.

영국 전체를 호칭하는 또 다른 이름에는 브리튼(Briton)이란 말이 있는데 이것이 영국의 원래 이름이었다. B.C. 55년 율리우스 카이사르(시저)가 로마의 대군을 이끌고 브리튼 섬을 점령한 이후 영국은 끊임없이 대륙인의 무자비한 주먹질에 코피가 터지곤 하였다. B.C. 43년에는 클라우디우스 황제가 다시 정복한 이후 약 550년간 로마인의 손아귀 속에 있었는데, 이 때 라틴어와 함께 알파벳이 정착되었다. 로마사에 의하면 브리타니아(Britannia)란 말이 나오는데 이것은 브리튼 사람들의 땅이란 뜻으로 영국에 관한 최초의 사료(史料)이다.

영국인들은 군사 제국주의 시절 그 앞에 '위대한'이란 뜻의 '그레이트 (Great)'란 말을 스스로 붙여서 지금도 그레이트 브리튼 섬이라고 부른다. 그리니치 천문대를 세워 세계 시간까지 자기 나라를 기준으로 하여 0시에 맞추도록 하였다. '대전 발 0시 50분'이 아니라, 그리니치 기준 0시 50분이다. 일본도 덩달아 국호 앞에 '대(大)'자를 붙여 대일본이라고 했으며 육군본부를 대본영, 아시아 침략의 야욕을 대동아공영권이라고 포장하는 등 위세를 부렸다. 덕분에 그들은 히로시마와 나가사끼에 원자폭탄을 뒤집어쓰고 스스로 불을 지핀 제2차 대전에서도 '큰 대'자로 '대패'하고 말았다. 스스로 위대하다느니 우두머리라느니 해봐야 큰 야욕의 뒤에는 큰 참패만 뒤따라올 뿐이라는 걸 반복되는 역사가 반증하고 있지 않은가.

그런데 우리는 거꾸로 대한민국의 '대'자를 빼어서 '한국'이라고 줄여 부르고 있다. 제1공화국이 들어서면서 미국에서 온 이승만 대통령이 겸손해서 스스로 줄여 부른 것인지는 모르지만 글자만 기준해서 말한다면 겁에 질린 강아지가 꼬리를 감추는 것 같은 어색함이다.

사실 영국이나 일본보다 몇 배나 큰 미국도 아메리카란 낱말 앞에 아무 것도 안 붙였으니 거기에 영향이 되었는지는 모르지만 어쨌든 똥 누고 난 뒤에 뒤를 안 닦은 것 같은 느낌을 지울 수 없다. 그러고 보면 세계에서 다섯 손가락 안에 드는 땅 덩어리 큰 나라들인 캐나다 호주 등이 그레이트라는 글자는 커녕 아직도 그들의 상징적인 어른인 영국의 엘리자베스 여왕을 화폐에까지 넣어서 추앙하고 있는 걸 보면 아직도 영국의 위력은 잠재하고 있는 것 같다. 사회주의 국가인 러시아도 위세스런 접두사가 없다. 잔인무도한 스탈린이 국제사회주의 강제 하에 통폐합한 소련도 땅 넓기는 세계에서 제일이어도 연방이란 낱말만 앞에 붙였을 뿐이다. 그러나 다섯 손가락 안에 드는 족속 가운데 하나인 중국은 '중화민국'이 정식 국호이다. 세계의 중심은 자기 나라라고 가운데 '중'자를 쓴 것이며 지금도 중국인들이 가장 즐겨 쓰는 말이 '제일'이라는 말이다. 제일 크다든지, 제일 먼저라든지, 제일 오래되었든지 하여튼 자기들이 '제일'이다. 그래서 인구도 13억으로 제일 많고, 소수민족도 55개로 제일 많이 거느리고, 만리장성도 제일 길다.

그런데 우리나라는 제1공화국 이후에는 미국에 대한 신판 사대주의로 앙감질하고 과거에는 중국에 대한 구판 사대주의로 비대발판이 되었었다. 그래서 중국에서는 임금을 황제(皇帝)라고 호칭해도 우리는 왕이라고밖에 못 불렀다. '황(皇)'자를 분해해 보면 '백+왕'으로서 백 명의 왕 가운데 왕이란 뜻이다. 말하자면, 왕 중 왕이다. 그러므로 우리나라 왕들은 그 많은 중국의 왕들 가운데 하나에 불과하다는 오만불손한 뜻이렷다. 그러나 어찌하랴 그때나 이때나 주먹 센 놈이 왕이다. 군사력이 강한 나라가 늘 주변을 또는 세계를 휘어잡지 않았던가.

그러한 비정한 약육강식의 논리는 지금도 유효하다. 이 시대에 미국을 능가하는 국가가 있는가. 그리하여 미국의 말 한마디를 정면으로 반박할 수 있는 나라가 있는가. 옛날이나 지금이나 우리는 늘 약소국가로 애면글면 살아왔다. 우리도 딱 한번 황제라는 글자를 붙여본 적이 있다. '고종황제'이다. 그러나 그걸로 마지막이다. 일본이 막판에 돈 안 들이고 그냥 사탕발림으로 붙여준 것이다. 그리고 왕비이자 국모인 민비를 시해하였다. 건달들을 궁안으로 들여보내어 칼질을 하고는 불태워 버렸다. 증거를 인멸시키기 위한 깜냥이었다.

그러나 나는 우리 역사를 사랑한다. 하나는 세계의 중심이라며 을러방망이 치는 중국이나, 또 하나는 우두머리이라며 자기들의 국기에서조차 흰 바탕에 새빨간 피 한 방울 딱 떨어뜨려 그려놓은 호전적인 일본에게 한반도는 위아래에서 얻어맞다 볼 일 다 보았다. 그런 섬약한 우리 민족을 사랑한다. 남을 때리기보다 그냥 맞아주는 게 속 편하다. 그것이 결코 섬약한 것이 아니다. "지는 게 이기는 것"이란 우리네 선비정신의 우듬지라는 걸 이해하려면 시간이 좀 걸릴 게다. 금세기까지 세계에서 유일하게 단일 민족으로 유지되어 오고 있는 나라는 한국밖에 없다. 늘 수동적으로 주변 국가들에게 얻어맞기만 한 우리나라가 능동적으로 군대를 해외에 처음으로 내보낸 것이 우습게도 월남 파병이라는 현대사의 일이다.

강역(疆域)의 문제는 그러나 이렇게 단순한 것이 아니다. 고구려의 광개토대왕 시절이나, 대조영의 발해 시절이나, 백제의 고대 일본 경영시절은 결코 패배주의 사관으로서 보는 수동적인 것이 아니고 공격적인 영토 확장으로서의 한민족이 아닐 수 없다. 물론 이러한 사실은 역사철학적으로 아직도 많은 고증과 토론이 경과되어야 하겠지만 어쨌든 그 주인공들은 단군 자손인 배달민족임에 틀림없다. 그들의 엉덩이에는 분명히 쑥갓색 몽골반점이 주민등록증으로 대신하고 있을 게다. 한국이란 글자의 '한(韓)'자는 이미 그 속에 '밝고 크고 하나'라는 뜻을 함축한 것이다. 그 속에 그레이트니 대빵이니 하는 말이 이미 필요 없는 것이렸다.

거의 한 세기만에 다시 중국으로 반환된 홍콩의 교체 식은 그래서 2천 년대를 눈썹 앞에 둔 당시 상징적으로 시사하는 바가 컸다. 그리하여 지난 세기 말로써 사실상 영국의 국호에 쓰이는 '그레이트나 킹덤'이라는 단어도 이제 마지막으로 삭제되어야 할 때가 되지 않았는가 본다. 인도는 이미 마하트마 간디 등의 노고로 독립이 된 지 오래며, 아프리카와 남미 여러 나라들도 영국령에서 벗어나서 이제 상당한 자체적 기반을 갖고 있다. 해가지지 않는 나라가 아니라 해가 뜨지 않는 나라가 되었다. 영국은 이제 더 이상 버틸 재료가 없다. 영어와 바바리코트 이외에는 세계시장에 내놓을 것이 없다. 영국의 파운드 경제는 계속 하강국면이다.

세계에서 제일 처음 시작한 산업혁명 그리고 르네상스 행운은 이제 더 이상 찾아오지 않는 것일까. 정녕 해가 뜰 일이 없는 것일까. 경제적인 관념의 해도 그렇지만 실제의 해도 잘 뜨지 않는다. 영국의 요리와 기후는 세계에서 가장 나쁘다는 것이 이미 잘 알려져 있다. 항상 안개가 끼지 않으면 비가 온다. 그리고 추워서 한 여름에도 긴 팔 셔츠가 있어야 하고 노인들은 엷은 스웨터가 필요하다. 그나마 멕시코 만류와 편서풍이 불어서 다소 추위를 희석시켜 주는 게 신의 은총이다.

"영국은 하루에도 사 계절을 맛본다"고 할 정도로 변덕스런 날씨다. 한 겨울에는 오후 3시면 일찌감치 해가 꼴깍하기 때문에 암흑 판인데다가 11월-2월에는 시속 60Km 강풍도 이따금 기습을 하여 혹한을 몰아다 주기도 한다.

이런 우울한 날씨 때문인지 영국인들은 잘 웃지 않는다. 늘 어둡고 신산하다. 좋게 말하면 근엄하고 조용하지만 나쁘게 말하면 삭막하고 따분하다. 같은 핏줄인데도 그런 면에선 쾌활한 미국인과 대조가 되어 당황스럽다. 기후 덕분에 바바리코트를 개발해 유명해지도록 했으니 세상에 불행만 있는 것은 아닌가 보다.

영국은 하루에 사계절이 있지만, 중국은 한 나라에 사계절이 있다. 중국의 동서남북 지역이 그대로 봄 여름 가을 겨울의 본체이다. 남부인 운남성-해남성 일대는 1년에 3모작이 가능한 열대이며, 동북 3성 소위 만주 일대는 영하 50도를 내려가는 혹한이다. 서부 신강성 지역은 1년 내내 모래바람을 일으키는 까오비 사막이 있어서 황사현상의 진원지이다. 까오비 사막과 나란히 중국의 강역을 가로로 해서 마라톤을 길게 달리는 천산산맥의 연봉들은 늘 흰 모자를 쓰고 있는 만년설이다. 까오비 사막은 지구의 지붕이라고 하는 티벳의 히말라야와 함께 아시아 지역의 기후를 조작하는 곳이기도 하다.

이근모 약력

월간문학공간으로 등단(시부문), 현대문예 시조
부문 추천작품상
광주광역시 문인협회 이사, 세계모던포엠작가회
회장, 광주시인협회 회장 역임
월간 모던포엠 문학상 본상, 광주광역시 시문학
상(광주광역시시인협회)
제6회 세종문화예술대상 문학대상
시집 '12월32일의 노래' '모란이 피는 계절' 등 8부

여승 女僧

해거름 어스름을 태우는 여인
북소리는 은은하게 울고 있었다

수덕사의 북이 속으로 울던 어느 밤
북의 공명이 흔들리고 있는 것을 알았다

공명은 자신을 흔드는 것이
본인의 삭히는 울음인 것을 미처 몰랐다

한 여자가 한 여인으로 입산 한다는 것은
북소리로 운다는 것을 누구도 몰랐다

산 그림자를 지우며
북을 치고 있는 저 여인, 저 여승

북소리 따라 흔들리는 뒤태,
여인의 뒤태일까 여승의 뒤태일까

북치는 뒤태에 그늘이 매달려서
북소리를 줍는다

눈물

눈물은 꽃 이었다
살갗의 열꽃을 받아낸
수만 송이 꽃잎 이었다

나는 한없이 울고 싶더라
너를 보듬고 울어보고 싶더라
울어서 슬픔보다 기쁨이고 싶더라

슬픔은 어제에 두고 지금은 오직
눈물로 웃음 짓는 한 송이 꽃,
그 눈물을 흘리고 있다

체온(體溫)을 달구는 눈물
내일엔 어느 길목에서 또 울고 있을 꽃

그 때에 또다시 슬퍼할 시간이 오더라도
오늘은 다만 눈물 한 방울이라도
웃음꽃으로 울고 싶은 시간

울고 있는 자여 울고 싶은 자에게 고하라
삭히지 않는 슬픔은 가슴이 녹슨다
우는 자여 웃음을 정의 하라
슬픔이 삭아 아름다운 몽돌을 만든다

울다 보면 또 하나의 기쁜 기다림을 낳고
새롭게 탄생시키는 또 하나의 꽃이 된다

그렇게 내가 울고 있는 동안
너는 신명나게 웃어야 한다

하 세월 시공을 거치는 동안
내가 울고 있는 동안
너는 그렇게 웃어야 한다

희미해진 눈물지는 자리에
흐느끼는 꽃,
기쁨으로 돌아오라.

이상규 약력

국제펜클럽 자문위원, 소정 한중문화예술협회
이사장
외교부장관 표창장•국회 안전행자위원장 표창
장•지구촌나눔봉사인대상•연변자치주 홍십자
공로패•제2회 〈고마운 한국지성인상〉, 중국 '장
백산 모드모아 문학상' 등 수상 다수.
'수필선집', '시선집' 한국인 최초 한족이 중국어
로 번역 판매.

풍선효과

주택가격을 잡으려고 한쪽을 누르니

다른 쪽이 올라간다고 야단들이야

머리를 쓰세요, 머리를~

누를 수 있도록 출세하신 기능보유자

바늘하나만 준비하면 될 것을

그걸 모르고 저 야단들을 하고 있으니

세금이 아깝다, 아까워~

극치의 이기주의

"미국과 북한이 일촉즉발인데
한심한 정객들은
앞날의 표계산에 정신없고
또
벼슬길이라면 지뢰밭도 아랑곳 않고
죄지은 범죄자가 절대 형무소는
갈 수 없다고 버둥대듯이
잘못은 인정하면서 눈물까지 쥐어짜며
벼슬은 꼭 해야겠다고 우겨대는 나라~"

우왕좌왕(右往左往)

"운전수양반! 왕초보 아니요?
아무리 운전이 서툴러도 그렇지

뒤 칸에 탄 손님들을 생각해서라도
정신 차려서 운전 좀 똑바로 하시요!
운전기사 한치 앞도 안 보여요?
이러다가 이 차 대형사고 치겠어!
기사양반 당신 아편주사 맞았어요?
여기서 빨리 세워 주시오!
할 일이 있어서 늙은 나이라도
나는 이차에서 내려야 하겠오"

"미안합니다만 이차는 브레이크가 없수
그 누구도 못 내립네다
이민 가시지 왜 이차를 타셨수?
운명으로 아시고
눈 딱 감고 하나님에게 기도나 하슈"

"야! 너 미쳤냐?
그런 한심한 사람이 어디 있어
앞으론 내 앞에서
그런 헛소리 다시는 하지 마
나까지 미친 놈 된다, 알았냐?"

송하 이양임 약력

한국문인협회 회원, 국제펜클럽 한국본부 회원,
한국여성 문학인회 회원, 오두막 문학회 회장,
한문인협회 구로지부 사무국장.
수상: 한국여성문학인회주최 여성백일장 장원,
육당 최남선 문학상 대상 등
시집: 구름의 수채화, 들꽃무늬 하늘에 피어 있
다 외 다수

가을비

한 줄기 빗물의 깨달음을
기억할 수 있다면
구름으로 피어나리라

공허한 바람들이 모여
억새꽃 마른웃음,

성스런 눈물이 마중한다면
어이 아름답다 하지 않으리

숙연한 들녘 겸손한 미소가
어찌 풍성하지 않으리
가을의 사랑 닮으리라

누에섬

썰물,
갯벌에 신발을 벗어 놓고 떠났다

조문하는 바닷가
갯벌에
연통 하나 세워 둔 자리마다
고열의 입김이 뿜어져 나왔다

샛강을 돌아

그 섬에
수면의 깊이만큼 울고 있는 파도꽃

소금꽃 피는
맨살의 작은 섬
뻐꾸기는 그 섬에서
그리움의 실을 뽑고 있다

남루한 옷 한 벌 채우지 못한
한낮의 연민으로
날실처럼 등대는 눈을 깜빡이고
밀물이 전설을 노래하고 있다

마루 최정순 약력

한국문인협회 회원, 구로문인협회 회원
문학신문 문인회 이사, 한국문인협회 독서진흥
회 회원
구로문인협회 감사

쉬는 날

토요일 일요일은
법정 공휴일 되고
5일 동안 일했으니 푹 쉬라하네

토요일에는
동창회도 가야하고

일요일에는
결혼식에 겹치기로 가야하고

토요일에는
친구 쌍둥이 아들딸 돌잔치에 가고
일요일에는
부모님 생일잔치 해드리고

이제는 제사도
토요일 일요일에 지내자고 하니
귀신이 잘 찾아올지 모르겠네

날짜 가려서 죽어야
제삿밥 제대로 얻어먹는다 하네

5일 동안 열심히 일하고
토요일 일요일은 법정 공휴일
편하게 쉬라 했지만

이틀 동안 이리 뛰고 저리 뛰고
구두가 않는 소리 하네

까만 비닐봉지

형제들과 꼭 껴안고 있던 그는
시장에서 과일을 넣으려고 떨어지는 순간
휙 지나가는 바람을 따라 나섰다

하늘 높이 올라갈 때는 신선이 되어
아주 신 나고 살맛이 났었지만
날아다니는 재미에 정신이 팔려
아차 하는 순간
가시나무에 걸렸다

빠져나오려고 하면 할수록
갈기갈기 찢기어
가슴은 까맣게 타들어 가고
떠난 것을 후회했다

분수대로 살아야 하는데

홍영숙 약력

충북 옥천 출생, 평화신문 신춘문예 소설 당선 (2006), 서울문화재단 창작지원금 수혜(2013). 소설집 '퀼트탑(2014)', 現구로문협 소설분과위 원장

물방울꽃

눈 온 다음날 아침 안양천으로 산책을 나갔다. 우리 아파트에서는 십분 정도만 걸으면 안양천 둑길과 연결된 달팽이 모양의 구름다리를 마주할 수 있다. 쌓인 눈이 발자국으로 다져진 물류센터 옆길은 반들거렸고 햇살이 퍼진 유수지의 산책로도 살얼음이 남아 발을 옮길 때마다 서걱거렸다. 둑길의 나무는 아직 떨구지 못한 잎과 잔가지에 눈을 얹고 있었다. 그 나무들 사이로 은은히 빛나는 한 나무가 눈에 들어왔다. 나무는 잎을 모두 떨군 맨몸으로 가지마다 투명하고 콩알만한 물방울을 조롱조롱 매달고 있었다. 나는 가지가

휘어질듯 물방울을 매달고 있는 모습이 힘겨워 보이고 경이로워서 한참을 그 자리에 서 있었다.

내가 스물다섯 해 넘게 이 동네에 사는 동안 죽어가던 안양천은 다시 살아났고 주민들의 사랑을 독차지하는 존재로 위상이 바뀌었다. 안양천 순례가 규칙적이 된 것은 아이들의 입시문제가 해결된 다음부터였다. 몇 년 전 의사로부터 가장 적합한 운동으로 산책을 처방 받은 뒤 내가 이 동네에 사는 이유 중의 하나도 안양천이 있어서라고 할 정도가 되었다. 계절이 바뀔 때마다 옷을 갈아입는 둑길의 가로수가 신비롭고 눈보라 속에서도 살아남아 어느새 붉은 꽃망울을 매달고 있는 철쭉이 장해서 눈시울을 붉힌 적도 많았다. 물방울 꽃만 해도 여러 번 보았을 텐데 그날따라 왜 감탄사가 절로 나오고 새삼 그 모습이 또렷이 기억에 남았는지 그 이유가 궁금했다.

청소년시절 나는 한 가지 일에 집중하면 나머지는 까마득히 잊어서 어머니에게 꾸지람을 들었다. 청소를 시켰던 날은 방바닥에 널려있는 책과 신문을 읽느라 밥상이 들어오는 것도 모르고 앉아 있다가 어머니의 노여움을 샀다. 친구를 만나러 갔을 때도 이야기에 몰두하다 보면 다른 것은 보이지 않았다. 집에 돌아와서야 친구가 무슨 옷을 입었었나 생각나지 않아 답답해하곤 했다. 산책도 마찬가지였다. 꽃이 필 때는 꽃이 사랑스러워서 그 주위를 맴돌았고 아이와 함께 나가는 날은 아이의 말에 귀 기울이느라 꽃은 그냥 꽃일 뿐이었다. 지난 봄 새순이 돋을 때는 땅을 뚫고 올라오는 그 기운참이 기특해서 연둣빛 새잎만 눈앞에 어른거렸다. 해마다 눈은 왔고 어김없이 나뭇가지에 눈은 얹혔을 텐데 나는 무엇에 골몰해서 이제야 물방울 꽃에 반하게 된 것일까.

대학 때 은사님이 알면 아직도 그 버릇 못 고쳤느냐고 야단을 칠 것 같았다. 졸업을 앞두고 문학동아리 지도교수는 나를 집으로 불렀다. 그 집에는 나 말고도 서너 명의 문학 지망생이 드나들고 있었다. 일주일쯤 지망생들을 눈여겨보던 스승은 내게 집안에 있던 어떤 나무의 상태를 물었다. 시 외곽에 있었던 스승의 정원은 천 평에 가까울 정도로 넓었고 나무의 종류도 다양했다. 스승은 정원에 나갈 때마다 나무의 종류를 내게 알려주면서 그 특성을 화제로 삼았다. 나는 나무의 상태에 대해 말하지 못했다. 내가 좋아하는 나무도 아닌데다가 그 당시만 해도 자연을 소재로 한 글보다는 인간 중심의 글에 더 흥미가 있었다. 스승은 나를 비롯한 문학 지망생들에게 말했다.

"글을 쓰는 사람은 싫은 것도 볼 줄 알아야 한다. 더구나 수필을 쓰려면 마음을 비우고 사물을 보는 습관부터 길러라."

지금까지 소재를 얻을 때마다 나는 스승의 가르침을 잊지 않으려 애썼다. 마음에 흡족한 소재를 발견했을 때는 솟구치는 열정을 누르며 냉정하려 숨을 골랐고 무거운 주제가 어깨를 짓누를 때도 그 무게를 버티느라 힘겨웠다. 그래도 가끔은 타고난 천성을 어쩌지 못하고 내 성향대로 잘난 척을 하다가 써 놓은 글이 활자화 되어서야 스승의 말을 되새기곤 했다. 나는 무엇을 이루기 위해 그렇게 달려온 것일까.

이제 나도 이순을 넘기고도 몇 해를 더 지난 나이가 되었다. 백세시대라고 해도 살아온 날보다 살아갈 날이 적은 인생이다. 한 줄기 바람에도 후두두 떨어지고 한 줌 햇볕아래 흔적도 없이 사라질 물방울 꽃처럼 앞날이 예측되지 않는다. 나는 다시 둑길의 나무들을 살펴보았다. 잎이 남아 있는 나무는 물방울 꽃이 맺히지 않고 잎을 모두 내어주고 자신을 완전히 비운 나무의 가지에만 물방울 꽃은 달려 있었다. 지금까지 내가 물방울 꽃에게 마음자리를 내주지 못했던 것은 마음 한구석을 채우고 있던 욕심 때문이 아니었을까. 나도 마음을 비우고 나면 물방울 꽃처럼 영롱한 빛을 낼 수 있을까. 그날을 기다리는 한 나이가 들어도 억울하지 않을 것 같다.

동포 · 중국 文人

시와 수필 同人

고송숙 약력

연변작가협회 회원, 재한동포문인협회 이사, 안
성문인협회 회원.
소설 '백송이의 노란 장미꽃' 수필 '푸른 달래' 시
'13월의 사랑' 등 50여 편 발표. 수필 '봄과 가을'
연변 TV공모 금상 수상, 수기 '시어머님의 유산'
연변일보 평강컵 공모 1등상 수상.

인연이라는 꽃밭에서

속초의 바다는 매혹적이다. 끝없이 펼쳐진 넓고 시원한 속초바다는 한 폭의
아름다운 그림처럼 황홀하고 눈부시다. 바다를 바라보고 그립던 얼굴을 만날
때마다 나는 인연에 감사하고 바다에 감사하고 인정에 감격하는 시간에 머무
른다.

지인의 초대로 달려간 속초해수욕장에서 시원한 바다를 바라보니 내 마음
속의 바다에서 조용하게 잠자던 이야기들이 출렁이는 파도와 함께 하나하나
씩 또렷하게 떠올랐다.

지금으로부터 16년 전에 '동춘호'라고 불렸던 배를 인연으로 속초시에 살고 있는 송화춘씨, 김성인씨, 이동구씨, 이정규씨, 박정숙씨 그리고 이름은 잊었지만 수많은 속초 사람들과 두터운 인연을 맺어왔다. 우연하게 택시기사의 소개로 내가 운영하던 음식점의 단골손님이 되며 시작된 인연은 칡넝쿨처럼 얽히고설키어 수많은 아름다운 이야기들을 엮어 내려갔다.

　손님들은 일주일에 두 번씩 '동춘호' 배를 타고 중국으로 내왕하는 소상인, 즉 '보따리 무역상'이었는데 경제적으로 부유한 나라에서 왔다고 거들먹거리거나 허풍 치는 일도 없이 몸가짐 마음가짐에서 한 점의 흐트러짐도 찾아볼 수없는 속초에서 살고 있는 분들이었다.

　손님들은 한국의 제1명산이며 겨울 산으로 이름 있는 설악산의 소개와 속초의 상징물인 수복기념탑, 속초등대, 바다 속에 자리 잡고 있는 영금정을 소개했고, 나는 중국의 명산인 장백산의 웅위로움과 신비함에 대하여, 금삼각인 훈춘의 방천변경과 21세기 제1태양이 솟은 설대산의 소개에 이야기는 끝없이 오고가며 밤을 지새웠다.

　만나는 시간이 길고 인연이 깊어지니 훈춘시의 호화로운 호텔과 수많은 민박집을 마다하고 나를 권유해서 민박집을 오픈하게 도와주고 민박집을 홍보하고 지인들을 모시고 나의 민박에 머무르면서 물심양면으로 이끌어주셨다. 그들은 민박집에 올 때마다 한 번의 세관통과에 한 박스만 허용하는 신라면을 팔지 않고 그때그때 식사를 거르지 말라며 아름아름 안겨주었고, 핸드크림이며 목캔디며 스카프까지 선물로 주면서도 더 잘 해주지 못해서 송구스러워하셨다.

　나의 일생에서 가장 값지고 무거웠던 선물은 송화춘씨가 선물한 100송이의 노란 장미꽃이었는데 지금도 내가 가장 아끼는 보물1호로 나의 곁에서 떠나지 않고 있다. 푸른 줄거리에 두 잎의 푸른 잎사귀위에 상큼하게 어여쁨을 뽐내는 노란 장미꽃은 중국으로 오는 '동춘호'에서 송화춘씨가 꼬박 하루 밤을 새우면서 만든 이 세상에 하나밖에 없는 유일한 꽃묶음이었다. 그 꽃을 접느라고 손바닥이 닳고 닳아서 빨간 속살까지 환히 꿰뚫어 보였던 송화춘씨의 두 손은 지금 생각해도 가슴이 뭉클해지며 마음이 아프다.

속초항에서 러시아의 자루비노항까지 585km, 자루비노항에서 훈춘 장령자까지 63km, 또 장령자에서 훈춘 시가지까지 8km, 이렇게 20여 시간의 기나긴 여정에 부대끼면서 귀빈실이 아닌 59명이 함께하는 일반석에 앉아오면서 뱃길의 피로를 참아가며 화려한 꽃묶음을 선물한 지극한 정성은 감격의 눈물 없이 받을 수없는 뜨거운 마음이었다.

고마움의 답례로 나도 '동춘호' 모형의 선물을 값진 걸로 구입하여 중국으로 오고가는 바닷길에 순리로운 항행을 바라는 소망을 담아 선물해드렸다. 그 후 훈춘시와 속초시가 친선 문화교류로 우호도시를 맺고 만남을 이어갈 때 우연의 일치처럼 나의 딸애도 수많은 대학 중에 속초시 동우대학에 입학하여 또다시 속초 분들의 물심양면으로 되는 혈육 같은 도움을 받으면서 떨어지려야 떨어질 수없는 운명적인 인연을 이어갔다.

나도 한국에 입국한 후 속초에 체류하면서 속초 민예총 전태극 지부장님과 이주동 문학위원장님과의 만남으로 '설악 문화제' '한중 문화교류행사' '8.15 통일문화제'와 같은 큰 행사에서 시 낭송도 하고 재중동포 초대시집에 시와 수필을 발표하여 채용생 속초시장님의 뜨거운 환대를 받기도 하였다. 민예총 속초지부의 배려로 이야기로만 듣던 설악산, 가을동화 촬영지, 청호동 갯배, 실향민들이 살고 있는 아바이마을의 골목골목을 답사하는 행운을 누려갔다.

강산이 변한다는 10여년의 세월을 한국에서 보내면서 우리는 한 핏줄인 동족이고 다 같은 단군의 후손이고 한줄기의 뿌리로 이어진 민족이며 가까운 이웃이고 형제자매라고 가슴깊이 느끼게 되었다.

딸애가 결혼할 때 두툼한 선물 보따리를 들고 몇 백리 길을 한걸음에 달려와서 축하해주신 이주동씨 송화춘씨, 중국 훈춘까지 결혼식에 참석하여 멋진 사진촬영을 맡아주신 사진작가이신 전태극씨, 그 외 16년 전부터 민박손님으로 이어진 인연의 속초손님들. 울 가족들에게 좋은 직장을 알선해주려고 동분서주하며 뛰어다니신 이주동씨. 계절마다 가자미, 꽃게, 황태를 택배로 보내주시고 해마다 유기농 감자까지 보내주신 이지선씨와 맺은 인연들은 어쩌면 형제보다 더 뜨겁고 피보다 진한 사랑이었다고 생각한다.

올해의 여름휴가에도 이주동씨 송화춘씨의 초대로 속초해수욕장에서 꿈같은 휴가를 보내면서 바다의 넉넉함과 바다보다 더 넓고 더 깊은 인연의 깊이를 실감하게 되었다.

백사장에 나란히 발자국을 남기면서 바다냄새 사람냄새를 맘껏 맡아보고 계곡의 물소리 산새들의 움직임과 고즈넉한 산사에서 목탁소리를 들으며 지나온 만남을 뒤돌아보니 인연에 감사하고 초대에 감사해서 함께한 인연들에게 고마움의 큰 절이라도 올리고 싶다.

그동안 고층건물이 빼곡한 숨 막히는 공간과 콘크리트 바닥의 차디찬 냉기가 풍기는 공기 속에서 냉랭한 기온에 젖어있던 작은 가슴에 뜨겁고 이글거리는 마음과 넓고 거대한 바닷바람을 담아온 만남은 오랜 인연에서만 느낄 수 있는 뜨거운 만남이었다.

속초바다의 싱긋한 내음과 바다처럼 넘치게 받아 안은 선물보따리를 향기나는 여자의 성숙된 마음으로 지금 내 곁에 있는 모든 인연들에게 한 아름 한 아름씩 나누어주고, 인연이라는 꽃밭에서 환희의 꽃, 축복의 꽃인 인연꽃을 더 예쁘고 더 아름답게 피워서 가슴 따뜻한 얼굴들과 오래오래 함께하고 싶다는 소망을 나의 마음 밭에 소복소복하게 심어본다.

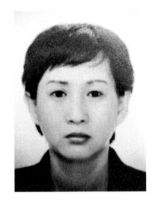

김다정 약력

훈춘 출생, 중국 연길에서 양복점 개체업
시, 수필 다수 발표.
2008년에 한국 체류, 재한동포문인협회 회원

들국화

백화가 다투어 피는 봄여름
제일 좋은 호시절 다 놓치고
가슴 썰렁 시린 가을 찬바람 속
홀로 들판에 쓸쓸히 핀 꽃이여
향기는 진하게 풍기건만
너무나 가냘프고 외로워라

차가운 그 꽃잎은
눈길마저 아련하게 보인다
언제나 환히 밝게 피고 저
실웃음 날리는 꽃이여
마음껏 애써 웃어라
잠시나마 울던 그때 잊으려무나

서산에 해님도 물들고 있다
노을빛이 꽃빛으로 불탄다

둥지

풍요로운 삶을 위해
둥지 떠난
머나 먼 고행길이여

구름처럼 떠돌다
바위처럼
굳어져 버린 내 외로운

그림자여

지붕 없는 크나큰
함지 속에
영원히 안착할 세계를
낯익은 사람들이

우주의 자궁에
생명의 노래로 주섬주섬
적어 가고 있다
땀 냄새에
눈물방울이 커다란
슬픈 둥지

작은 새들의 합창

작은 새 한 마리
나뭇가지 그 위에 내려 앉네
약한 가지 휘청 춤출 때마다
허공에 포릉 떴다 다시 앉아 우네

어느 새 많은 새들 날아와
한 마리 작은 새 울음 따라 우네
울음은 합창으로 하모니를 이루네

순식간 나무는 새들의 천지로
아름답고 황홀 하게
저저마다 목청껏 노래하며 지저귀네

내 인생의 기쁨과 슬픔, 온갖 감회가
새소리 되어 함께 울려 퍼지네
어쩔 때엔 절절하게
어쩔 때엔 애잔하게
노래되어 노래되어…

김단 약력

중국 길림성 화룡시 출생, 재한동포문인협회 회원.
넝쿨문학회 회원. 시, 수필 다수 발표

전 煎

막 써레질을 끝마친 논들은
전을 부치기 좋은 반죽이 되어
큰 전(田)에 작은 전을 부치고 있었다

전이 궁금하여 다시 찾아갔을 때는
네모반듯한 거울 위에
간이 큰 물방아 뒤 마리
쫑쫑 하늘을 헤가르고 있었고

선비 가문 후생인 백로는
거울이 깨질까
외발로 하늘을 읽고 있는데

잘 부쳐진 전은
그 아래 낮게 엎드려
누군가를 기다리고 있어
넓은 가슴에는
또 다른 전이 익어간다

도라지꽃

하늘공원에서 보았던
새 신부의
드레스보다
기품이 있어 보이는
하얀 저고리
보라치마

산이 좋아서였을까

곱순이도 밉순이도
모두 가는 도시에
진달래마저도 떠나보낸
고향 산은
물어도 대답 없고
강물만 주저리주저리

저녁 밥상에 물어보려다
쌉싸름한 향에 취하여
입을 닫고 말았다
깊은 그 맛을 믿고 싶었다

두 남자

처음 매형을 만나던 날
장난기 가득하던
막내동생은 애였다

애와 무뚝뚝한 어른은

그렇게 삼십년을 바라보게
차지도 뜨겁지도 않더니
요즘 들어 서로를 찾는 눈치다

안부 전화도 종종
가끔 술도 한 잔씩 나눈단다
말이 전혀 통하지 않는 두 사람
많이도 다른 두 사람이
무척이나 궁금하다

마른안주에 술잔 기울이는데
호랑이 같던 남자도
멋쟁이 도련님도
간 곳 없고
어깨의 힘이 빠져가는
낯선 두 남자뿐이어서
놀라 뛰쳐나오고 말았다

술상을 다시 봐주려
정육점으로 뛰어가는데
발걸음에 부서지는
가을 햇볕이 울먹인다

김미령 약력

수필 '바다가 준 행복' 흑룡강성 영동컵 수필대회에
서 은상.
수필 '나 슬퍼서 산다'는 KBS방송 우수상.
생활수기 '성공한 사람보다 가치 있는 삶' 전국애심
포럼 공모대회에서 은상 수상

님아, 그 강을 건느지마오

결혼 1주년을 맞이하면서

오늘은 결혼 1주년이다. 남들은 결혼 10주년, 20주년을 자랑하고 축하하는
데 난 고작 1주년 가지고 이렇게 자랑하는 것이 우습기도 하다. 하지만 나는
42살에 한살 이상인 남편을 만나 결혼을 한 것이 너무 소중하기에 1주년을
누구보다 소중하게 지내고 싶었던 것이다.

그리고 이 나이에 결혼해 서로 적응하면서 그 1년을 용케도 버텨왔다는 것

에 자축하고도 싶었고 앞으로 살날을 더 희망차고 자신 있게 그려보고도 싶었던 것이다.

"결혼은 아무나 하나"

이쯤에서 생각나는 말이다. 물론 결혼은 아무나 할 수 있지만 그것을 오래토록 혹은 끝까지 영위해 나가는 부부는 과연 얼마나 될까?

그때 조금만 참았을 걸, 그때 조금만 더 이해하고 양보했을 걸, 그럼 이혼은 안 했을 텐데… 요즘 주위에 이런 말을 많이 들으면서 결혼에 대해 더 진지하고 소중하고 어렵게 생각해본다.

세상 부부로 살아가는 사람들, 혹시 누가 먼저 영영 자기 곁을 떠날까 그런 생각을 해본 사람은 별로 없을 것이고 그거 또한 부질없는 생각이라고 말할 거다. 하지만 나는 그런 걸 한번쯤은 생각해 볼만 하다고 말하고 싶다. 늘 곁에 있으니 소중함을 모르고 지내고 미워하기도 하고 티각태각 하면서 많이 싸우면서 살아온 부부에게는 더욱 그렇다.

나처럼 결혼한 지 1년도 안 되는 초보 부부한테는 더 그럴 것이다. 부부로 만나지 않았다면 평생 만날 수도 없었던 두 사람, 남남이 만나서 한 집에서 한 이불에서 살면서 인연을 맺은 부부, 가장 쉽게 부를 수도 있고 또한 가장 어렵게 부를 수 있는 게 부부이다.

완전 남다른 가정과 세상에서 살다가 둘이 만나서 서로 코드를 맞춰 살자니 쉬운 일은 아니다. 모든 것은 듣기 좋고 쉬운 말로만 하는 이론으로 사는 게 아니고 살아가는 와중에 좀씩 터득하면서 경험할 수밖에 없다.

결혼할 때는 백년가약 맺으며 행복하게 살리라 맹세했지만 그게 마음대로 되지 않아 사소한 일로도 다투고 싸우나 화내고 상처를 주고 그게 더 심각한 지경에 이르면 이혼하거나 가출하거나 살인도 하게 되는 부부.

"부부수업 파뿌리"라고 부부수업은 평생 서로 배워가며 몸으로 익혀가며 서로 믿고 이해하고 양보하면서 살아야 하는데 그것을 제대로 하는 부부가 많지 않을 것이다.

그냥 아무런 생각과 느낌이 없이 대충 사는 부부, 이젠 그냥 책임감 하나로 살아간다는 부부, 원수처럼 말도 잘 건네지 않으면서 사는 부부, 연애하거나 결혼할 때와 완전 다른 사람으로 살아가는 부부가 의외로 많다.

물론 처음처럼 불과 같이 뜨겁게 원앙새 사랑을 하는 부부가 더 많겠지만 나는 어쩐지 행복하게 사는 부부를 보면 정말 대견스럽게 느껴진다.

부부 인생에는 큰 삶의 지혜가 들어있다는 것을 나는 몸으로 조금씩 느끼고 있다. 이제 걸음마를 걷기 시작한 나의 결혼생활, 많은 것을 적응해야 하고 겪어야 했지만 그래도 결혼을 할 수 있었던 자신이 너무 좋았고 지금의 생활이 너무 행복하다.

아무나 다 하는 결혼도 사실 그렇게 쉽게 해서는 안되는 결혼이다. 한번 가면 웬만해서는 다시 돌아보거나 돌아올 수 없는 길이니 선택할 때는 후회가 없도록 해야 하는 것이 결혼이다.

부부는 하늘이 우리에게 준 가장 큰 선물이라는 것을 가슴에 새기고 아끼고 소중히 하면서 그 부부라는 나무를 정성껏 잘 키워나가야 한다.

얼마 전 친구 부모 칠순잔치 및 결혼 50주년 축하 파티에 참가하면서 난 부부에 대해서 더 많은 것을 생각하게 됐다. 나랑 동행한 신랑은 서로 헤어지지 않고 칠순까지 살아야 하고 결혼 50주년이 아니라 60주년도 함께 즐길 수 있는 그날을 웃으며 그려보았다.

요즘 나는 향기 가득한 꽃길을 걷는 기분이다. 간혹 비바람과 눈보라가 날려도 그것을 꽃길이라고 생각하고 걸으련다. 사랑이 정이 되고 정이 사랑이 되고 꿈처럼 흘러간 세월들을 눈가에 주름으로 아로새기며 기쁨과 슬픔을 언제나 함께 하며 살아온 부부.

이 세상 오직 한사람만 사랑하면서 서로 등대가 되어주고 그림자로 살아가는 부부, 서로 떨어 지려해야 떨어질 수 없는 부부. 이런 부부가 둘 중에서 어느 한사람이 먼저 곁을 영영 떠난다면 그 하얀 슬픔은 어디에 묻을 수 있을지?

"님아, 그 강을 건느지 마오"

95세 할아버지와 86세 할머니의 사랑이야기를 다룬 다큐멘터리를 눈물 없이는 볼 수가 없었다. 보는 내내 휴지 한통을 흥건히 다 적셨다. 조용한 시골에서 그토록 끔찍하게 서로 의지하며 살던 할아버지가 먼저 세상을 떠났다, 할머니는 하늘이 무너져 내리는 거 같았지만 할아버지 곁으로 가는 날까지 그리움과 슬픔을 마음에 묻고 살아야 했다. 강 건너 할아버지를 묻어 둔 곳을 향해 소리 내어 통곡하는 할머니의 울음소리는 세상에서 가장 슬픈 사랑의 눈물이었다.

비가 맞지 않도록 서로에게 지붕이 되어 주었고, 춥지 않도록 서로에게 따뜻함이 되어주었고 외롭지 않도록 서로에게 동행이 되어 주었는데 한쪽이 사라졌으니 남은 한쪽은 어떻게 살아가야 할지…… 생각만 해도 슬픈 사랑 이야기.

우리는 아직 젊었지만 세상 끝까지 이 할아버지와 할머니처럼 서로 행복하고 사랑하는 고마운 부부로 살아갈 수 있을까?

아직도 나의 곁에서 나를 지켜주며 열심히 살아가는 나의 그 고마운 동반자에게 오늘은 만나면 따뜻한 포옹을 해주고 싶다. 그리고 "님아 우리 함께 평생 살아가요, 난 당신없이 못 살아요"라고 말하고 또 말해주고 싶다.

그리고는 우리 부부 결혼 10주년, 20주년, 30주년, 40주년 심지어는 50주년, 60주년을 기념하는 그 행복하고 멋진 날을 그려보고 싶다.

김선녀 약력

소망여행사 대표
월간 '한국인'자문위원
재한동포문인협회 이사
슈퍼차이나문화연구소 소장

나의 사랑 대한민국

제5편 '믿음, 믿음…믿음에 대한 갈망'

우리가 살면서 누구한테 믿음을 얻고 사는 것 만큼 행복한 일은 없을 것이다. 믿음만 있으면 우리가 해낼 수 있는 일은 능력이상이다, 왜냐하면 믿음이 있어야 능력발휘를 할 수 있기 때문이다.

여행사를 처음 운영할 때 가까운 지인이 별로 없었던 나한테 모든 것은 가시밭길이였다, 중국동포이고 중국현지를 그 누구보다도 잘 알고 있었기에 우리여행사에서 만드는 일정과 견적은 모든 고객님들의 마음을 사로잡을 수 있었던 것도 거짓말이 아니었다, 맞춤여행상품을 만들어서 최고의 서비스로 고객님들로 하여금 최상의 만족을 얻게 하는 것이 여행사의 취지였다.

통역을 하면서 알고 지냈던 사장님께서 지인을 소개해주신 덕분에 상해-소주-항주 여행 단체견적을 진행하게 되었다. 당시 발 맛사지, 자기부상열차, 동방명주, 황포강유람선 등은 거의 모든 동업종에서 옵션으로 진행했다. 그러나 고객님들의 여행비용을 절감하고 현지에 가서 추가비용이 발생하지 않도록 우리는 기본일정에 포함시켰다.

만족스러워하는 단체담당자님과 대화하면서 나는 단체가 거의 확정되었다는 기쁨 속에 어떻게 하면 더 잘 해줄 것인가를 고민했고 식사에서부터 차량, 호텔관련해서 다시 한 번 더 확인하면서 잘하려고 신경 썼다. 그런데 후에 불은 발등에 떨어졌다.

그 담당자분이 우리여행사에 단체를 맡기려고 했을 때 다른 일행들은 어떻게 믿고 단체비용을 맡길수 있겠냐고 해서 결국 깨지고 말았다. 10여년 전 당시 한국 돈 2천만이면 중국 연변에 아파트를 구매할 수 있었는데 당시에 5천만 남짓한 여행자금을 맡긴다는 것은 쉽지 않다는 것을 이해는 했다.

하지만 시초부터 의뢰를 하지 않았다면 적어도 아프지 않았을 것이고 상처를 받지 않았을 것이라는 생각으로 가슴이 미여지는 것만 같았다. 단체를 소개해주셨던 사장님께서 믿었던 건 사실이지만 몇 천 만원이라는 큰 돈 그때 당시 말 그대로 하늘이 무너지는듯한 기분이었다. 그 단체를 하려고 난 항공사에 사전에 계약금을 내고 자리까지 확보했던 상태였다. 게다가 우리여행사에서 만든 상품을 그대로 갖고 가서 의뢰했다는 것이다.

청천벽력 같은 일이 내 눈앞에서 벌어졌다. 원망하고 싶었다. 하지만 동포라고 해도외국인으로서는 필경 한계가 있다는 것을 다시 한 번 인정하면서 단체 팀에 대해서 더 이상 화풀이를 하지 않았을 뿐만 아니라 오히려 잘 다녀오시라고 인사를 했고 중국현지에 가서 주의사항과 중국어일상용어까지 프린트해서 드렸다.

후에 알게 된 일이지만 우리여행사 상품프로그램으로 중국여행을 진행했던 그 여행사는 고객님들에게 최상의 서비스를 못했고 일정과 다르게 옵션도 들리고 현지 식사도 좋지 않게 행사를 진행했던 것이다. 상품은 개발자만의 특권이기에 그것을 모방한다거나 응용한다면 그만큼의 효과를 볼 수 없다는 것을 그들은 미처 알지를 못했던 것이다. 그 일이 있은 후로 많은 고객들은 우리여행사를 믿고 이용해주기 시작을 했고 서로가 서로에게 소개해주면서 여행사의 성장에 많은 도움을 주었던 것이다.

그 일을 계기로 믿음의 중요성에 대해 깊이 느꼈던 나는 모든 일에 더욱더 최선을 다했다, 믿음에 대한 갈망이 나로 하여금 더 성실하고 더 열정적으로 살도록 해주었다. 그때 당시는 아프게 느낄 수밖에 없었지만 지금 생각하면 얼마나 고마운 교훈인지 감사할 뿐이다, 지금은 단체비용 맡기는 것 때문에 걱정이 아니라 오히려 계약금을 선불로 입금시키고 특가상품을 최우선으로 소개해달라고 부탁까지 해온다.

김정룡 약력

중국동포사회문제연구소 소장, 중국동포타운신
문 주간.
칼럼집 역사문화이야기 2편 , 장편소설 집 등
저서 다수 출간

풍류로 보는 조선족생활문화

조선족역사의 시작이 언제부터인가에 대해 두 가지 주장이 있다. 하나는
1636년 병자호란 때 60만 명의 인질이 청에 잡혀갔고 3년 후 주화론(主和
論)을 이끌었던 최명길(崔鳴吉, 1586~1647)이 3만 명을 조국에 데려왔을
뿐 나머지 57만 명이 청에서 살게 되었다. 당시 57만 명이면 웬만한 대도시
인구에 해당되고 그 많은 숫자가 청에서 대대손손 살았으니 조선족역사를
300년이라고 주장한다. 다른 하나는 19세기 60년대부터 만주에 이주 간 조
선인을 조선족의 1세대로 보고 조선족역사를 150년이라고 주장한다.

필자는 후자에 손을 들어주는 입장으로서 조선족역사가 150년이라고 본다.

그 근거는 한 민족공동체의 형성은 주로 문화를 토대로 이뤄진다는 것에 역점을 두기 때문이다. 즉 57만 명이 청에서 300년 살았어도 그들은 민족문화를 갖지 못하고 완전 동화되었기 때문에 조선족역사로 볼 수 없다는 것이다. 이에 비해 19세기 60년대부터 이주해 간 조선인은 만주에서 인간의 가장 기본적인 삶의 3대 요건인 의식주(衣食住)에 있어서 조선집을 짓고, 한복을 입고, 김치 된장국 먹으면서 독자적인 문화를 형성하고 한민족의 정체성을 지켜왔기 때문에 그때부터 명실상부하게 조선족의 역사라고 정리하는 것이 옳은 주장이다.

아래에 조선족이 어떻게 독자적인 생활문화로 삶을 영위해 왔는가를 살펴보자.

풍류로 보는 연변 한옥(韓屋)과 한옥(漢屋)

중국 동북지역인 길림성 연변 시골에 가면 가옥의 외관만으로 한족마을과 조선족마을이 쉽게 구분된다.

연변 조선족은 대다수가 한반도 함경북도에서 이주한 과경민(跨境民)이다. 그들은 선조들의 전통을 이어받아 산 밑에 샘물이 있고 샘물이 내를 이루고 냇물 양쪽에 작은 산맥이 뻗어 있어 포근하고 안온한 곳을 선택해 냇물 가까운 양쪽에 집을 짓고 마을을 이루고 살아왔다. 이러한 마을 자연모습을 '방곡(坊曲)'이라 하는데 우리말 '방방곡곡'이란 어휘가 여기서 유래되었고 만주에 이주 한 조선족1세대들이 한반도 선조들의 '방곡'문화를 그대로 계승하였다는 좋은 증거이다.

조선족 가옥구조는 6칸짜리가 보편적이고 잘 사는 가문은 8칸짜리였다. 외형상 지붕은 동서 양쪽을 보기 좋게 경사를 지워 좌우 앞뒤의 지붕 높이가 똑같다. 한족 가옥의 지붕은 조선족 가옥의 지붕에 비해 남북의 경사도가 크고 동서 양쪽은 경사가 없이 깎아지른 듯한 수직절벽 모양인데 지붕꼭대기와 바람벽이 직선으로 되어 있다. 그래서 지붕 모양만으로도 한눈에 조선족마을인지, 한족마을인지를 알 수가 있다.

조선족 가옥구조는 부유한 집들은 전통한옥처럼 마루가 있지만 대다수는 마루가 없다. 마루는 나무판자를 깔고 그 밑은 비어 있는 공간을 마련하여 습기를 방지한다. 여름에 마루에 앉아 식사하거나 낮잠을 자거나 책을 보거나 등등의 삶의 일부분을 차지하는 마루문화는 바람문화(필자가 지어낸 신조어)에서 유래된 훌륭한 풍류의 가옥구조이다.

출입문(연변조선족은 바닥문이라 함)을 열고 들어가면 반 평(坪) 크기에 두 뼘만큼의 깊은 바닥이 있고 바닥 북쪽에 바닥보다 조금 더 크고 세 뼘 깊이의 부엌이 있고 화구(아궁이)가 가장 낮은 곳에 자리한다. 이렇게 아궁이를 낮게 하고 구새를 높이 하는데 이런 온돌구조는 바람의 원리에 의해 불길이 잘 든다.

한족집은 부엌이 따로 있고 안방이 따로 있는데 주방이 엄청 크고 안방이 굉장히 작다. 이에 비해 조선집은 부엌간이 따로 없이 통틀어 정주간이라 하는데 온돌 면적이 넓은 것이 특징이다.

조선집은 정주간 서쪽에 안방과 고방이 남북으로 나뉘어 있다. 정주간 동쪽에 있는 방은 창고로도 사용하고 또 어떤 집들에서는 소를 키운다. 농경문화에서 소가 가장 소중한 존재로서 사람과 같이 한 집에서 사는 경우가 많다. 문은 출입문이 있고 정주간에는 창문이 있고 안방과 동쪽 방에도 출입문이 있으며 고방에는 작은 창문을 만들어 오후 햇빛을 받아들이고 통풍으로 사용한다. 정주간 출입문과 대칭으로 북쪽에 부엌문이라 부르는 출입문을 남쪽 출입문과 같은 크기로 만들어 아침 햇빛을 받을 수 있고 낮에는 집안 밝음에 도움이 된다. 특히 남북 출입문을 동시에 열면 시원한 바람이 통해 환기에 큰 역할을 한다. 이것이 바로 우리민족이 풍류원리에 의해 지은 조선집 가옥구조이다.

한족가옥은 가운데 방이 부엌간이며 면적이 굉장히 크다. 부엌간은 조선족

가옥과 달리 높낮음의 굴곡이 없다. 아궁이가 밖의 땅바닥과 수평적으로 마련되어 있고 구새가 낮아 불길이 잘 들지 않는다. 연기가 아궁이로 거꾸로 뿜어 나오는 경우가 많다. 한족가옥 부엌간은 남쪽에 출입문만 있고 북쪽에 출입문 혹은 창문이 없어 통풍이 막히고 환기가 되지 않아 아궁이에서 나오는 연기와 볶음요리가 위주인 관습으로 생겨나는 기름타는 냄새와 각종 요리냄새가 빠져나가지 못해 항상 집안에 매캐하게 이상한 냄새가 배어 있다. 간혹 부엌간 북쪽에 환기용으로 구멍을 만들지만 구멍의 크기가 고양이나 드나들 정도로 작기에 통풍과 환기에 별로 도움이 되지 않으며 집안이 햇볕을 받지 못해 항상 어둠침침하다. 한족도 풍류원리를 모르는 것은 아니겠지만 어쩐지 통풍이 없고 환기가 되지 않는 가옥구조를 고집하면서 수천 년을 살아왔다.

부엌 양쪽에 같은 크기의 안방이 있고 방안의 특징은 남쪽에 창문만 있고 출입문이 없으며 바닥이 온돌보다 훨씬 더 크다. 조선집가옥구조는 온돌면적이 큰 것이 특징이라면 한족가옥구조는 이와 정반대이다. 그래서 한족가옥은 조선족가옥에 비해 난방이 잘되지 않아 항상 춥다. 온돌 높이는 어른 엉덩이 높이와 비슷하여 오르내리기가 불편해 한족은 하루 종일 신발을 벗지 않고 산다.

석회가 없던 시절 조선집들에서는 백토 흙을 구해 바람벽에 칠하는데 한결 깨끗해 보이고 환히 밝아 보인다. 석회가 생겨난 후로는 조선집이라면 어김없이 석회로 바람벽을 칠한다. 한족가옥은 백토나 석회로 바람벽을 칠하는 법이 없이 거무튀튀한 흙으로 바람벽을 매질하여 몹시 어두워 보인다. 먼 곳에서 바람벽만 바라보아도 조선마을과 한족마을을 쉽게 구분할 수 있다. 민족마다 가옥구조가 나름대로의 다른 특징을 갖고 있는 것은 모두 저마다 자연을 인식하고 이해하고 그에 따라 생활관과 가치관이 다른 데서 비롯되었던 것이다. 필자는 한족마을 가옥구조와 조선족마을 가옥구조의 대비를 통해 우리민족이 얼마나 풍류를 중시해왔는가를 절실히 느끼게 되었다.

풍류로 보는 한복(韓服)과 한복(漢服)

중국인(한족)이 우리 조선족을 욕하는 말 두 가지가 있다. 하나는 '까오리빵즈(高麗捧子)'이고 다른 하나는 따쿠당(大褲襠)이다.

'까오리빵즈(高麗捧子)'를 직역하면 고려몽둥이다. 고려몽둥이 유래에 대해 두 가지 설이 있다. 첫째 수나라와 당나라(당태종 때)가 여러 차례 고구려(고구려와 고려가 같음)를 침략했으나 번번이 패배했다. 그때 고구려인들이 몽둥이를 잘 써 혼났다고 하며 이 때문에 고려몽둥이라는 말이 생겨나고 조선사람을 욕하는 말로 굳어져왔다고 전해지고 있다. 필자는 이 설이 별로 설득력이 없다고 본다.

'까오리빵즈(高麗捧子)'의 진짜 유래는 무엇일까?

필자가 어릴 때 엄마가 빨래 감 옷가지들을 가마에 푹 삶은 후 강가에 가서 방치로 실컷 내리 두드리는 것을 수없이 보았다. 이불이나 베갯잇 같은 빨래는 풀을 묻혀 두드리고 또 두드린다. 책 좀 봐야 하는데 엄마의 끝없는 방치소리에 진저리나던 생각이 지금도 생생하다. 조선여성들의 끝없는 방치소리에 한족들이 감탄하여 우리를 '까오리빵즈(高麗捧子)'라고 불렀다고 전해지고 있다. 필자는 이 설이 설득력이 강하다고 본다.

남자들의 한복바지가 통살도 굉장히 너르고 가랑이(표준한국어로는 밑위)가 무르팍까지 축 처져 있다. 이것을 한족들이 따쿠당(大褲襠)이라고 표현하는데 시간이 흐름에 따라 조선사람을 욕하는 말이 되었다.

왜 바짓가랑이를 그토록 너르게 디자인 했을까? 구차했던 세월 옷감을 낭비하면서까지 따쿠당(大褲襠)으로 만든 이유는 무엇일까? 그럴만한 이유가 충분히 있었다.

남자들의 거시기는 차게 굴어야 정력이 세다. 전통사회에서 남자들이 부엌에 얼씬거리지 못하게 한 것은 가부장적 남성주의에서 유래되었다기보다 남자들의 거시기가 불에 가까우면 정력이 쇠퇴하기 때문에 그랬던 것이다. 거시기를 항상 차게 하려면 바짓가랑이를 너르게 디자인하여 통풍이 잘돼야 한다. 이것이 바로 따쿠당(大褲襠)의 비밀이다. 한국남자들이 추운겨울에 아직도 내의를 입지 않는 관습이 바로 이와 같은 통풍원리에서 유래된 것이다.

한복은 매우 아름답다. 중국 56개 민족 중에 한복이 가장 아름답다고 말할 수는 없겠지만 한족들이 부러워하는 복장임에 틀림없다. 연변에서 해마다 자치주 성립 기념일인 9.3명절에 운동회를 개최하는데 조선족여성들이 아름다운 한복을 입고 그네 뛰는 모습이 마치 선녀가 하늘을 날아오르는 것과 같았다. 또 우리 엄마세대들의 하얀 한복은 산언덕을 넘나들 때면 바람에 치맛자락이 펄럭이는 모습이 신선 같았다.

중국동북지방 한족들은 나이 든 어른은 물론이고 청춘남녀들도 초겨울부터 이듬해 얼음이 풀리는 3월 말까지 윗도리 솜옷은 말할 것 없고 솜바지를 어김없이 챙겨 입는다. 이에 비해 조선족청년들은 미에 손상된다고 솜옷을 입지 않는다. 민족마다 자신들의 복장문화가 따로 있다. 어느 민족복장문화가 우수하고 어느 민족복장문화는 추하다는 주장은 맞지 않는다. 분명한 것은 조선족복장문화는 아름답기는 하지만 관절염이 많고 특히 부녀들이 냉병이 많다. 한족들은 몸을 따뜻하게 굴기 때문에 관절염이 매우 적고 부녀병도 매우 적다.

거시기를 차게 굴어야 정력이 세다는 속설은 배달민족에게는 맞는 말인지 모르겠지만 중국 한족남자들한테는 씨알도 먹히지 않는다. 중국북방, 특히 기온이 찬 동북지역 한족남자들은 늦가을부터 이듬해 청명까지 솜바지를 꽁꽁 챙겨 입어 거시기를 굉장히 따뜻하게 굴지만 그들의 정력은 조선족남자들보다 더 세면 셌지 떨어지지 않는다. 괜히 하는 말이 아니다. 정력이 약하다면 그 많은 인구생산을 어떻게 설명할 것인가? 웃자고 하는 얘기가 아니다. 실제로 한족들과 어울려 생활해보면 한족남자들이 우리 조선족남자들보다 정력이 세다는 것을 느낄 수 있었다.

풍류로 보는 한식(韓食)과 한식(漢食)

조선족자치주 연변에 가면 시장마다 조선고추가 있고 한족고추가 있다. 조선가지 한족가지, 조선오이 한족오이, 조선마늘 한족마늘, 이런 식으로 되어 있다. 조선품종과 한족품종을 어떻게 구분하는가? 대개 조선품종은 작고 야무지게 생기고 한족품종은 크고 맵거나 진한 맛이 덜하다. 우리 엄마세대들은 한족을 중국 사람이라 하고 고추도 한족고추라고 말한 것이 아니라 중국고추라고 표현하였다. 기타 종류도 마찬가지였다. 2세, 3세로 내려오면서 학교 다니고 문화적으로 중국문화에 적응하면서 차츰 중국 사람을 한족이라 부르고 고추도 중국고추라 하지 않고 한족고추라고 불렀다.

연변의 조선품종 야채들은 이민1세대들이 만주이주 시 몸에 지니고 갔고 대대로 재배하여 먹고 살아왔던 것이다. 만주에서 반세기 넘게 살아왔어도 연변시골에서는 웬만해서는 중국품종을 먹지 않고 조선품종을 고집해왔다. 마늘을 예로 들면 조선마늘이 쪽이 작고 생산소출도 중국마늘에 비해 현저하게 떨어진다. 그럼에도 불구하고 해마다 김장철이면 쪽이 크고 양이 많아 까기도 쉬운 중국마늘을 거부하고 줄곧 쪽이 작고 양이 적고 까기 힘든 조선마늘만 사용해왔다. 지금 한국에 와 있는 70만의 조선족은 중국에 있을 때보다 오히려 한국에서 마늘을 비롯해 중국산 야채품종을 많이 먹고 있다. 인간세상은 요지경, 실로 아이러니다.

조선족음식과 한족음식의 가장 큰 차이점을 꼽으라면 조선족음식은 냉식(冷食)위주인데 비해 한족음식은 열식(熱食) 위주이다.

한반도는 산 좋아 나물이 많고 물이 좋아 나물을 날것으로 먹어도 탈이 없다. 중국(한족 발상지인 중원지역)은 물이 매우 부족하고 수질이 나빠 끓여 먹지 않으면 탈이 난다. 그래서 우리민족은 냉수를 벌렁벌렁 마시는데 비해 한족은 반드시 끓여 마신다. 백두산(長白山) 산맥을 끼고 있는 연변도 산이 많아 나물이 많고 물이 좋아 냉수 그대로 마신다. 요리도 날것으로 장에 찍어 먹고 양념에 무쳐 먹는 냉식이 굉장히 많다. 특히 조선족이 냉수에 밥을 말아 먹는 것을 목격한 한족들은 마치 외계인을 바라보듯 신기해한다. 필자가 장춘에서 대학 다닐 때 가을에 운동장에서 말리는 배추를 도둑질해서 기숙사에서 고추장에 날것으로 찍어먹는 것을 본 한족학생들은 우리를 야만인 쳐다보듯 이상한 민족으로 취급하였다.

한족음식은 날것으로 먹는 것이 기본적으로 없다. 예를 들어 조선족은 오이를 날것으로 장에 찍어먹거나 김치 담가 먹는데 한족은 고기 넣고 기름에 볶아먹는다. 토마토도 계란에 볶아먹는다. 이런 식으로 한족음식은 기본적으로 열식 위주이다. 우리민족도 열식인 펄펄 끓는 국물을 잘 마신다. 하지만 입술이 데일 정도로 뜨거운 국물을 마시면서 '아~ 시원하다'라고 표현하는 민족은 세상에서 배달민족밖에 없다.

한국 벚꽃은 4월 중순 전에 핀다. 단풍은 9월 중순부터 10월 초경 절정이다. 이 두 계절이면 날씨가 쌀쌀하다. 그런데도 가족단위로 음식을 챙겨갖고 야외에서 오순도순 나눠 먹는 풍경을 흔히 볼 수 있다. 이런 야외음식문화는 바람문화(풍류문화)의 표현이다. 중국한족들은 죽었다 깨도 쌀쌀한 날씨에 야외에서 찬 음식을 먹지 않는다.

결론적으로 말하자면 조선족생활문화인 의식주(衣食住)를 살펴보면 조선족은 배달민족 선조들의 산 좋고 물 좋은 아름다운 삼천리금수강산의 풍류문화 전통을 계승하고 발전시켜왔으며 동시에 연변냉면, 연변순대, 고추순대, 감자밴새 등 수많은 음식문화를 창조해왔고 또 중국인과 혼거생활 과정에 중국문화도 많이 흡수하면서 생활해왔던 것이다. 예를 들어 조선족은 추석이면 송편 대신 월병(月餠)을 먹고 설이면 떡국 대신 물만두를 먹는다. 그렇지만 조선족의 생활문화는 한족에 동화되지 않고 아직도 전통을 굳건히 지키고 있다.

어릴 적에 조선족과 한족의 문화차이에 대해 '왜 다를까?'라는 궁금증이 엄청 많았고 한족과 조선족을 비교하는 과정에 접한 재미있는 에피소드도 엄청 많았다. 필자는 연변에서 소학교는 조선학교를 다녔고 중학교부터 대학까지 중국학교(한족학교)를 다녔다. 고등학교 2학년 때 있었던 일로 기억된다. 어느 날 한족친구가 느닷없이 나보고 "니네 조선여성들의 거시기가 차다는데 진짜냐?"라고 묻는 것이었다. 나는 어리둥절해하다가 퉁명스럽게 한 마디 쏘아붙였다. "내가 아직 해보지 못한 처지에 따뜻한지 찬지 어떻게 아느냐?" 한편 속으로 가령 조선족여성과 성경험이 있어도 동시에 한족여성과 체험해봐야 비교가 생겨 알 것 아니냐고 속으로 중얼거렸다.

그 후 사회생활하면서 한족들한테서 '조선여성들의 거시기가 차다'는 말을 많이 들었다. 실제로 한족들은 그렇다고 믿고 있었다. 젊었을 때는 한쪽 귀로 듣고 한쪽 귀로 흘려보냈는데 나이 들어 역사문화를 연구하면서 진짜일까, 허위일까 의문을 갖기 시작하였다. 그리고 답을 찾기까지 수십 년의 세월이 흘렀다.

인간은 남자든 여자든 서양여자든 동양여자든 조선족여자든 한족여자든 정상체온이 36℃~37℃로서 똑 같다. 체온이 같다면 거시기의 온도도 같다고 보아야 한다. 그런데 왜 한족들은 조선족여성의 거시기가 차다고 말하는 것일까? 결론을 말하자면 조선족여성들의 거시기가 실제로 찬 것이 아니라 그렇게 여기는, 그렇다고 여기는 관념상의 인식에서 유래되었던 것이다. 즉 조선족여성들이 복장도 엷게 입어 몸이 차고 음식도 냉식이 위주인 찬 음식을 먹기 때문에 조선족여성의 몸이 찰 것이니 거시기도 차지 않겠느냐는 관념인식이 머리에 박혀서 어처구니없는 이야기를 지어냈을 것이다.

김재연 약력

1970년 길림성 반석현 출생, 교사직에 종사, 1989년 도라지잡지에 첫 처녀작 발표, 시 다수 발표, 2004년에 한국 입국. 문학춘추로 한국 문단 데뷔
시 '곰취'로 2017년 한국 제1회 설원컵문학상 시부문 우수상 수상
현재 재한동포문인협회 사무국장, 한국아모레페시픽 화장품사업에 종사

구월

삼복에 후줄근해진
갈망들을
가슴에 접어 넣자

한줄기 바람이
창턱에 걸터앉아

부채질 한다

헐렁해진 열기 속에
가슴을 여는
구절초의 하얀 미소

도록도록 익어가는
이삭들이
폭염의 땀방울을 계산중이다

여름에서
가을로 가는 문은
넓고도 짧다

줄넘기

엄마의 자궁 속
긴 터널을 맨발로 차며
뛰쳐나온 세상

둥글게 돌아가는
일상 속에

때로는 넘어지고
때로는 놓쳐버려
미련없이 돌아간다

생노병사 양끝을
나눠 잡고
세월에 맞춰
돌리고 돌리면
희로애락도
그 속에서 뛰어 논다

미역국 단상

따달그락 달그락…….

주방에서 들려오는 전기밥솥 밥이 구수하게 익어가는 소리와 콧구멍을 헤집고 들어오는 맛있는 반찬냄새가 나의 깊은 잠을 깨우며 눈이 저도 몰래 떠졌다. 기지개를 한번 길게 켜고 주방으로 나가보니 딸애가 내가 쓰던 앞치마를 두르고 주방에서 미역국을 끓이고 있었다. 갑작스런 광경에 나는 굳어져 버렸다. 기척을 듣고 돌아선 딸애가 백합처럼 환한 미소로 생일 축하한다며 두 손으로 머리위에 하트를 만들었다. 고등학생인 딸애의 이런 모습을 보자 마냥 어리광만 부리던 애가 아니라 이젠 한해가 다르게 철이 들어간다는 생각에 맘속 깊이 이름 할 수 없는 감동이 온몸을 휘감았다.

매년마다 딸애의 생일상을 차려주고 케이크를 자르고 했는데 이젠 나도 딸애에게 생일상을 받게 된 것이다. 그것도 소고기를 넣고 끓인 미역국까지 받는다는 건, 엄마가 일찍 돌아간 나에게 있어서 처음이자 상상하기조차 어려운 일이었다. 딸애가 "이젠 할머니가 곁에 계시지 않으니 어머니 생일날 미역국은 제가 잊지 않고 끓여드릴게요"라고 볼우물 지으며 하는 말에 나의 두 눈에서는 더 이상 참지 못하고 뜨거운 것이 두 볼을 타고 흘러내렸다. 특별한 음식은 없었으나 고등어를 굽고 오이는 새콤달콤하게 버무리고 오늘의 주인공인 미역국까지 올려놓았다. 소박한 밥상은 보기만 해도 세상의 어느 진수성찬 부럽지 않을 만큼 풍성해 보였다. 애기속살처럼 파랗고 부드러운 미역국을 김이 솔솔 펴오르는 박속같은 이밥과 함께 한 숟가락씩 폭폭 말아서 넘기니 바다를 통째로 마신듯했다. 어떻게 미역국 끓일 엄두를 다 냈냐고 하자 요즘은 인터넷에 레시피가 상세하게 나와 있어 맘만 먹으면 다 할 수 있다고 했다.

사실 미역국은 출산과 출생을 신성시 여겨 산모와 아기의 건강을 염원해서 먹는다. 또한 엄마가 나를 낳은 기쁨과 고통의 날을 잊지 말라는 뜻으로 미역국을 먹으며 어머니의 은혜를 잊지 않는 감사의 뜻이기도 하다. 생일날 주인공은 사실 본인보다 자신을 낳아 주신 어머니이다. 하지만 요즘은 어릴 때부터 생일파티를 거창하게 하여 아이가 주인공이 되는 경우를 허다하게 본다.

따뜻한 미역국을 먹으면서 그 옛날 이 흔한 미역국도 맘껏 못 드시고 첫 칠일 만에 맨발로 논 밭일하러 나가셨다던 엄마의 깡마른 얼굴이 떠올랐다. 위로 오빠 둘은 그래도 아들이라고 할아버지가 미역을 사주셔서 드셨지만 나를 낳고는 여자아이라고 할아버지가 미역도 아깝다고 하셔서 우거지국만 드셨다고 했다. 모유 수유하던 시절에 음식을 제대로 드시지 못하니 젖도 모자라고 갓난애나 산모나 둘 다 살가죽만 씌워놓은 듯해서 잔병이 떠날 줄 몰랐다고 했다. 엄마는 2년 터울인 오빠 둘을 벽에서 얼음이 줄줄 흐르는 집에서 낳고는 그 뒤에 산후 풍으로 자리에서 일어서지도 못했다. 그래서 삼복 철에도 솜옷을 입었다. 몇 년 동안 바깥출입도 제대로 할 수 없고 일손도 딸리는 데다 집에만 있다 보니 우울증까지 왔다. 주변에서 누군가 산후 풍은 민간처방으로 멧돼지 열을 조제해서 해산 후 먹으면 바로 낫는다고 알려 주었다. 그래서 엄마는 부득부득 우겨서 나를 낳았다고 했다. 처음에는 내가 여자아이라서 아버지도 서운해 하셨다. 하지만 차츰 병세가 호전되면서 엄마가 드디어 일어서서 걷고 논으로 일하러 다닐 수도 있게 되었다. 온 집안에서는 나를 보고 엄마를 살린 복덩이라고 했다. 그리고는 한 달 내내 미역국으로 몸보신을 제대로 해서 여태껏 건강할 수 있었다는 얘기를 엄마는 흐뭇한 표정으로 가끔씩 외우셨다.

나는 중학생이 되어서야 생일을 쇠었지만 오빠들은 어릴 적부터 해마다 생일이 오면 미역국에 계란까지 삶아 주셨다. 그래서 생일 때면 엄마에 대한 서운한 생각이 늘 내 삶에서 어두운 그림자로 드리웠었다. 하지만 서른 살이 넘어서며 나도 애 엄마가 되면서부터 차츰차츰 그런 생각들이 안개 걷히듯 사라졌다. 그 후로는 내 생일날이면 꼭꼭 엄마한테 이 무더운 삼복 철에 나를 낳느라고 고생하셨다며 오히려 두툼한 돈 봉투를 드렸다.

요즘은 해산시기를 한참이나 앞두고 산후조리원을 미리 예약해놓고 그것도 금액별로 편하게 몸조리 할 수 있다. 거기에다가 체형관리까지 주기별로 할 수 있고 잔잔한 음악까지 들려주는 시대다. 지난날 살던 얘기를 하면 딸애는 이해가 되지 않는다면서도 이것저것 꼬치꼬치 물었다.

어릴 때에는 이해 못해서 스치고 흘려버린 엄마의 말씀들이 지금에 와서는 구절초마냥 마디마디가 가슴에서 매듭을 짓는다. 그 옛날 엄마의 칠흑과도 같은 삶을 되돌아보니 마음이 베인 상처마냥 아려왔다. 미역처럼 시퍼런 멍이 든 삶을 걸어오신, 굵고 가느다란 미역줄기 같은 인생살이를 가냘픈 몸으로 버티며 걸어오신 엄마생각이 파도처럼 밀려온다. 오늘 딸애가 차려준 생일상을 마주하며 숟가락에 칭칭 감기는 부드러운 미역국을 먹으면서 또 다시 엄마에 대한 미안함을 감출 길 없다. 살아생전 어머니의 생일에 따뜻한 미역국 한 그릇도 끓여드리지 못한 회한으로 나이가 들수록, 미역국을 먹을 때마다 추억을 접었다 폈다 해본다.

소현 김추월 약력

중국 연변대학 국어국문학과 졸업(1987)
중앙대학교예술대학원소설창작전문가과
정 수료(2003)
여성가족부 14기 위민넷기자위촉(2012)
재한동포타운신문 연재(2012년01~12월)
충청남도 문인협회 수필분과 회원(2017)
수필,시 다수 발표.
성진글로벌 www.jindome.com 대표

신홍길동조선족
-우리에서 밀어내기

아버지가 있어도 아버지라 부르지 말라고 합니다.
어머니가 있어도 어머니라 부르면 아니 된다고 합니다.

초가삼간마저도 빼앗겨 흩어져 버린 우리의 서러움을
서로 보듬을 겨를도 없이 "우리는 남이다" 하십니다.

형제여 자매여 불러 봐도 돌아앉은 뒷모습은 차갑기만 합니다.
"나"에게 입구자 "ㅁ"이 늘어 먹이를 빼앗긴다고 "남"이라 하십니다.

어머니가 있어도 어머니라 부르지 말라고 합니다.
아버지가 있어도 아버지라 부르면 아니 된다고 합니다.

지속되어온 혼돈의 가족사로 이어지는 불우한 우리는
그렇게 헤어졌고 찢어내고 있으며 해어지고 있습니다.

신홍길동조선족
-밀물과 썰물-

다르지 않지만 다르다고 합니다

밀려갔다 밀려오는 그 소리
변함없는 바다의 울부짖음
"우리는 하나"라고 합니다

다른 것 같지만 다르지 않습니다

우주 속 먼지 한 톨에 불과한 지구와
밀당을 즐기는 달님 사이에서
우리는 벗어나본 적이 없습니다

밀려오고 밀려가면서 들려오는
파도소리는 여전히 하나입니다

지구가 소멸되는 그날 까지
우리는 다를 수 없다고 합니다.

밀물과 썰물 모두 바닷물입니다.

신홍길동 조선족
-칼로 물베기-

베인 흔적도 없는데 어이하여 이리도 아프단 말입니까
오매불망 그리웠던 우리 안으로 들어왔는데도 말입니다.

우리에서 밀어내려 휘둘려지는 폭력에 맞서야만 합니까
서로에게 상처만 남는 이 아수라장 같은 우리 안에서 말입니다.

베고 베이고 베고 또 베이고
베인 흔적 오간데 없어도 어이하여 이리도 아프단 말입니까

김춘식 약력

중국 흑룡강성 연수현 모 중학교 교장
수필가, 수필 수기 등 100여편 발표
재한동포문인협회 이사

술친구타령

기뻐도 술, 슬퍼도 술, 반가와도 술…… 하여튼 술은 우리 생활에서 없어서는 안될 존재인 것 같다. 술도 즐길 수 있는 자리에서만 마시고 싶지만 꼭 그렇게 되지 않는 것 역시 현실이다. 나는 술을 즐기지만 어떤 술상은 되도록 피하려 한다. 내가 이러는 데는 그 이유가 있다.

우선은 술잔을 나누는 상대가 누구인가를 고려한다. 평소 생활이 검박한 탓이라 할까. 나는 친구들과 술을 마셔도 조용한 작은 음식점을 택하길 좋아한다. 안주는 가리지 않는다. 때론 '건두부볶음' 한 접시나 두부 한모를 놓아도 술맛이 좋기만 하다. 술도 비싼 병술 대신 한 근에 몇원(위안)씩 하는 근들이를 더 좋아한다. 다 먹지도 못할 채소를 잔뜩 시켜놓고 체면을 지키려 하는 자체가 싫다. 한 접시도 좋고 두 접시도 좋고 남기지 않고 다 먹을 수 있을 정도면 된다. 그래서인지 건두부에 파 몇 대를 두고, 혹은 양념을 끼었은 두부 한모를 마주하고 재미있게 술잔을 나누는 친구가 좋고, 포장마차에 앉아 꼬치 몇 개로 담소하며 술잔을 기울이는 친구가 좋다.

술은 기분을 즐겁게 하기에 술을 마시면 얼마쯤 취하는 친구가 좋다. 남 다 취하는데 혼자 말짱한 사람은 싫다. 주량이 적은 나는 술만 마시면 곧잘 취한다. 그래서 실없는 소리를 할 때도 많고 실수할 때도 많다. 그래서인지 나는 나와 함께 같이 취할 수 있는 술친구를 더욱 좋아한다. 같이 취하고 같이 허튼소리를 하고 같이 실수를 하는 친구가 더 허물이 없으니 말이다. 이런 친구는 언제 가도 술상에서 한 소리를 나르지 않고 내 실수를 흉보지 않는다. 어떤 이들은 같이 술을 마시고는 뒤에서 이러쿵저러쿵 친구의 흉을 보고 친구의 흠집을 동네방네에 나르는데 나는 이런 사람들이 질색이다. 술잔만 잡으면 제 자랑에 취해있는 인간들도 싫다.

비오는 날이나 눈 내리는 날에 부담 없이 불러내 술 한 잔 나눌 수 있는 친구가 좋고 갑갑한 마음을 열어 보이면 악의 없는 충고를 주는 친구가 좋다. 술상을 마주하고도 도사같이 말 한마디 없는 친구보다는 이런저런 화제로 술 상분위기를 끌고 가는 친구가 좋다. 즐겨야 할 술상에서도 엄숙하고 무게 있는 화제만 꺼내고 남달리 박식한 척하며 점잔을 빼는 그런 친구보다는 반말도 하고 아래위를 가리지 않고 술도 한잔씩 부을 줄 아는 그런 친구가 좋다. 술상에서마저 직장이야기, 사업이야기를 하는 친구들보다는 사소한 가정생활이야기나 신변의 자질구레한 이야기를 하기 좋아하는 그런 친구가 좋다. 항상 바른 소리만 하는 친구들보다는 어느 정도 황당하다는 느낌이 들 정도로 '대포'를 쏘는 그런 친구들이 좋다. 한때는 사냥을 잘해 동산의 노루를 자기가 다 잡고 서산의 노루만 남겨놨다고 흰소리 치며 분위기 올리는 친구가 좋다.

울분에 쌓인 마음을 털어놓으며 하는 하소연을 귀찮아하지 않고 끝까지 들어주고 괜한 흥분에도 적절하게 맞장구쳐 주며 같이 술잔을 마주치는 그런 친구가 좋고, 실의에 빠져 있을 때 술 한 잔 사주며 이야기를 나누고 위로하는 그런 친구가 좋다. 때론 언성을 높이며 격렬한 쟁론을 벌리다가도 언제 그랬냐 싶게 여전히 따뜻한 그런 친구가 좋다.

술잔만 들면 건배를 외치는 친구보다는 한 모금씩 마시며 술맛을 음미하는 그런 친구가 좋다. 그래서 나는 공식적인 술 장소를 제일 꺼린다. 술이라면 즐거움을 위해 마시고 싶다. 한 잔도 좋고, 두 잔도 좋고, 술잔을 잡는 그 자체로 삶의 즐거움을 느끼고 있다 해도 과언이 아니다.

자기가 커서 상대를 초라하게 만드는 그런 사람보다는 비록 잘 어울리지 않아도 허물없이 농을 주고받으며 술잔을 나눌 수 있는 그런 사람이 좋다. 어쩌면 나이가 들수록 비위맞추며 사는 게 버거워 내 속내를 편히 털어놓을 수 있는 술친구들이 있었으면 하는 바람이겠다.

술상에서마저 권력행세를 하는 이들보다는 너나없이 동등한 지위로 구애없는 친구가 좋다. 이런저런 구실을 대며 술을 입에 대지 않는 사람보다는 마시지 못하는 술이지만 반갑게 받아주고 마시는 흉내라도 하는 그런 사람이 좋다. 술 한 모금을 넘겨도 얼굴을 찡그리는 사람보다는 쓴 술도 달콤하게 마셔주는 그런 사람이 좋다. 친구들과의 술상에서 다른 커플들과 잘 어울릴 수 있는 이성친구가 좋고 나를 왕자로 만들어주는 이성 친구는 더욱 좋다.

특별한 목적이 없이 단순한 우정으로 술잔을 나누자며 불러주는 그런 친구가 좋다. 사는 것이 힘들어 술 한 잔 생각날 때 곁에서 빈잔 채워줄 수 있는 그대라면 함께 있어 행복한 술친구요, 진눈깨비 내리는 날에 술 한 잔 나누자

전화할 때 이유를 묻지 않고 선뜻 응해주는 그대가 나를 행복하게 하는 술친구다.

험한 세상에 굽이마다 지쳐가는 삶이지만 술 한 잔의 여유 속에 서러움을 나누어 마실 수 있는 친구가 있다. 인간은 모두가 완벽할 수는 없지만 술상에서 항상 상대방에게 편안한 느낌을 주는 그런 친구가 좋다. 세대차이가 있고 지위가 달라도 그만큼의 높이로 상대방을 대해주며 술잔을 권하는 술친구도 좋고, 경제조건이 다르고 사는 환경이 달라도 서로가 함께 기꺼이 술잔을 나눌 수 있는 그런 술친구가 좋다.

나 자신이 보잘 것 없는 인간이다. 그래서 자신이 가진 경제능력의 한계를 직시하고 자기가 감당할 수 있는 한계 속에서 일을 처리하며 자기분수에 맞지 않거나 능력 한계를 벗어난 술상은 극력 피한다. 나보다 너무 큰 이들과 한상에 앉으면 주눅이 들까 두렵고 화려한 술자리는 너무나 부담스럽다. 그래서 나는 경제적, 정신적 부담이 없는 그런 술상으로 불러주는 친구들이 좋다.

"친구야 술 한 잔 하자. 우리들의 주머니 형편대로 포장마차면 어떻고 시장 좌판이면 어떠냐. 마주보며 높이든 술잔만으로도 족한 걸. 목청 돋구며 얼굴 벌겋게 쏟아내는 동서고금의 진리부터 슬깃하며 은근하게 내려놓는 음담패설까지도 한잔 술에겐 좋은 안주인걸."

너무나 마음에 들어 노트에 적어두었던 누군가의 글이다.

어느 덧 퇴근시간도 다가오는데 빗방울이 떨어진다. 핸드폰이 울린다. 친구가 전해오는 어딘가를 찾아 찌개에 소주 한잔 나누자는 전갈이다. 나는 반갑게 응한다.

김학천(金學泉) 약력

연변작가협회 주석, 중국작가협회 제5기와 제6기 전국위원 역임. 현임 중국작가협회 소수민족 문학위원회 위원, 중국시가학회 이사, 신강사범대학 문학원 특약연구원, 연변문화예술발전촉진회 회장.

'찬연한 계절' 등 6권 시집 출판. '포공영' 등 10여권 번역시집 출판.

제4기, 제7기 중국소수민족문학상 수상. 제4기 한국문학광장 문학상 수상.

장백산과 나 그리고 '장백송'

장백산이 나에게 주고 있는 충격적인 느낌은 오래 전부터였다.

어릴 때 어른들로부터 들어온 장백산의 전설과 신화들이 소싯적의 나에게 그렇게 유혹적이었다는 사실은 지금도 생각하면 새삼스럽기만 하다. 소학교 2학년 때의 일이라 기억된다. 수학시간에 나는 장백산과 더불어 끝없이 펼쳐진 소나무들로 이루어진 원시림이 머릿속에 떠올라 공책에 그림을 그리기 시작하였다. 한참 도정신하고 품을 들여 근사하게 그림을 그려놓으니 마침 담

임선생님이 나의 책상머리에 다가와 서있었다. 이미 그렇게 몇 분 동안 서있던 선생님이었다. 내가 머리를 들자 선생님은 그림의 내용이 뭔가 물었다. 나는 선뜻 "장백산입니다"라고 대답하였다. 공부에는 집중하지 않고 장백산은 무엇 때문에 그렸는가 하는 선생님의 책망에 나는 그냥 신나게 커서 시인이 되겠다는 엉뚱한 대답을 했다. 나의 수학성적은 엉망이었다. 그래서 선생님은 곧 나의 아버지와 어머니께 일러바쳐 나는 크게 꾸지람을 당한 적도 있다. 이렇게 자라면서 나는 장백산에 대하여 점차적으로 많은 것을 알게 되었고, 또 그 중에서 어떤 사연들은 나로 하여금 평생 지울 수 없는 진한 감동으로 남게 되었다.

장백산은 중국의 동북 내지 한(조선)반도를 망라한 광활한 지역에서 해발고도가 가장 높은 산이라는 점, 장백산은 역사적으로 줄곧 우리 민족의 서식지이면서 더불어 여러 민족의 요람으로 자리매김이 됐다는 점, 장백산은 말 그대로 흰색으로 백의민족이라고 일컫는 우리 민족의 원색(原色)을 잘 지켜왔다는 점, 장백산은 일본침략자를 족치는 가열 처절한 항쟁에서 우리 민족의 얼을 상징화하여 역사와 시대에 융합되어 있다는 점, 이외에도 자연을 지극히 좋아하는 나에게는 장백산의 박대정심(博大精深)의 자연적 정취와 선풍도골(仙风道骨)적인 인문성향이 바로 나의 영혼의 지평선에 우뚝 솟아오른 역사의 산이요 민족의 산이요 영웅의 산이요 신념의 산이어서 영원히 성스러운 존재였다.

내가 최초로 장백산을 등산했을 때는 1978년 8월 말, 9월 초쯤이었다. 지금으로부터 근 40년 전의 일이다. 그때 나는 한창 20대의 젊은 나이에 길림성 돈화 임업국 공청단위원회에서 일보고 있었다. 어느 하루, 마침 돈화 임업국 선전부에서 성·임업관리국에서 온 촬영가 두 분을 모시고 장백산으로 가게 되었는데 관계자는 나보고 함께 가자고 요청을 했다. 나는 무등 기뻤다. 장백산 지역에서 살면서 여태 장백산을 가보지 못했다는 것이 너무나 한스러워하던 참이었기에 선뜻 응해 나섰다. 돈화 임업국의 유일한 7인석 승용차에 몸을 실은 우리가 대석두 임업국의 임지를 꿰뚫고 일망무제한 원시림을 지나면서 선후로 만보, 송강, 영경, 소사하를 지나 근 5시간을 거쳐 이도백하 임업국의 초대소에 도착했을 때는 이미 땅거미 질 무렵이었다. 저녁식사 후 우리는 가로등도 없는 캄캄한 밤에 간혹 자동차가 지나가면 먼지가 일시에 일어나는 신작로에서 산책하며 양 옆에 빼곡히 들어선 미인송림을 눈 여겨 지켜보기도 했다. 이튿날 아침식사 후 우리는 산 정상까지 승용차를 탑승하여 올라갔다.

그날따라 날씨도 잘해 줘서 천지를 제대로 볼 수 있어 모두 흥분에 듬뿍 젖어 있었다. 난생 처음 장백산 산정에서 굽어보는 천지 물은 파랑기가 진정 비취 같아서 너무나 신기하고 너무나 황홀하였다. 천지를 에두른 산봉우리에는 드문드문 아직도 녹지 않은 적설이 보여 지고 발 밑은 종래로 보지 못했던 화산석들이 깔려 있었다. 장춘에서 온 두 촬영가는 부지런히 렌즈를 바꾸면서 셔터를 눌러댔다. 그분들의 덕분에 나도 장백산의 부동한 풍경에 맞춰 많은 사진들을 남겼다. 그때만하여도 컬러필름은 별로 없었고 다만 흑백필름이었지만 지금도 가끔씩 장롱에서 사진을 꺼내 보면 화질만은 여전하고 좋았다.

그때부터 시작하여 나는 지금까지 장백산 산정을 무려 백여 번은 족히 다녀왔으리라 믿어진다. 나는 중국대지를, 극히 편벽한 지역 외에는 두루 모두 누비며 답사한 줄로 생각이 된다. 그 중 운남이나 신강 같은 지역은 무려 열 번이나 넘게 다녀온 경력도 있다. 그래서 어떤 곳은 이미 다녀왔지만 막부득이한 사유로 다시 한 번 더 다녀오는 경우면 어느 정도 싫증도 나련만 유독 장백산만은 백번을 넘게 다녀와도 역시 번번이 새롭고 번번이 신비롭고 번번이 매력적이었다.

세기와 세기가 맞물리고 백년과 백년이 이어지는 2000년, 나의 인생에서는 너무나 신기하고 신비로운 시간적 흐름의 한 순간이었다. 마치 하늘이 나의 마음을 헤아려주듯이 연길시 정부에서 '중국조선족 민속관광문화박람회'의 개최를 준비하면서 나에게 주제가를 써줄 것을 부탁해왔다.

장백산에 대한 이해와 느낌, 장백산에 대한 애정과 미련, 장백산에 대한 흠모와 경의……. 평소에 축적된 장백산에 대한 감정은 장백산의 천길 지심 속에서 이글이글 끓어 번지는 암장(岩浆)처럼 일조에 왈칵 쏟아져 나오는 것이었다.

당시 한자로 쓰인 가사 글귀는 이러하다.

长白颂

千年的积雪为什么这样长白?
那是圣洁民族无瑕的心态.
碧绿的天池像大海,
那是蔚蓝的天空漂洗的胸怀.
阿里郎, 阿里郎, 阿拉里哟!

古老的传说为什么经久不衰?
那是伟大民族坦诚的告白.
高耸的群峰巨浪澎湃,
那是生命的原色倔强的形态.
阿里郎, 阿里郎, 阿拉里哟!

이 가사에 중국의 천재적인 작곡가 장천일씨가 매우 재치 있게 작곡을 하고, 인기가수 김학봉씨가 멋진 연창을 하여 '중국조선족 민속관광문화 박람회'에서 큰 성공을 거두었다. 그 후 이 노래는 육속 중국 CCTV의 여러 개 채널 중요한 시간대에 반복적으로 방송이 되어 동포사회는 물론 한족을 망라

한 기타 민족들도 굉장히 좋아하는 히트곡으로 명성을 떨쳤다. 잇따라 가사는 우리글로 번역되어 저명한 가수 김영철과 림정의 열창으로 하여 조선족들에게도 널리 불려 지면서 모두의 애창곡으로 되었다. 그 후 이 노래는 선후로 북경, 서울, 평양의 노래방들에서 불리면서 많은 애창가들이 우선으로 꼽는 18번이 되었고, 따라서 그 영향력도 날따라 커가고 있는 현실이다. 번역된 한글 가사는 이러하다.

장백송

천년의 적설은 어이하여 이다지도 희고 흰가
그것은 성결한 민족의 티 없이 깨끗한 마음이어라
파아란 천지는 바다와도 같은데
그것은 푸르른 창공이 씻어준 정결한 흉금이어라
아리랑 아리랑 아라리요

노고한 전설은 어이하여 이다지도 길고 긴가
그것은 위대한 민족의 진성어린 고백이어라
높이 솟은 산봉우리들은 파도치는 조각과도 같은데
그것은 생명의 원색이 굴강한 모습이어라
아리랑 아리랑 아라리요

공직에서 은퇴한 나는 요즘 카메라를 둘러메고 전문적으로 장백산 촬영에 몰두하고 있다. 장백산 동서남북 측의 웅장한 모습은 나름대로 색다른 미를 안겨준다. 공중에서 내려다보면서 촬영한 아아한 장백산의 정경은 또 늘 나를 감동의 도가니 속에 빠져들게 한다.

김택 약력

본명 림금철. 중국 연변작가협회 회원, 재한동
포문인협회 부회장
한국문인협회 회원, 백두아동문학상, 동포문학
상 등 수상
동시집 '이슬', 시집 '고독 그리고 그리움' 출판

바닷가에서

쉬는 날
지친 몸 신고 닿은 곳은
오이도 넘어 대부도 백사장

시상이
볕에 말리는 헌 양말처럼
여기저기서
펄러억 펄러억

구멍 났거나 얇어져서
말랑말랑한 양말에 묻은
쇳가루와 가시와 풀잎
그리고
말라붙은 땀과 피가
땡볕에 피어나는
아지랑이를 타고
하늘로 올라간다

거센 바닷바람
그 바람에 자전거의
두 바퀴는 쉼 없이
돌고 돈다

별 없는 밤

별이 빛나는 밤은
얼마나 황홀할까

닫혀 진 뚜껑 밑에서
망치는 '별'자도 모른다

단 용접불이 환한 것 밖에

늘 두드리고
얻어맞아
멍 든 인생
언제 가야
저 뚜껑 부수고
동해바다에서
기름때를 싹 씻을지

오늘도 망치는
피 터지도록 이를 악물고
두드리고 두드린다

백두산 폭포

세월 싣고
끝없이
내리고 내려도

밑창의
흉터는

아물지 못하네

아픈 맘엔
눈물이
마르지 않고

무너지는 꿈

시화공단에서

볕이 뜨거우니
쇳덩이도 부글부글
태양도 타고 피도 파도친다

멍든 가슴에 바늘이 와 닿자
푸르른 하늘로 치솟아 오르다가
넓은 바다에 쫘르르
뿌려지는 꿈의 조각들

소리치며 손을 저어대다가
힘없이 죽는다

곽미란 약력

수필가, 번역가. 숭실사이버대학 문예창작학과
졸업. 에세이집 '서른아홉 다시 봄' 출간. 수필,
기행문, 시 수십 편 발표. 재한동포문인협회 이
사, 수필분과 부장

프랑크푸르트의 눈동자

거대한 숲이었다
너는 숨바꼭질하듯 몸을 초록색의 숲 속에 감추고 있었지
여름의 태양은 뒤늦게야 잠자리에 들고
아우토반에서는 차들이 바람과 경주를 하고 있었다

구텐 모르겐, 구텐탁 탁주 같은 너의 언어를
나는 소시지에 버무려 흑맥주와 같이 삼켰다
6층 하얀 집들의 창문에서 순백의 커튼이 반짝반짝 빛나고
창밖 무화과나무엔 잎과 열매가 무성하다

나는 뢰머 광장의 뾰족탑에 꿈을 걸어 두고
마인강의 물결에 웃음소리를 실었다
괴테 하우스에 호기심을 널어 말리우고
자일거리에 슬픔을 잠재웠다
중앙역의 기찻길에 발자국을 남기고
프랑크푸르트의 대성당에 삶의 물음표를 뿌렸다

밤이 찾아오면
나는 맥주를 홀짝이며
너의 고혹적인 눈동자에 취한다

노르웨이의 전나무

북유럽의 겨울을 그대로 품고 왔다
투명한 햇살과 깨끗한 공기를
차가운 눈바람과 황홀한 오로라를
수백 년 간직했던 너의 꿈까지

뉴욕 맨해튼 록펠러 센터에서

너는 알록달록한 전구 알을 치렁치렁 휘감고
세계에서 제일 큰 크리스마스트리로 변신했다
5만개의 전구에 일제히 불이 들어오면
사람들은 환호하고
천사가 날갯짓을 한다

그들은 알까
너의 햇살 아롱진 추억을
너의 슬픔 간직한 빗방울을
너의 소망을 전해주는 바람을
푸른 하늘
흰 구름
풀벌레 울음소리를
하얀 백년 설을

화려한 파티가 끝나면
또 알 수 없는 어딘가로 실려 갈
너의 정처 없는 여정을……

마라탕이 먹고 싶은 날

이유 없이 울고 싶은 날
생리 오기 전 매운 음식이 먹고 싶을 때면
마라탕이 생각난다.

상하이 허촨루 지하철 역 부근
천리향 마라탕집
추운 겨울에도
더워서 정신 못 차릴 여름에도
마라탕 집은 늘 빈자리가 없다

줄 서서 기다리는 동안
쟁반과 집게 하나씩 들고
눈에 입맛으로 살아나는 놈들을 골라 담는다
면발이 굵은 라면과 누룽지
미역줄기와 두부피
팽이버섯과 표고버섯
감자 연근 시금치
각종 오뎅

마라탕 사장이 큰소리로 번호를 부르면
잡고 있던 번호를 확인하고
잽싸게 나가 그릇을 받아 안는다
다진 파, 마늘 생강과 고추기름을
듬뿍 넣은 마라탕
먹기도 전에 쌓였던 스트레스가
구중천으로 날아간다

멋쟁이 상하이 아줌마도
애 한둘 앞세우고 들어오는 서울 아줌마도
여럿이 어울려 오는 회사원 아가씨들도
지하철역 앞 구두수리공 아저씨도
자그마한 쪽걸상에 엉덩이 반쪽 붙이고
작은 행복에 취해 본다.
마라탕이 먹고 싶은 날
마라탕 한번 먹어 봤으면
하시던 어머니 얼굴이 스쳐 지난다

남태일 약력

수필가. 재한동포문인협회 이사. 생활스포츠
부장.
수필, 시 수십 편 발표. 수상 다수 .

난 蘭

난蘭은 난亂속에 청정무구淸淨無垢 하였고
공자는 난을 보고 인仁을 깨달았다
사군자 중 그 속성 으뜸이라

경복궁

수많은 비사가
숨겨진 연못에
발을 담구고
조용히 앉아 있는 경회루

그 옛날
아침엔 물안개 피어올라
돌기둥 휘감은 용의 몸을 적셨고

저녁엔
천록의 위엄 서린 영제교에
비둘기 떼 버들잎 헤치며
노을빛 쪼았으리라

밤에는 경회루에
풍악소리 울리고
왕족 미희들 술잔을 기울이며
환락하던 나날들
이슬처럼 사라졌구나

차가운 가을비에

건청궁 고운 빗살
완자교창 젖어들면

건천문 앞 은행잎 누렇게 익어가고
낙엽과 월령이 함께 떨어지면
한 많은 세월은 어디쯤 흘러갔을까?

흘러가는 구름과
경회루 푸른 물빛은
예나 제나 다름없는데

근정전 앞 뜰 품계석 아래
머리 조아리던 문무백관들
어디로 사라졌느냐

출렁이는 한강 물결만
말없이 흘러가누나

나는 왜 택시에서 쫓겨났을까

2000년 4월

길림의 한적한 시골에 살고 있을 때였다. 중국 청진시에서 식당을 하는 큰 어머니가 갑자기 뇌졸중으로 쓰러졌다는 전화를 받았다. 청진시병원에 도착했을 때, 큰어머니는 제때에 치료를 받아 많이 호전되었다.

나는 청진시에서도 아침마다 사촌형과 함께 등산을 하였다. 등산로 산기슭에 넓은 주차장이 있는데 그때만 해도 자동차는 몇 대 없고 자전거와 오토바이가 많았다. 그 중에 번쩍번쩍 빛을 뿌리는 자동차 몇 대는 유난히 사람들의 시선을 끌었다. 후에 알고 보니 그 새 차들은 모두 중국에서 사업을 하는 한국사장들의 자가용이라는 것을 알게 되었다. 가파른 오르막을 올라가면 정상에 비바람을 막을 수 있는 정자 3개가 있었다. 산 정상에 지은 정자에 올라서 산 아래를 내려다보면 청진시 전체가 한눈에 들어오고, 한여름에도 울창한 밀림 속에서 불어오는 시원한 바람은 몸에 밴 땀을 식혀 준다. 명승지라고도 할 수 없고 별로 눈에 띄는 곳도 없지만 그 정자에 올라가면 가슴이 확 트이고 울적한 마음도 금방 상쾌해지는 것 같았다. 그래서인지 명당이라고 할 수 있는 이 정자는 청진시의 재벌들이나 돈 많은 사장들이 등산을 하고 휴식을 취하며 정보를 교류하는 장소가 되었다. 그 밑에 두 번째 정자에는 공무원이나 자영업자 사장들이 모이어 땀을 식히며 한담을 하는 장소가 되었고, 또 그 밑에 세 번째 정자에는 노점상인, 공사 현장의 잡부, 무직자들이 모이는 곳이 되었다. 그런데 놀랍게도 이런 배열은 누가 일부러 시킨 것도 아닌데 자연적으로 그렇게 형성되었다고 한다.

오늘, 명당 정자에 앉아 휴식을 취하는 사람들은 원주민과 전혀 생김새가 다른 대머리와 하얀 피부를 가진 한국 사장들이었다. 나는 사촌형을 따라 두 번째 정자에서 앉아 땀을 식히며 더없이 흠모하는 눈길로 전망이 밝고 좋은 기운이 넘치는 길지(吉地)에 앉아 한담하는 한국사장들을 바라보았다. 그들의 당당한 모습과 산이 울리는 호탕한 웃음소리 속에서는, 중국이란 이 넓은 땅에 와서 사업이 순탄하고 돈벌이가 잘 된다는 것을 자랑하는 것 같았다. 어쩌면 언어도 통하지 않는 타국에 와서 저렇게 당당하게 돈도 잘 벌 수 있을까? 다시 한 번 그들을 쳐다보는 순간, 마치 참새가 황새를 바라보는 것 같이 그들의 위풍에 감탄만 연발 할 뿐이었다.

2017년 4월

17년 만에 다시 청진시 땅을 밟게 되었다. 중국 청진시에서 식당을 하는 큰 아들이 어머니와 아버지를 보고 식당에 와서 도와 달라고 하기 때문이다. 이튿날 아침, 오토바이를 타고 17년 전에 등산 하였던 남산 등산로를 찾아 갔다. 17년 전, 처음 등산할 때의 많은 일들을 생각하니 가슴에서 솟구치는 무량한 감회를 금할 수 없었다. 옛날에 계단을 나무토막으로 깔아 놓았지만 지금은 모두 철수하고 콘크리트 계단으로 교체하여 훨씬 깔끔하게 보였다. 옛날에 주차장에 많이 보이던 자전거는 흔적도 없이 사라지고 대신 번쩍번쩍 빛이 나는 자동차들이 빼곡히 들어 차 있었는데 70%는 외제 고급차라는 사실이다.

계단을 톺아 올라가면서 머릿속으로 지금 그 명당 정자의 주인이 누구인지가 매우 궁금해졌다. 정상까지 올라가서 명당 정자에 앉은 사람들을 하나씩 훑어보았지만 그 중에 한국 사람은 한명도 없고 모두 30~40대의 중국인 신생 부자들이 차지하고 있었다. 결국 두 번째 정자에서 한국사람 두 명을 발견하였다. 나는 그들의 곁으로 다가 가서 마치 옛 친구를 만난 것 같이 반가워하며 먼저 인사를 하였다. 그러나 나는 인차 얼굴에서 웃음을 거두고 말았다. 그들은 별로 반가워하는 모습은 보이지 않고 도리어 매우 불안해하며 머리만 끄덕이고 핸드폰만 쳐다보고 있었다. 잠시 후 그들은 나에게 목례만 하고 무표정한 기색으로 하산하였다. 나는 그들의 불친절에 대단한 불만을 느꼈다. 그런데 그들이 머리를 푹 숙이고 무기력하게 천천히 계단을 내려가는 모습을 바라보는 순간, 어쩐지 마치 겨울바람에 떨어진 낙엽처럼 애처로워 보였다.

등산한지 4일이 되는 아침이었다. 정상에 올라가니 사람들이 워낙 많아 이곳저곳 기웃거리며 휴식 취할 자리를 찾는데 세 번째 정자에서 어슴푸레하면서도 익숙한 얼굴이 나의 시선을 끌었다. 옆에 가서 자세히 보니 17년 전, 전 청진시에서 제일 잘 나가던 한국 무역사장 서울 황 사장이었다. 바로 17년 전에 등산할 때마다 명당인 저 정자에서 제일 목소리가 크고 당당하던 황 사장이었다. 오늘 그의 첫인상에 너무 놀랐다. 유리병 밑굽 같이 두터운 안경을 착용하였는데 눈확이 푹 꺼져 들어가고 눈빛은 암담하고 몸에서 술 냄새가 진동을 하였다. 나는 그에게 악수를 청하며 손을 내밀었다. 그도 천천히 손을 내밀었다. 나는 반가운 마음으로 두 손에 힘을 주고 그의 손을 꼭 잡았다. 순간, 그의 손은 싸늘하고 무기력하여 마치 죽은 사람의 손을 잡는 것 같이 생기도 온기도 없었다. 그는 천천히 입을 열었다.

"나는 자네를 잘 모르겠는데? 혹시 오늘 목포 김 사장을 못 보았는가? 그 자식이 내 돈 10억을 사기 쳐 갔단 말이야. 그 자식이 이곳에 자주 온다고 하던데…… 내 손에 잡히면 뼈다귀도 안 남겨 놓을 거야."

그는 말을 하면서 주머니에서 소주병을 꺼내어 술을 물마시듯이 한 모금 들어 켰다. 그리고 그대로 앉아 잠들어 버렸다. "아! 거룩하신 하느님도 한 사람에게 영원한 행운을 주지 않는구나！" 나는 소주병을 꼭 쥐고 잠들은 그를 바라보며 깊은 한숨을 내쉬었다.

2017년 8월

월요일 저녁, 오늘은 저녁 손님이 많지 않아 심심풀이로 화초에 물을 주고 있는데 마누라가 나를 보고 금방 식당에 들어 온 일남일녀를 가리키며 누군가 알아맞히라는 것이었다. 나는 한 고향, 한 동네에서 살았던 미경이를 알아보지 못하였다.

서미경, 미경이는 그때 우리 동네, 아니 우리 향에서도 으뜸가는 미녀였다. 우리가 마지막 볼 때 미경이는 이십 때 후반이었을 것이다. 그때 미경이는 그토록 매력이 넘치는 눈과 연꽃 잎 같은 입술의 소유자였고, 더욱 남자들의 심혼을 뒤흔들리게 하는 높은 키에 날씬한 몸매의 소유자였다. 그러나 오늘, 미경이의 청순하고 아름답던 얼굴은 자취를 감추고, 얼굴의 주름살은 거미가 밤새 작업 해놓은 것 같고, 온몸에는 군살이 마치 진흙덩이리 같이 울퉁불퉁 붙어 있었다. 아무리 아름답게 핀 꽃도 열흘을 못 간다던데 정말 만능의 조물주도 한 여자에게 영원한 아름다움을 줄 수 없구나! 혼자서 한탄하였다.

1998년, 우리가 길림의 한적한 시골에서 있을 때였다. 그때 미경이는 많은 총각들의 구혼을 물리치고 한 동네에 사는 잘 생긴 총각 경원이와 결혼을 하였다. 그때 경원이는 향 전기관리소에 출근하고 미경이는 향의 방송원으로 있었다.

그 무렵은 중국에서 한국의 인기는 하늘이 높은지 모르게 치솟을 때이다. 우리 옆집 김씨네 집에 젊은 한국 손님이 왔다. 그 한국 손님이 바로 미경이의 지금 신랑 김선영이었다. 그때 그는 대련에다 자동차 부속품 공장을 꾸리었는데 원래 별 볼일 없는 중국의 당숙 집에 잠간 들렸다 밥이나 한때 먹고 떠나려고 하였다. 그런데 주방에서 음식 준비를 도우러 온 한 젊은 여자를 보는 순간, 그녀의 아름다운 얼굴과 높은 키, 날씬한 몸매에 완전히 매료돼 버렸다. 자기를 보고 쌩긋 웃으며 가볍게 인사할 때 그의 빠르게 뛰는 심장은 곧 터질 것만 같았다. 원래, 일이 바빠 금방 떠난다던 그는 모든 이유를 둘러

대며 사흘이나 더 묵고 갔다. 사흘 동안 미경이네 부부를 택시에 태워서 근처에 산 좋고 물 좋은 곳은 다 찾아다니고, 당숙 집에 와서도 닭 잡고 개 잡아 그들 부부를 대접 하였다. 선영이는 주저하지 않고 금시계를 벗어 경원이에게 한국 선물이란 이름을 붙여서 손목에 끼워 주었다. 그 후에 선영이가 사흘이 멀다하게 자주 다녀 간 것도 말할 것 없다. 몇 달 후에 선영이가 또 찾아와서 미경이네 부부 둘 보고 지금 자기 회사에 통역 자리가 비어 있다며 부부 둘 중에 한 사람이 먼저 가자는 것이었다. 경원이는 한국말이 서투르니 당연히 미경이가 갈 수 밖에 없었다.

정작 가보니 미경이 통역자리는, 있어도 되고 없어도 되는 그런 자리었다. 처음에 선영이가 미경이에게 아무리 잘 대해 주어도 미경이는 몸 하나는 꼭 지켜왔다. 미경이가 집 떠난 지 한 달이 지난 어느 날, 생선을 바라보는 고양이 같은 선영이는 미경이를 호프집에 데리고 가서 맥주에 수면제를 풀어 넣었다. 호텔에서 나올 때 미경이는 많이 울었다고 한다. 그러나 여자의 정조는 마치 저수지의 댐과 같아 일단 무너지면 빗물도 흐르고, 개천 물도 흘러가는 것은 어찌할 수가 없는 것이다.

미경이가 떠나간 후 경원이는 날마다 술로 세월을 보내다가 향 전기관리소에서 해고당하고 말았다. 경원이는 어린 딸을 데리고 미경이를 찾으러 갔지만 끝내 만나 보지 못하였다.

미경이는 선영이와 동거한 후, 난생처음 물질적 충족감에서 오는 쾌감을 마음껏 느껴 보았다. 이제 그의 머릿속에는 윤리, 도덕 같은 개념은 완전히 무색해져 버렸다. 윤리와 도덕 때문에 목마른 사람들의 물이 된 한국을 버리고 또다시 더위와 갈증의 고통 속에서 헤맬 수는 없었다. 미경이를 만나보지 못하고 돌아 온 경원이는 며칠이 지나지 않아 미경이가 날마다 화장하던 화장대 앞에서 거울에 해바라기 꽃잎을 따서 미경이 사진에 둥글게 붙여놓고 칼로 손목의 동맥을 끊어 피를 선영이가 준 금시계위에 떨어지게 한 다음 조용히 눈을 감아 버렸다.

이때, 테이블에는 안주와 반찬이 올라 왔다. 우리는 각자의 추억 속에서 깨어나 술을 마시기 시작하였다. 20년 만에 이어진 술좌석이었다. 눈물이 가득한 미경이의 눈동자에는 참회와 우울의 빛이 역력하였다. 오늘 따라 술이 몹시 쓰고 빨리 취하였다.

"그래, 자네들은 지금 무슨 사업을 하고 있나?" 내가 선영이에게 물었다. 그는 단숨에 술잔을 비우고 깊은 한숨을 내 쉬었다.

"지금 하고 있는 일은 별로 없어요, 이것저것 해보아도 제대로 되는 것이 하나도 없네요." 그는 또 단숨에 소주 두 잔을 들이켰다.

"아마 죗값을 치르는 것이겠지요. 다 거기에서 거기인데……."

미경이 말로는 이번에 청진시에는 이우시에서 중국 소상품 무역을 하는 조창희 사장을 만나서 소상품 수출하는 것을 상의하러 온 것이라고 하였다. 조창희 사장은 선영이 소개로 내가 중국에서 처음으로 만났고 또 함께 동업하던 한국 사장이었다. 조 사장은 몸이 좋지 않아 이틀 후에 한국으로 돌아간다고 하니 가기 전에 꼭 만나 보아야겠다고 생각하고 선영이 보고 함께 가자고 하였다.

이우시까지 가려면 고속도로를 타고 한참 달려야 하였다. 택시에서 취기가 오른 우리는 말이 좀 많아졌다. 왠지 택시기사가 한국말을 하지 말라고 경고하는 것이었다. 취기가 있는 선영이가 또 한국말을 하자 택시기사가 갑자기 차를 세우고 우리 보고 빨리 내리라고 소리를 쳤다. 우리는 영문도 모르고 모두 차에서 내렸다. 차에서 나오자 더운 기운이 확 덮치며 숨 쉬기조차 힘들었다. 택시기사가 손가락으로 선영이 콧등을 가리키며 외쳤다.

"너들이 한국 사람이기 때문에 나는 너들을 더 태울 수 없어! 내가 한국에 8년 체류하면서 진주 사장에게 중국 사람이라고 멸시를 받으며 5년 일 해주고 960만원을 못 받았고, 서울 사장에게 일을 늦게 한다고 뺨 맞고, 임금 300만원을 못 받고, 나랑 같이 간 여자 친구는 한국 사람이 빼앗아 가서……. 한국사람 나빠. 당장 꺼져! 빨리 중국에서 꺼져……." 기사는 말할수록 성질이

나 입에서 하얀 거품이 튀어나왔다. 택시 기사는 택시 안에 있는 선영이의 소상품, 화장품 샘플 가방을 큰길 중간에 던져 버리고 차를 돌려 어둠속으로 사라져버렸다. 선영이가 가방을 주우러 가려고 할 때 대형 화물차가 지나가면서 가방을 납작하게 만들어 버렸다.

오늘 점심 기상일보에서 낮 기온이 최고 48도까지 올라가고 아스팔트 길 위에 올려놓은 계란이 다 익었다고 보도하였다. 비록 밤이지만 머리에서 땀방울이 비 오듯 하고 아스팔트에 닿은 신발은 마치 불판을 밟고 있는 것 같이 뜨거웠다. 선영이가 택시 회사에 기사를 신고하겠다고 핸드폰을 꺼내 들자 미경이가 핸드폰을 빼앗으며 말하였다.

"아니, 저 택시기사가 거짓말을 한마디라도 했나요? 모두 진짜 사실이지 않나요."

아버지가 죄를 지면 자식들이 욕먹는 것은 어디 가서도 하소연할 수 없다. 그러나 그 진주 사장, 서울 사장은 우리와 사돈의 8촌도 걸리지 않고, 우리는 그 택시기사 여자 친구 냄새도 맡아 보지 못하였는데 무엇 때문에 우리가 그 사람들 대신 이런 모욕을 당해야하는지? 나는 도무지 이해가 되지 않았다. 무수한 중국차들이 까만 샘플 가방위로 씽씽 달리고 있었다. 가방 안에서 하얀 화장품 액이 흘러 나왔다.

량영철 약력

필명 살춘각. 중국 화룡 출생, 94년 소설 '개
짖는 밤의 고요'로 등단
시, 수필, 소설을 썼고 문학상도 받음.
로신문학원 7기 수료했음, 현재 자유기고인

문명해지려면

말이 문명해야 한다,
비속어를 써서는 안 된다
사상이 건전해야 한다,
썩어서는 안 된다
행동이 신사다워야 한다,
추접스러워선 안 된다
가치관이 바로 서야 한다,
얼룩지면 안된다

(보통사람들과 같아지면 쓰레기취급을 당한다)
밥은 흘리지 말고
게걸스럽게 먹지 말아야 한다
방귀는 잘 참고
똥은 제 집에서 싸는 게 좋다
섹스는,
평생 한 사람과만 하고
이성한테 흐느적거리는 것도
아주 조심히 눈치를 봐가면서
해야 한다
혹 들키기라도 하면
목에 칼이 들어오는 한이 있더라도
견결히 부인해야 한다
그래야 된다

바다에게

누가 봐도 너는 창녀다
몸에 실오라기 하나 걸치지 않고
시커먼 음부 쫙 벌리고
서슴치 않고 달려드는 너는
누가 봐도 창녀다

너의 요본 앞에 뭇사내들은
발길을 멈추고
감창소리는
성인군자의 귀마저 잃게 만든다

쓰레기가 따로 없다
화대도 없다
병신과 머저리도 너는 다 받아준다
너의 질은 그만큼 헐렁하고 넉넉하다

이 세상이 쏟아낸
온갖 정액찌꺼기들을 다 받아먹고
새롭게 생명을 잉태시키는 너는
그렇게 창녀라는 이름으로
만사내의 애인이 된다
어머니가 된다

거리

돌아서면 남이다
방금 있었던 입맞춤도

과거가 된다
봄바람에 휘날리던 연분홍치마자락도
우는 꽃과 더불어 비속으로 사라질 것이다

술 한 잔 부어놓고
너의 눈을 들여다본다
정수리를 밟고 지나는
루이 16세의 허연 목소리,
홀리랜드에는 성자가 살지 않는다

이제 이 잔만 마시면
우리는 서로 등을 보일 것이다
하지만 나는 안다
너의 등을 향해 나만 돌아서면 된다는 것을
내가 돌아섬으로써
우린 다시 마주 볼 수 있게 된다는 것을

마리 앙투아네트여
그대 나한테 해줄 말이 없는가
나는 바야흐로 술잔을 들고 있는데

류재순 약력

재한동포문인협회장, 중국작가협회 회원.
중단편소설집 베이징과 서울에서 각각 출판
소설, 수필 등 50여 편 발표.

과자는 높은 선반 위에

어린이 명절이 다가왔다. 나의 딸은 초등학교 다니는 어린 아들을 위하여 수정궁이나 유명 랜드에 데려가 같이 놀아 주는 것도 필수지만 어떤 맛있는 음식을 사줄까 하는 것에 꽤 신경이 쓰이는 것 같다. 지금의 영양 과잉으로 눈에 띄게 불어나는 아들애의 몸무게를 바라보며 어김없이 또 사달라는 피자를 두고 고민하고 있었다. 미국에선 한국 돈으로 만 원 대라도 크고 맛있는 피자를 사 먹을 수 있는데 한국에선 애들이 선호하는 이삼만 원 대의 치즈 피자라도 몸에만 좋다면야 당연히 가격이 문제가 아니다. 딸은 아들애와 '진지한' 상의에 들어갔다. 맛있고 몸에 좋은 음식이 어떤 것일까를.

행복하고 넉넉한 그들의 모습을 바라보니 가슴 깊숙이 묻혀있던 그날의 일이 떠오른다.

힘든 시골 생활은 아니었지만 자그마한 시가지 거리에서 우리 맞벌이 부부 낮은 봉급의 젊은 가정은 언제나 바쁘고 빡빡하였다.

그때 우리는 설 명절이 되면 친척이나 직장 간부들에게 작은 선물이나마 마음을 표하는 것이 관례로 되어 있었다. 그믐날 오전이었다. 남편 직장의 나어린 동료 부부가 선물 하나를 가져와 깍듯이 인사를 하고 돌아갔다. 선물은 역시 그 당시 제일 유행하던 계란빵(鸡蛋糕)함이었다. 빨간 모자, 빨간 치포를 입은 두 남녀 신동이 두 손을 한데 모으고 공희(恭喜)를 하는 전통 설 인사 표지를 한 계란빵 봉지는 그 시절 유행 선물이었다. 그나마 남편이 직장에서 작은 '깨알(芝麻)'급 직무를 가지고 있다고 우리 집에도 가끔은 이런 것들이 들어 왔다.

직장 동료가 정중히 인사를 마치고 돌아가기가 바쁘게 애들은 쪼르르 옆으로 달려와 계속 나에게 물어댔다.

"엄마, 저거 우리 언제 먹어? 오늘 그믐날 저녁? 아님 낼 설날 아침?"

"몇 번을 말해야 알겠니? 저거 너네 주라고 사온 거 아니라니까."

거듭되는 해석에도 애들의 끊임없는 보챔에 끝내 나는 버럭 화를 내고 말았다.

그랬다. 그때 우리 생활은 들어온 선물을 성큼 풀어 애들을 먹일 상황이 아니었다. 우리도 또 누군가에게 선물을 해야 하는데 그 돈을 절약할 수 있는 여건이 주어진 것뿐이었다. 그해는 우리가 이미 선물을 줘야 할 집에 다 준 뒤여서 나는 그것을 애들이 걸상을 놓고도 닿지 못할 높은 선반 위에 올려놓았다. 시원한 헛간에 건사하려니 그놈의 쥐 등쌀을 이겨낼 것 같지 않았다. 설 명절이 아니어도 또 다른 명절, 혹은 또 다른 수요 때 요긴하게 쓰기 위해서는 어디엔가 건사를 해 놓아야 하는 것이다.

그런데 그해는 그 '기회'가 금방 닥쳐오지 않았다. 아침 일찍 일어나 급급히 밥 한술 지어먹고 애들 챙겨 유치원, 탁아소에 보내고 하루 종일 밖에서 팽이처럼 돌다 밤늦어서야 집에 돌아와 늦은 저녁밥을 지어먹어야 했고 애들을 건사하여 녹초가 된 몸을 잠자리에 쓰러뜨리고…….. 계란빵 사실을 까맣게 잊어버린 채 어느 덧 한해가 지나가 버렸다.

또다시 설 명절을 맞이하였다. 선물들이 오고 갔다. 나는 갑자기 그 계란빵이 생각났다. 그믐을 며칠 앞둔 어느 날, 나는 남편에게 말하였다.

"정말 저 선반위에 올려놓은 선물 깜박 했네요."

"그래? 나도 몰랐는데."

성질이 급한 나는 더는 남편의 말을 기다리지 않고 앉은뱅이 걸상을 잡아당겨 올라서서 그 계란빵을 내려놓았다. 손엔 뽀얀 먼지가 가득 묻었다. 그 당시 가장 인기 간식을 드디어 먹게 된다는 들뜬 기분에 애들은 마구 이리저리 퐁작 퐁작 들뛰었다.

포장을 풀었다. 순간, 우리는 모두 아연 실색하고 말았다. 모양새를 분간하기 어렵게 새까만 곰팡이가 빵 껍질을 쫙 덮고 있었다. 냉장고라는 것도 모르고 살던 그 시절의 비극이었다. 애들은 와하고 울음보를 터뜨렸다. 애들의 울음소리는 내 가슴을 갈기갈기 찢어 놓고 있었다. 나는 내가 세상에서 가장 무지하고 무정하고 바보 같은 엄마라는 생각에 눈에 눈물이 나 애들을 바라볼 수가 없었다. 냄새 때문에 나는 급급히 봉지를 손에 움켜쥐고 집밖의 쓰레기 무지로 달려 나갔다.그런데 곰팡이 속에서 계란빵이 하나하나 땅에 떨어지는 순간, 나는 또 한 번 놀랐다. 글쎄 계란빵 속엔 먹다 남은 반쪽자리가 하나 있었고 전통적인 전체 숫자에서도 하나 모자랐다. 새 상품이 아니었나? 나는 불 끈불끈하는 혼잡스런 생각을 머릿속에 주먹다짐으로 꽉꽉 억누르며 집안에 들어오기 바쁘게 남편에게 화를 내였다.

전번에 이거 선물한 그 직장 동료 말이에요. 과자 새로 사서 가져온 거 맞아요?

왜?

나는 방금 목격한 사실을 알려 주었다. 사실 그 시절, 우리같이 빡빡한 생활을 하는 소시민들의 생활 습성을 나는 잘 알고 있었기 때문이다. 모두들 조금이라도 돈을 절약하느라 포장도 뜯지 않은 채, 혹은 포장도 제대로 점검 안한 채 빙빙 돌려 선물하다 웃지도 울지도 못할 일이 종종 있었기 때문이다. 사실은 나도 그럴 생각이었긴 하지만, 그 동료의 성의가 못 마땅해 내가 비양 거리는 말을 한창 하고 있을 때였다.

미쳤어? 제 정신이야, 남의 성의를 어떻게?!

남편의 꽥 하는 말투에 나는 그만 멍해지고 말았다. 한참만에야 나는 중얼거렸다.

그럼 그건 뭔데?

애들이 잠든 그날 밤, 남편은 소리친 것이 미안했던지 조용히 나에게 사과하였다. 어느 날인가 자기가 집에서 술 한 잔 하는데 안주가 마땅치 않아 조금 꺼내 먹었다는 것이다. 나는 너무 어처구니없어 말이 나가지 않았다. 금쪽같은 내 새끼 입에도 넣어 주지 못하고 올려놓은 것을······! 하긴 결혼 때부터 남편이 애들처럼 과자나 면식을 유별나게 좋아 한다는 것을 알고 있긴 했지만. 그의 말에 의하면 군대에 갔을 때 제일 기분 좋았던 것은 끼니때 나오는 만두(慢头)였다고 했었다. 어렸을 때 아버지가 심부름 시킨 돈에서 가만히 과자 한 조각 샀다가 밥도 못 먹고 쫓겨났었다는 얘길 듣기도 했었다.

그날 밤, 나는 서른을 바라보는 남편의 얼굴을 바라보며 별의별 생각을 다 하였다. 도대체 남자들은 언제가야 철이 드는 걸까? 저렇게 큰 어른도 훔쳐 먹는 빵을 애들은 그동안 얼마나 먹고 싶었을까?

세월이 지난 어느 날, 그와의 동고동락 속에서 그의 사람 됨됨을 잘 알게 된 나는 엉뚱한 생각을 떠 올렸다. 끝까지 큰 벼슬은 하지 못했어도 직장에 충실했고 동료들을 항상 그처럼 따뜻이 포용하며 살아 온 이 '깨알'벼슬의 당원간부가 그때 혹시 그 동료를 위해 거짓말을 한 것은 아니었던지……?
아아, 사랑하는 내 새끼들아, 그땐 엄마가 너무 미안했어!

그랜드캐니언의 숨결

나는 지금 태평양 위를 몇 시간 째 날고 있다. 비행기를 탈 때마다 그러하듯이 나는 비행기의 창문에 눈을 바짝 들이대고 끝없이 펼쳐진 창밖 광경을 응시하고 있다.

깨끗하고 보송보송한 하얀 솜털 같은 구름 위에서의 느린 움직임. 그 위에 펼쳐진 무한대의 쪽빛 창공……. 저 신비한 우주 속엔 아직도 숨겨진 비밀들이 얼마나 있을까? 옛날엔 어떠했었고 미래엔 또 어떤 변화들이 생길까? 끝없는 상상의 시뮬레이션 속으로 갑자기 내가 반년 이상을 밟고 다녔던 미국 땅의 이모저모들이 망망한 운해위로 둥실둥실 떠오른다. 머릿속으로 떠오르는 그 많은 그림들 속에서 문득 내 눈앞에 힘차게 박두하고 있는 풍경하나. 길이 447km나 되는 기다란 몸뚱이를 늘어뜨리고 조용히 누워있는 대자연의 신비한 조화물, 그랜드 캐니언이다.

어느 때던가. 시드니 셀던의 '도망자'를 즐겨 읽었던 나는 미국 땅의 이모저모에 대해 많은 호기심을 가지고 있었다. 그래서 이번에 반년 넘게 미국 땅을 둘러보며 정말 많은 곳을 보았다. 10만여 평의 부지에 세워진 동화 속 세계 디즈니랜드, 텍사스 주의 대초원, 애리조나 주의 메마른 사막, 그 사막 위에 어느 마피아가 생각해 건설했다는 전설같이 이루어진 전 세계에서 가장 유명한 카지노 유람지-라스베이거스! 태평양 서해안의 맑고 시원한 바다 바람결에 여인들의 긴 머리가 아름답게 날리는 캘리포니아 주! 세계영화인들의 성지인 할리우드 유니벨리스 그 명예의 거리엔 2,500여 명의 세상에 이름을 날린 명배우들의 이름이 적혀 있다. 그리고 스탠포드 대학의 평화로운 잔디밭, IT천재들이 모여 있는 구글과 애플 회사의 콧대 높은 깃발들……! 그러나 이 시각 내 머리를 꽉 채우고 있는 것은 이 모든 것들의 황홀함과 신비에 대한 경탄이 아니라 바로 그 깊은 추억에 잠들고 있는 듯한 그랜드 캐니언의 모습이다.

원래 그랜드 캐니언으로의 여행은 집 애들의 계획이 아니었다. 나와 같이 여행을 같이한 애들은 라스베이거스에서 며칠 더 즐기자고 졸라댔다. 애들의 말대로라면, 200년 전의 미국을 알려면 뉴욕을 가보고 100년 전의 미국을 알려면 샌프란시스코를 가보며 50년 전의 미국을 알려면 로스앤젤레스를 가보고 오늘의 미국을 알려면 라스베이거스를 가보란다는 것이다. 그만큼 라스베이거스의 유혹은 무척 컸다. 그러나 이번 여행길에서의 빠질 수 없는 나의 목적지는 그랜드 캐니언이었다. 끝내는 나의 고집대로 라스베이거스에서 하룻밤을 보내고 그랜드 캐니언을 향해 떠났다. 라스베이거스에서 자가용을 타고 6시간이라는 긴 여정을 거쳐 도착한 곳은 그랜드 캐니언 인근에 자리 잡고 있는 유람지 숙박시설로 이루어진 한 마을의 통나무 집 숙박소였다. 아주 소박하게 꾸려졌지만 호텔 못지않게 서비스업이 고루 잘 갖추어져 아주 편안하였다. 물론 들어서면서 로비 벽에 걸려있는 그랜드 캐니언에 관한 소개가 제일 먼저 눈에 띠었다.

그랜드 캐니언은 애리조나 주 콜로라도 강이 콜로라도 고원을 가로질러 형성된 대협곡이다. 애리조나 주 북쪽 경계선 근처에 있는 파리아 강 어구에서 시작하여 네다바 주 경계선 근처에 있는 그랜드워시 절벽까지 구불구불 이어져 그 길이가 무려 447km. 너비6~30km 깊이1,500m로 넓고 깊은 협곡은 불가사의한 경관을 보여 준다.

그랜드 캐니언과의 만남을 상상하며 설레는 가슴을 꾹 누르고 잠을 설친 나는 이튿날 약 1 시간가량 차를 타고 목적지에 도착하였다. 물론 연중 내내 개방하는 사우스림은 42km 거리의 데저트뷰 드라이브가 공원까지나 있다. 차에서 내리기가 바쁘게 나는 뭇 관광객들을 헤치며 부랴부랴 협곡 변두리로 달려갔다. 오, 그랜드캐니언! 내가 이곳을 이렇게 집착하게 된 것은 10년 전 서울 63 빌딩에서 본, 세계가 열광한 아이맥스 영화의 걸작-그랜드 캐니언을 본 후이다.

1540년, 스페인 정부가 전설 속의 황금도시를 찾아 탐험대를 조직하여 나섰는데 그 중 데마르데니스가 이끄는 탐험대가 미 서부를 탐험하다 발견해낸 곳이 바로 그랜드 캐니언이다. 금광을 찾아 헤매던 그들은 비록 꿈속의 황금도시는 찾아내지 못했지만 북아메리카의 존재를 처음으로 세상에 알렸다고 한다.

내가 본 아이맥스 영화는 1869년 미국 정부로부터 특명을 받은 존 웨슬리 파월 소령과 탐험대원들이 역사적인 그랜드 캐니언 답사에 도전하는 모험기를 재현해낸 것이다. 어마어마한 산더미같이 눈앞에 쏟아져 나오는 아이맥스 특수 효과의 장면들과 광음들. 그랜드 캐니언은 몇 천 년 깊숙이 묻어 놓았던 자기의 비밀을 파헤치려는 인류와 맞서 대성질호하고 포효하였다. 그러나 탐험대들은 이 낯선 대자연과 사투를 벌이며 캐니언의 가슴속을 하나하나 들추어냈다. 형형색색의 오묘한 빛깔로 유혹하는 깊은 계곡의 아름다움과 바위 속에 새겨진 수많은 전설. 콜로라도 강의 날뛰는 거친 숨소리. 그 강 위의 탐험대들을 태운 뗏목들의 아찔아찔하고 위험천만한 질주. 나는 그 용맹한 슈퍼맨들로 하여 가슴이 뛰었고 무궁무진한 비밀을 안고 있는 캐니언의 신비롭고 장엄한 품위에 경탄을 그칠 수 없었다. 그랜드 캐니언에 가보는 것은 나의 여행 소망이었다. 어디 보자 그랜드 캐니언 우리가 왔다!

아니, 그런데 우리 눈앞에 펼쳐진 이 생소한 풍경은 무엇인가? 캐니언은 갑옷 같은 세월의 연륜을 쓰고 조용히 누워 있었다. 아이맥스 영화로 하여 우리 머릿속에 깊이 각인되어 있던 그의 모습은 자취를 감추었다. 날뛰는 사자 같은 모습, 협곡의 깊고 폭 넓은 물결의 거센 파도, 울울창창한 숲과 사나운 짐승들. 아아한 절벽과 그 동굴 속에서 원시인의 모습으로 생활하고 있던 아사나사족……. 모두 어디로 갔나? 한참만에야 나는 눈앞의 현실로 돌아왔다. 아아. 그래, 그 모든 것은 내가 영화에서 본 4천 년 전의 일이었다. 숙박소에 그랜드 캐니언의 현재 모습이 사진으로 찍혀 있었지만 내 상상에만 너무 몰두하고 있던 나는 그 상세한 소개와 사진들을 다 흘려버렸던 것이다. 지금 내 눈앞의 캐니언은 어찌 보면 길디긴 몸뚱이를 늘어뜨리고 누워있는 거룡의 미라와 같은 환각까지 든다. 나는 마음을 다시 한 번 안정시키고 머릿속에 각인

된 영상을 털어버리며 우리를 맞이하는 낯선 그랜드 캐니언을 답사한다.

1만7,000년 전 지구 깊숙한 곳의 압력이 위쪽의 땅덩어리를 들어 올려 오늘날의 콜로라도고원이 이루어졌으며 그 고원이 500년 동안의 침식 작용, 콜로라도 강과 매서운 바람, 얼음사태들의 대거 습격으로 고원 속에 세계에서 제일 깊은 오늘의 캐니언을 태어나게 했다. 강에 의해 침식된 계단모양의 협곡과 색색의 단층. 기암괴석들……. 1,500m 높이의 캐니언의 절벽엔 20억년이라는 지구의 지질학 역사를 보여주는 암석층의 속살이 고스란히 드러났다. 거대한 퇴적물이 침식작용으로 생성된 여러 가지 줄무늬를 바라보며, '지질학교과서'란 말이 왜 나왔는지를 실감하게 된다. 정말 학술적인 가치가 대단한 곳이다. 협곡의 저 깊은 아래쪽에는 원시 바닷말도 보이며 그 위쪽에는 중성대의 조개와 삼엽충, 공룡의 뼈와 발자국, 낙타, 말, 코끼리의 화석 등도 발견되고 있다고 한다. 그래서 오늘의 이 말없는 캐니언은 옛날과는 또 다른 마력으로 온 세계 관광객들을 흡입하고 있는 모양이다. 노새를 타거나 경비행기를 타고 캐니언을 샅샅이 누비는 관광객도 있다. 젊은 층의 관광객들은 가파른 절벽 길을 따라 협곡의 밑층으로 내려간다. 내리고 다시 올라오는 데는 모험도 모험이지만 너무 많은 시간이 걸릴 테지만 이 변천한 협곡의 깊숙한 곳의 비밀을 제 눈으로 확인하고 싶고 손으로 만져보고 싶은 유혹을 뿌리칠 수 없는 모양이다. 나도 절반쯤 내려가는데 "위험해요, 너무 힘들어요, 올라오세요"하고 위에서 소리치는 애들의 목소리를 듣고 다시 힘겹게 올라왔다. 물론 사우스림의 절벽을 따라 전망대가 설치되어 협곡을 내려다볼 수 있어도 말이다.

그랜드 캐니언의 양안에 무한대로 펼쳐진 고원은 맨 가슴으로가 아니라 각종 이름 모를 초목들을 키우며 캐니언이란 이 기다란 거물의 숨결을 완강히 영위하고 있었다. 눈에 잘 보이지는 않지만 그 품 안에 상상 밖으로 70여종의 동물들과 250여종의 새들, 25종의 파충류들이 살고 있단다. 가장 흔한 동물은 다람쥐, 코요테, 여우, 사슴, 오소리, 시라소니 등등이란다. 그렇다. 그랜드 캐니언은 누워있는 미라가 아니라 유서 깊은 가슴에 아직도 특유의 생명들을 키우고 있는 커다란 생령이었다. 그는 조용히 누워서 초창기의 황홀했던 젊은 시절을 상기시켜 주고 그 옛날 자기 가슴에 겁 없이 뛰어든 용맹한 탐험대들의 이야기를 들려주고 있으며 인류의 힘으로 막아낼 수 없는 대자연의 변천을 이야기하고 있다.

하루 종일 8월의 뙤약볕을 받으며 협곡의 둘레 길과 골짜기 중턱까지 답사했던 나는 몸이 지칠 대로 지쳤지만 알 수 없는 격정에 가슴이 설렜다.

식을 줄 모르고 타오르던 태양이 이제는 협곡의 건너편 저 멀리 고원의 지평선에 걸려 불그스레한 원형을 드러내고 있다. 열기가 많이 식었다. 캐니언의 절벽은 시간에 따라 색을 달리한다. 아침에는 은색과 금색으로 반짝이다가 정오에는 연한 갈색으로 바뀌고 해질 무렵에는 붉은 색이 되어 버린다. 달빛이 은은한 밤이면 주위는 어느새 시원한 푸른색으로 변하기도 한단다. 유람객들은 협곡 변두리에 꾸려진 작은 공원들에서 카메라를 들고 이곳에서 또하나의 멋진 풍경으로 알려진 일몰을 렌즈에 잡아넣느라 분주하다. 캐니언은 제일 먼저 어둠의 면사포를 끌어당겨 자기 깊은 곳의 가슴을 가리기 시작한다. 나는 한국의 동해바다, 서해바다, 남해바다를 돌아다니며 수평선의 멋진 일출과 일몰을 수 없이 카메라에 집어넣었었다. 그리고 이번에도 협곡의 이모저모를 들고 다니는 아이패드에 나름대로 골라 많이 찍었다. 그러나 바로 지금 눈앞에 놓인, 내리 깔리는 어둠속에서 깊이를 가늠할 수 없는 협곡을 사이 두고 끝없는 광야의 저 끝에서 열기를 다 식힌 빠알간 태양이 마지막 빛살을 지평선에 꽂아 놓고 어둠의 도래를 예고하는 캐니언의 일몰이 이처럼 장엄하고 아름다울 줄 몰랐다. 그것은 단 하나의 화면으로서는 도저히 그 정서를 집어낼 수 없는, 공포와 황홀함의 조화물인 절묘한 광경이었다.

백발이 된 한 할아버지가, 그러나 아직은 체구가 퍽 건강한 미국인이 나를 보고 얼마나 멋있느냐는 뜻으로 두 팔을 벌리며 어깨를 으쓱한다. 나도 웃으며 고개를 끄덕인다. 그리고 무심결에 그를 조용히 훑어본다. 얼굴엔 지울 수 없는 세월의 흔적이 가득 자리를 잡고 있었다. 정수리엔 머리가 다 빠지고 둥그렇게 뒷머리를 장식하고 있는 백발은 석양빛을 받으며 저녁 바람에 힘없이 날리고 있었다. 문득 나는 그 할아버지의 젊은 시절은 어떠했을까 상상해본다. 피 끓는 청춘의 그 나날 그에게도 저 캐니언과 같이 무성한 수림과 넘치는 정력, 그리고 콜로라도 강과 같이 힘찬 인생분투의 질주가 있었으리라. 그리고 그 슈퍼맨과 같이 멋진 체구와 불타는 눈동자의 얼굴을 가진 젊음의 가슴엔 그만이 추억할 수 있는 많은 스토리들이 묻혀 있을 것이다. 이 세상의 모든 것, 대자연도, 인간도 세월의 변천을 이겨내지 못한다. 그래서 이 세상에 지금의 그랜드캐니언이란 기적이 태어났다. 1919년에 캐니언은 미국의 자랑스러운 국민공원으로 선정되었고, 1979년 유네스코 세계자연유산으로 지정되었다. 그랜드 캐니언은 세월이 가져다 준 변천의 또 다른 가치로 이 세상에 새로운 기상과 매력을 호소하고 있다……

"손님. 양식으로 드실래요, 한식으로 드실래요?" 식당차를 밀고 온 아리따운 항공아가씨가 나의 사색을 깨뜨린다.

안녕, 캐니언! 나의 여행코스에 또 하나의 잊을 수 없는 이정표여!

리문호 약력

2007년 8월 '11회 연변지용제 정지용 문학
상 수상. KBS창립 45주년/50주년 기념행사
에서 망향시 우수상 2차 수상. 연변작가협회
회원, 료녕성 작가협회 회원, 심양조선족문
학회 부회장
시집 '달밤의 기타소리', '징검다리', '자야의
골목길' 등 6부 출판

경포대에서

아, 오천년을 담궈 익힌 술 !

가득한
청주(淸酒) 한 사발과 마주 앉아
한껏
정취에 빠져 드노라

이 나라가 흘린
눈물과 땀과 선혈에
영용(英勇)이란 누룩을 섞어 빚은 술
별 빛, 달 빛, 햇빛을 받아
장장 반만년 유구한 혼령으로 익은 술

저토록
주향이 쪽빛으로 푸르러
오늘에 부어 놓았구나

그 위에 일렁이는 눈빛들
반짝이는 계시의 섬광
헤아리자, 우리에게 주는
간곡한 부탁은 무엇이더냐

저 멀리
호만이 활등 같은 동해 바다
태양이 오고 가는 길에
겨레의 염원이 용용 넘실거리고 있어라

압록강 연가

압록강 북안에 느티나무처럼 우두커니 서서
압록강 남안의 수묵화 같은 그림 바라보네
이토록 하염없이 넘실대며
아아, 하염없이 하염없이 넘실대며……

사무치게 가보고 싶은 저 곳
불러도 대답 없는 저 곳, 어떤 곳일까
능선들이 하늘아래 겹쳐 뻗은 산
푸른 연기 실실 피어오르는 집과 마을들

저 먼 피안에서 빨래하는 아낙네들
발가벗고 물놀이 하는 아이들
괴나리봇짐 지고 가는 저 노인들
누구일까, 묻고 싶어도 멀기만 하네

할아버지 할머니 살았다는 저 곳
아버지가 열다섯 살에 떠나 왔다는 저 곳

옛 말속으로 가는 그리움이 무거워지는
자꾸 눈물이 글썽이는 저곳은 어떤 곳일까

물새의 구슬픈 울음에 전설이 그림처럼 번지고
한 많은 이야기 포말로 하얗게 거품이네
보면 볼수록 가보고 싶은 저 곳
목구멍 터지도록 부르고 싶은 저 사람들

물결 타고 붉은 낙조가 하구에 사라지네
오늘 밤엔 꿈 다리가 강반에 걸쳐질까
하얀 그리움이 불면의 흰 돛 달고
무지개를 미끄러져 넘나드네 넘나드네

왕희지의 '난정서(蘭亭序)'와 천고에 쌓인 베일

중국 절강성 소흥시에서 서남쪽으로 약 12km 떨어진 난저산 자락에는 난정(蘭亭)이란 원림이 있다. 이는 중국에서 서예의 성지(聖地)라 불리는 곳으로 중국, 한국, 일본 서예계에 널리 알려진 곳이기도 하다.

필자가 2013년 6월 1일 이곳에 찾아갔을 때는 이미 '29회 중국 난정 서예(書法)절'을 치렀으며 중국 서예의 최고상인 '4회 중국 서예 난정상'이 성대히 폐막한 후였다.

아직 상품화의 물결이 휩쓸리지 않아 노점상들의 잡다한 싸구려 소리가 없는 조용한 난정에는 세월의 고풍을 자아내는 검은 이끼가 돋친 '아지비(鵝池碑)', '난정(蘭亭)' 정자, 곡수류상(曲水流觴), 강희제의 〈난정서〉를 추모하여 돌에 조각해 세운 '어비(御碑)'석, 문아(文雅)한 왕희지의 사당이 수죽(修竹)과 수림, 못에 고즈넉이 어울려 깊은 묵향의 음운과 옛 정서를 담고 있다.

필자는 수림속 개활진 곡수류 상단에 이르러 마음은 동진 영화 9년, 즉 기원 353년 3월 3일 삼진날로 간다. 이 날을 '상사절(上巳節)'이라고도 하는데 주(周)나라 때부터 내려 오는 풍속으로 강가에 나가 세수를 하고 몸을 씻으며 액운을 떨어 버리고 묵은 때를 벗는 수계제(修禊祭)를 지낸다. 왕희지는 소흥 명문가족의 명사와 제자 사안(射安), 사만(射萬), 손작(孫綽), 서풍지(徐豊之) 등 41명을 난정에 초대하여 수계제를 지낸다. 수계제를 지낸 후 흐르는 물에 술잔을 띄우는데 바로 이것이 곡수류상이다. 곡수의 양 편에는 왕희지를 포함해 42명의 명사가 가지런히 앉아 있다가 술잔이 물결 따라 누구에게 가면 시녀가 건져내어 마시게 하는데 마시고는 반드시 시를 지어야 한다. 만약 시를 짓지 못 하면 벌주 3두(斗)를 마셔야 하는데 1두는 지금으로 말하면 반근이니 한 근 반을 마셔야 한다. 술은 소흥의 명주 황주이다. 이리하여 11명은 각기 2수, 15명은 각기 1수를 지었으며 16명은 벌주 3두를 당하였다. 시들을 걷어 한데 모으고 서문을 쓰게 되었는데 손님들의 제의에 따라 왕희지가 쓰게 되었다.

왕희지는 그날따라 기분이 좋고 주흥이 도도하여 쥐의 수염으로 만든 서수필(鼠鬚筆)을 들고 누에고치로 제작한 잠견지(蠶繭紙)에다 28행 324자의 붓글씨를 썼다. 이것이 바로 훗날 서예계가 지고무상으로 떠받드는 〈난정서(蘭亭序)〉 혹은 〈난정집서〉이다. 왕희지는 집에 돌아와 몇 번이고 다시 베껴 쓰려 하였지만 처음 쓴 경계에는 미치지 못 하였다. 〈난정서〉는 당 나라에 이르러 '고금서첩제일'과 송나라에 이르러 '천하 제일 행서'로 왕희지는 '서성(書聖)'으로 추대 받게 되었다.

당 나라의 서예가 손과정은 성공적인 서예의 창작요소를 말할 때 5합이 있어야 한다고 하였다. 신이무한(神怡務閑), 감혜순지(感惠徇知), 시화기윤(時和氣潤), 지묵상발(紙墨相發), 우연욕서(偶然慾書)이다. 왕희지는 〈난정서〉를 쓰는 당시 정신적으로 물질적으로 영감적으로 모두 극치에 도달하였음을 말해 준다.

왕희지는 평생 거위와 난초를 각별히 사랑하였다. 그는 거위와 난초에서 서예 창작의 영감을 얻었으며 필묵을 숙련시켰다. 〈난정서〉에는 갈 지(之)가 20자 들어 있는데 한 글자도 같은 것이 없으며 수면에서 거위가 헤엄치는 각양각색의 평온한 자태와 같다. 그리고 필획은 난초가 바람에 나부끼는 것 같은 자유자재의 풍격이다.

여기서 짚고 가야 할 것은 잠견지(蠶繭紙)이다. 잠견지는 고려지라고 불리
는데 중국에서는 생산할 수 없었던 종이로 최상의 품질을 자랑하는 고려인의
지혜로 제작된 종이다. 명주와 같이 하얗고 비단과 같이 질기며 먹물이 잘 배
어 서예가 누구나 갖고 싶어 하는 종이였다. 하지만 지금은 한 조각도 발굴된
것이 없으며 제지기술도 영영 실전되고 말았다.

왕희지는 죽으면서 〈난정서〉를 가보로 간직하라는 유언을 남겼다. 그리하
여 270년 동안 아무 사회적 효과를 내지 못하고 가문에 묻혀 있었으며 왕희
지의 7대손 지영 (智永)이 소장하고 있었다. 지영은 월주 영흠사 스님이 되어
물려 줄 자손이 없게 되자 죽으면서 자기의 제자 변재(辨才)에게 물려주었다.
당 태종 이세민은 서예에 대하여 조예가 깊으며 왕희지의 서예를 특별히 숭
상하였다. 그는 황제가 된 후 민간에 소장된 왕희지의 필적을 2,300여 첩을
수집하였다. 그러나 〈난정서〉만을 수집 못해 한스러워 하였다. 그는 사람을
파견하여 변재를 찾아 가게 하였으나 번번이 빈손으로 돌아 왔다. 변재가 모
른다고 딱 잡아 떼었던 것이다. 이세민은 강산과 황후를 제외하고 어떤 대가
를 치르더라도 〈난정서〉를 손에 꼭 넣을 정도로 집착하였다. 이세민은 감찰
어사 소익(蕭翼)을 불러 네가 가서 찾아오라고 하였다. 소익은 당 태종에게
왕희지의 서예를 몇 첩 얻어 가지고 산동 선비로 위장하여 영흠사에 갔다. 몇
달 동안 접촉하면서 소익은 변재의 신임을 얻었다. 하루는 소익이 왕희지의
서예를 변재에게 보이면서 진품이 아닌지 모르겠다고 하였다. 변재는 유심히
바라보다가 진품이 맞다고 하면서 자기에게도 있는데 보려면 내일 오라고 하
였다. 이튿날 변재는 자랑스럽게 침실의 대들보에 구멍을 파고 숨겨 두었던
왕희지의 필적을 소익에게 보여 주었다. 〈난정서〉였다! 당 태종이 그토록 찾
으려던 〈난정서〉이다! 며칠 후 소익은 변재가 강으로 목욕간 틈을 타서 영흠

사에 들어가며 문지기 중에게 스님께서 정건(淨巾)을 가져오라 시켰다며 들어가 〈난정서〉를 도둑질해 줄행랑을 놓았다.

당 태종은 〈난정서〉를 받아 쥔 후 용안에 희색이 만면해 당장 소익을 원외랑(員外郎)으로 진급 시켰으며 변재에게는 왕을 속인 죄로 처벌이 마땅하나 사면하고 비단 삼천 필과 양곡 삼천 석을 하사하였다. 하지만 변재는 소익에게 배반당한 원통함과 목숨처럼 여긴 〈난정서〉를 도둑맞고 나서 병들어 일년이 못되어 죽었다. 이리하여 황제인 이세민의 인격에는 큰 오점을 남겼으나 〈난정서〉로 하여금 사회적 효과를 발휘하는 데는 크게 기여하였다. 소익의 비도덕적인 행위는 지금도 중국 소장가들의 질책을 받고 있다.

당 태종은 최고의 서예가들을 시켜 모필하고 탁본하게 하였으며 십여 첩을 가족이나 대신들에게 하사하였다. 지금 북경고궁박물관에 있는 〈난정서〉는 그때 풍승소(馮承素)가 모필한 것으로 필법, 묵기(墨氣), 행관(行款), 신운(神韻)이 원래의 것과 근사한 것이다. 당 태종은 죽을 때 〈난정서〉를 순장해 달라는 유언을 남겼다. 그러나 후량의 휘주 절도사 온도(溫韜)가 소릉(昭陵)을 도굴하면서 〈난정서〉의 행방은 사라졌다. 또 어떤 설은 당 태종과 순장한 〈난정서〉는 모조품이며 진품은 당 태종의 아들 이치가 갖고 있다가 이치가 죽은 후 측천무후와 함께 순장되어 건릉(乾陵)에 있을 것이라 한다.

역대 서예가들이 쓴 〈난정서〉의 모본은 수천 첩이 넘는다. 그 누구나 서예가면 왕희지의 서예 경지에 오르려고 노력 하였던 것이다. 〈난정서〉는 서예의 경서일 만큼 서예가들의 심리를 휘어잡았다.

각종 베일에 싸인 서성 왕희지의 〈난정서〉, 그 행방은 영원한 수수께끼로 천고에 남아 있다!

마앤(马彦) 약력

필명 펑예(枫叶), 한국계 중국인으로 한국 경기도에 거주. 한국 국제문화예술교류협회 부회장, 재한동포문인협회 이사, '동북아신문' 칼럼니스트. 국내외 신문 잡지에 시 작품 육속 발표.
장편소설 '국제결혼(跨国婚姻)'등 발표. 중국 '전국 제1회 기몽(沂蒙)정신난전(兰田)문학상', '전국 제1회운하(运河)산문금범(金帆)상', 한국 '설원문학상' 우수상 등 국내외문학상 다수 수상.

아쉬움

나는 손에 잡은 필을 멈추고
사상을 쉬게 한다
그러나 마음 가득한 사색을 누르지 못하고
벌떼처럼 몰려들게 한다

나는 발걸음을 멈추고
풍경 앞에 멈추었다
그러나 피로를 이기지 못하고
다시 출발하였다

나는 연로한 어머니 옆에 더 같이 있고 싶다
시간을 젊게 하여
그러나 포옹하기에는 늦어
급하게 돌아가는 길을 밟는다

나는 고향에 더 머무르고 싶다
이별이 더 무거워지지 않도록
그러나 고향의 거리를 다 걷지 못하고
고향의 진흙을 다 입맞춤하지 못한다

고향은 그리 먼 곳에 있지 않다
어찌하여 매번 깊은 아쉬움만 남길까

가을

마른 향기를 맡으면서
정겨운 황량함을 끌어안는다

산언덕에 올라서
가을의 모양을 찾는다

막막함은 없고 갈망만 부풀어 있다
발아래의 다채로움을 딛고
사람은 가을바람 속에서 유유히 걷는다
도처에 널린 낙엽은 옛일을 추억하는 의상이다
가을은 바로 이러하다

성숙은 노쇠가 아니다
당신은 얼마나 많은 사람들로 하여금 그리움이 쌓이게 하였는가
붉은 단풍림
은행나무의 금빛 찬란하고 휘황함
백양 굽은 버드나무 용수 나뭇잎
첩첩히 거리와 골목에 가득 쌓인다
묵직한 가을이여
너는 얼마나 많은 미련을 가진 발걸음들을 이리저리 헤매게 했
는가
너는 얼마나 많은 사랑에 푹 빠진 사람들을 미치게 하였는가
너를 위해서
나도 뜨거운 눈물이 행렬을 이루었다

겨울사랑

눈이 흩날리는 날
이미 만리가 얼어붙고
동북풍이 울부짖는다
돌아갈 곳을 찾지 못하고
사랑을 산꼭대기까지 불어갔다, 당신은 바로 앞에 서있다
그러나 솜옷으로 밖을 가리고
뜨거운 심장이 마구 뛴다
격정을 떠나지 못하고
시간이 바꾸는 것은 계절이다
연소하는 것은 당년의 깊이 빠진 사랑뿐만 아니다
안개가 피어오르고
정신이 몽롱하다
이미 선경에 이른 줄 안다

마치다이(马启代) 약력

1966년생, 원적 산동 동평. "양심을 위해서 글을 쓰자"의 창도자, '창허문집(长河文丛)', '산둥시인(山东诗人)', '창허(长河)'편집장. 1985년 11월부터 작품을 발표하기 시작하여 시문집 22부를 출판하였고 2016년 제1회 아시아시인상(한국), 제4계적살(滴撒)시가상 등 〈산둥문학통사(山东文学通史)〉에 편성되었다.

가을 매미가 노래를 부르면서
죽어가고 있다

나에게 있어서 가을 매미는 다른 조류와 다름이 없다, 그들은 노래한다
천성이 이러하여, 온 여름 동안 쉬지 않는다

지금, 나는 모든 천연의 생물을 존중하는 방법을 배웠다

벙어리 매미는 인류의 사상가와 같다
그가 노래하지 않는 데는 필시 입을 열지 않는 이유가 있을 것이다

종일 노래하는 매미들은 높은 가지를 차지하고 줄곧 소란스러움을 멈추지 않고
깊이 사고하고 묵상하는 자들은 수관 뒤에 숨어서 자신의 저작을 쓰고 있다

이때 남반구의 빙설이 안으로 숨어들고 만물이 복귀하여
이곳의 가을바람은 서늘해지고 죽어들어 찬바람이 되려한다

내가 목소리를 따라 바라보니, 담장 밖에 노래하는 자들은 곧 노래 소리에 매장될 것이다
침묵하는 자들은 충분이 유전되는 황금과 향수를 갖고 있다
온 하늘이 점차적으로 그 모양으로 변화하고 있다

—나는 광음 밖에 숨어서 매미의 우아한 울림소리를 듣고 있다

왕이즈(王羲之)에게

고향의 맑은 물은 당신에게 씻기어 먹물이 되고
'난정서(兰亭序)' 위의 먹물만이 영성이 살아있다
걸을 줄 알고, 날줄 알고, 천 년 전에 말을 할 줄 안다

이 년대에 시를 쓰는 것과 글을 쓰는 것은 크게 다르다
열심히 할수록 진귀해지고, 양식과 더 바꿀 수 없게 된다

생활의 물에서 나는 이미 반생을 저었다
예서(隶书)와 같은 궤적은 한줄기 바람을 이기지 못하고

인생은 어찌하여 초서를 쓰듯 하겠는가? 왼쪽 삐침과 오른쪽
삐침처럼
모두 표본이 있어 이미 위는 뜬 구름 같고, 아래는 놀란 용 같기
어려워 졌다

매 줄의 시구는 모두 천만갈래 산과 강의 체중과 같아
필을 손에 들면 나는 어떻게, 어떻게 시작을 떼야 할지 모르겠
다……

마쇼우캉(马晓康) 약력

중국 산둥 동평(山东东平) 1992년 출생. 마카오에서 7년 머무르고, 지금은 베이징에서 살고 있음. 대표작은 장시 〈도망기(逃亡记)〉, 〈환혼기(还魂记)〉가 있고, 2017년 4월 한국설원문학상해외특별상을 수상. 시집 3부를 출판하였고, 그 외에 유학주제의 장편 소설 〈멜버른 상공의 구름·인간(墨尔本上空的云·人间)〉이 출간하였음.

하늘은 거꾸로 쏟아지고
나는 이미 지금 상황에 안락해 있다

거짓말이 아직 진흙에 스며들지 않았을 때
사람들은 엷은 안개 속에서 원으로 둘러싸고
서로 습윤했던 혓바닥들은 선으로 얽히어
한 무리의 날다가 떨어진 새를 방불케 한다

형제여, 우리들은 수림에 잘 못 들어섰다

밥 짓는 연기가 없는 지방은 너무 추워, 낙엽으로 자신의 수치

를 가릴 수밖에 없다

향을 피우고 신에게 비는 사람들은 덩굴을 자르고

불을 지른다…

출로의 끝자락에서 우리들은 머리를 숙이고 결탁하였다……

몇 차례나 햇빛은 접혀서 검정색으로 되었고……

가상은 큰 주머니를 만들어 내고, 모든 것이 흙으로 돌아가고

다시 만들어진다. 형제

우리들은 모두 깃발을 든 자객이 아니다

몇 번이나 나는 자신에게 조용히 하라고 명령했던가

몇 번이나 자신이 승리했다고 여긴 것이 다시 공포를 가져다

주었나

몇 번이나 나는 꿈속에서 넘어졌는가……

찬 공기에는 열렬한 환호가 만연하고 있다

창밖에 쾅 하는 소리가 들렸다

그는 미친 듯했다. 돌면서 이미 생사를 잊었다
'성경'은 그의 마음 속의 야수를 해독할 수가 없고
사계절동안 고향에서는 석탄을 가져다주는 사람이 없다
그는 2층에 주저앉아 물이 아래층으로 넘쳐 흐르 듯
방음벽은 음모를 감출 수 없고
그는 다시는 무언가를 올려다보지 않는다.
그는 토지를 환상하는데 자신이 높이 솟는 것을 발견했다
그는 천천히 기었는데 연소했다
마치 그의 영도 이하의 조급함과 같이
그는 종래로 자신을 용서하지 않았고, 그 누구도 용서하지 않았
다……
신과 영웅은 큰 사랑을 칼끝에 감추어 둔다
그러나 그는 단지 반박에 익숙하지 않는 사람일 뿐이다

막섬주(莫緣珠) 약력

본명 왕연지(王延志)이고 중국 호북성 의창
시에 거주하고 있다. 現중국현대시가망(詩
歌网)편집이고 봉황시사(詩社)아시아주 사
장이다.

가을에 휘날리는 국화

조금 부끄럽고
시들어가는 계절에
가볍게 옷을 풀어 서늘함을 품고
뒤돌아보면 우아한 설렘이 있다
시야 이외에
그 아름다운 모습이 상투 위에 있다
파리 불러 서리에 주름이 생기고

기러기 그림자 남쪽으로 가고 있다
하얀 정서가 점점 얼어가고 있다
바람이 소매에 숨겨 눈에 뛰지 않고
목가(牧歌)는 이미 산비탈 밑으로 날아가고 있다
그 외로운 국화
이웃 여동생과 함께 하늘거리고 있다

찬비는 소리 없다

안개 속에 내려가다
비가 오동나무를 데리고 떠돌아다니다
계절이 천천히 여위어지다
거꾸로 비친 그림자 속에 구겨진 파초뿐이다
원숭이의 외침이 벌써 사라졌다
돌올한 암벽이 조용히 빽빽히 둘러싸다
단풍잎은 협곡에 날아가고 있다
그윽한 수면에 산이 겹겹으로 줄지어 있다
시 읊은 소리 분명히 들리다
청석을 밟아 올라가며
구불구불한 잔도에 찬비는 소리 없다
다리 위에 삿갓이 선착하고 있다

박금옥 약력

중국 연길 사람. 현재 충북 영동군 감고울요
양병원 간병인
시, 수기, 수필 수십 편 발표. 수상 다수.

간병 일에서 느낀 생각

나는 2010년 10월 20일에 무연고동포방문취업제 한국어 능력 시험을 치고
추첨되어 고국에 대한 정을 품고 정든 고향을 떠나서 한국에 진출했다. 한국
에 와서 몇 달 동안 식당서 일하다 지인의 소개로 간병 일을 하게 되었다.
처음에는 개인 간병 일을 하다 조건이 여의치 않아서 공동 간병 일을 택했다.
나는 지금 충북 영동 요양 병원서 7명의 환자를 돌보고 있는데 5명의 환자는

자기 스스로 운신할 수 없어서 밥도 내가 떠먹여 주는 상황이고 2명의 환자

가 워커 끌고 겨우 걸어 다니고 있는 상황이다.

아침 5시에 일어나서 손 소독하고 환자들 상태부터 둘러본다. 간밤에 환자들에게 무슨 일이 생기지 않았는지 둘러본다.

환자들은 마치 애들처럼 포근히 새벽잠에 빠져있다. 나이 들어도 삶의 꿈은 버리지 않은지라 겉보기에는 앓는 환자 같은 기색이라곤 알아볼 수 없을 만큼 조용하다.

환자들의 나이는 평균 70세부터 90정도이고 대부분 시골에서 농사일 하다가 병으로 할 수 없이 자립할 수 없어 요양병원에 오게 된 것이다.

요양원은 주로 장기입원 환자 혹은 죽음을 눈앞에 두고 들어온 환자로서 죽어서 시체가 되어야 나가는 곳이다. 삶의 마지막 길인 것이다.

치매가 와서 입원하는 순간부터 자식들도 제대로 알아보지 못해서 그동안은 내가 간병이자 보호자인지라 나에게 의지한다. 연세가 있는지라 귀가 어두워서 듣지 못해서 내가 귀에 대고 소리치고 손시늉 해야 겨우 알아듣고 웃는다.

아침 다섯 시에 일어나서 환자들의 귀저기 바꿔 주고 세수 시키고 방 청소하고 환자들 식간 물 떠오고 아침 식사 준비를 한다. 아침은 7시 반에 들어오는데 반찬은 환자들마다 다르게 들어온다. 그래도 환자들은 반찬이 짜든 싱겁든 맛있든 맛없든 잘 드시고 있다.

온 하루 병원에서 주는 세끼 밥에 매달려 있으니 오후 2시면 간식을 주는데 간식으로 요구르트 아니면 과자 하나씩 나누어 주면 그것도 별맛이라고 맛나게 드시고 있다. 곁에서 간식 드시는 모습 지켜보면서 환자들 불쌍하고 가엽고 안쓰러워 보일 때가 많다.

환자들이 병원에 있는 동안 어떤 자식들은 맛 나는 반찬 과일들 가지고 자

주 부모들 보러온다. 근데 많은 자식들은 한 달에 한 번씩 부모들 보러 오는

데 요구르트 3줄 달랑 사들고 어떤 자식들은 빈손으로 왔다가 10분정도 서 있다 돌아가는 경우도 많다. 그래서 어떤 환자들은 문병 온 자식들 보고 문병 왔다는 게 같이 있는 환자들에게 인사도 안 하고 요구르트 하나도 돌리지 않고 가느냐 하고 책망할 때가 많다

일반적으로 주말이면 자식들이 부모 보러 오곤 하는데 대부분의 자식들은 주말에도 뭐가 바쁜지 부모 보러 오지도 않는다. 일 년에 2번 정도, 그것도 구정하고 추석에만 찾아오는 자식도 있다.

더구나 한심한 것은 어떤 자식들은 빈손으로 와서 부모 보고 무엇을 드시고 싶은가 묻는데 부모들은 자식이 돈 든다고 아무것도 생각이 없다고 대답한다. 그러면 자식들은 옆 사람들의 눈치 때문에 가까운 마트에 가서 싸구려 요구르트에다 라면 몇 봉지 사다주고는 돌아간다. 이쯤해도 괜찮은 편이라고 하겠다. 왜냐하면 어떤 집 자식들은 자식이 일곱이라도 병원비 제때에 지불하지 않아서 환자를 난처하게 만들 때가 많다.

올해 신정에도 두 집만 자식들이 부모 보러 오고 나머지 집들은 오지 않았다. 그래도 환자들은 세수도 말끔히 하고 아침부터 해질 때까지 누가 오나 문밖만 하염없이 바라본다. 혹시나 자식들이 오나 해서 혹은 자식들이 빈손으로 와도 반갑다고 눈물 흘리면서 자식들 손을 붙잡고 놓지를 않는다.

병실에 95살된 나는 성질이 괴팍한 환자가 있었다. 이 환자는 근 보름동안 설사가 와서 금식하고 링거를 맞고 죽음의 변두리에서 헤매고 있었다. 그래도 아들은 한 번도 보려 오지 않고 작은 딸이 보러 다녔는데 운명 임박해서는 보호자들 누구도 오지 않았다.

10월 8일 환자는 온밤을 설사하고 구토하더니 새벽녘에 눈을 감았다.

자식들에게 유언 한마디 남기지 못한 채 내가 마지막 길 기저귀 바꿔주고

짐 정리하고 손을 잡아 주었다. 마치 자식처럼 하루 세끼 미음도 한 술 한 술

떠먹여 주면서 마지막 길을 편안히 보내 주었다.

세월의 흐름 속에 시대가 바뀌고 사람들 사이도 변하고 있는 이때 부모 자식 사이도 변해 가고 있는 것이 오늘날의 현실이 아닌가 싶다.

자식 많고 출세해서 유명인사 된들 무엇 하랴. 제 한 몸 의탁할 데 없어 타인의 손에 맡겨져 눈치 보며 생활하면서 외로운 나날들 보내고 있는데…….

외로운 나날들 보내면서 심지어 그렇게도 애지중지 키운 자식들도 알아보지 못하고 마치 천진난만한 애들처럼 요양원에서 주는 하루 세 끼 밥을 유일한 낙으로 사는 참으로 불쌍하고 외로운 노인들의 딱한 모습이다.

간병일을 하면서 물론 돈을 벌려는 목적도 있겠지만 환자를 내 부모처럼 내 가족처럼 생각하고 배려하는 마음으로 환자를 돌봐드려야 되겠다는 생각을 가지게 되었다.

이와 반면에 나도 자식을 둔 부모인데 나의 노년도 저 노인들처럼 되면 어떻게 할까 하는 생각이 들기도 한다.

그러므로 앞으로 우리 모두 부모를 존중하고 효도하며 정말 바삐 도는 상황이라면 전화로 안부도 자주하고 부모 생전에 잘해 드렸으면 하는 바람이다. 부모가 저세상에 간 다음 후회의 눈물 마구 쏟아도 아무 소용이 없으니 말이다.

있을 때 잘하라는 말도 있지 않은가!

박남선 약력

수필가. 길림재무학원 국제금융전공, 현재중
국공상은행서울지점 인사총무부부장.
재한동포문인협회 이사. 동포문학 5호 수필
부문 대상 수상.

가죽다이어리

　나는 가죽을 좋아하여 다이어리는 대부분 가죽으로 된 케이스를 사용한다.
지금으로부터 20년 전의 어느 여름날, TV에서 양가죽을 가공하는 장면을 보
다가 순간 직접 만들어 보고 싶은 커다란 호기심이 생겼고 고민 끝에 한 장
가공해보기로 마음먹었다. 그리하여 종래로 가보지 못했던 교외에 있는 도살
장을 찾아갔는데 피비린내와 도처에 널려있는 소가죽과 양가죽을 보니 너무
나 소름 끼쳤다.

정작 사려고 보니 소가죽은 너무 커서 엄두도 못 냈고 그냥 금방 잡아 벗긴 양가죽을 사오게 되었다. 둘둘 말아놓은 양가죽에서는 비린내와 지린내가 그때까지도 식지 않은 양 온기를 타고 뜨뜻한 냄새를 풍겼다. 양털에 말라붙은 양 똥과 핏물 그리고 양털 사이에 가득 끼어있는 나무 가지와 나뭇잎들을 보니 괜히 이런 짓을 하는 것이 아닌가 싶어 후회도 들었지만 그래도 생각한 대로 해보고 싶었다.

혹시라도 얼굴을 아는 사람들한테 들키면 체면이 떨어 질까봐 으슥한 강변가에 자리를 잡고 웃옷을 벗어 던지고 양가죽을 씻기 시작하였다. 강물에 쭉 펴서 담근 후 얼마간 지난 후 큼직한 빗으로 양털을 조심스레 좌우로 빗으면서 나뭇잎과 가지, 양 똥을 훑어냈다. 고약한 냄새가 코를 찔렀지만 땀을 흘리면서 뒤 시간이나 열심히 씻었더니 어느덧 오물은 없어졌고 누런 색깔의 양털이 모습을 드러냈다. 집에 가져가서 계속 가공을 할 수 있는 첫 단계 클리닝은 끝난 셈이다. 물을 털어낸 후 큼직한 비닐주머니에 넣어 차에 싣고 빨리 만들고 싶은 조급한 심정에 집에 도착해서 본격적으로 TV에서 본 그대로 두 번째 단계인 양가죽 가공을 시작하였다.

먼저 화장실에 있는 큰 물통에 따스한 물을 넣고 소금과 세탁제 그리고 백반이라는 화학약품을 비례대로 넣은 후 휘젓고 용해시켜 양가죽을 그 안에 담근 것이다. 그렇게 10여일이 지나면 양가죽에 스며 있던 기름이 완전히 빠져나가고 누런 양털도 깨끗이 때를 벗고 하얗게 된다. 이런 흐뭇한 생각에 잠겨 좋은 기분으로 양가죽을 담은 물통뚜껑을 여는 순간 양 노린내가 확 풍겨와서 하마터면 웩 하고 토할 뻔했다. 눈물이 찔끔 났고 저도 몰래 얼굴을 찡그렸다. 양 기름 냄새와 털에 배인 그 오줌냄새가 여전히 그대로 풍기고 있던 것이다. 이미 시작한 일이니 울며겨자먹기로 계속 해야만 했다.

물통 뚜껑을 꼭 닫아놓으니 일은 두 번째 단계도 끝난 것이다. 계획 대로 열흘만 기다리면 된다. 궁금증에 찬 나는 퇴근하여서도 매일 마스크를 쓰고 물통 안의 양가죽을 빨래하듯 저어놓아 재료들이 물통 밑에 가라앉지 않게끔 애를 썼다. 하지만 매번 물통 뚜껑을 열 때면 그 속에서 풍겨 나오는 냄새는 집안까지 풍겨 들어가 부모님한테 얼마나 꾸지람을 당했는지 모른다. 심지어 아버지는 내가 출근하는 사이에 버리려고도 하셨다고 한다.

이렇게 긴장하고 조마조마하게 10여일을 보내니 남은 일은 그 양가죽을 꺼내서 씻고 말리는 마지막 단계로 넘어간 것이다. 양가죽을 꺼내서 목욕통에 넣고 샤워시키듯 맑은 물로 한참이나 깨끗이 씻으니 놀랍게도 하얀 양털이 눈에 들어왔고 비린내도 온데간데없이 사라졌다. 아, 이렇게 만드는 거구나! 그때의 심정은 뭐라고 형용하기 어렵게 즐거웠다. 하지만 그 즐거움은 오래 가지 못하였다. 내가 그 빨래 통 안의 물을 버릴 때에 그 지독한 냄새 때문에 끝내는 구토를 하였던 것이다.

그 다음 이미 준비해놓은 널판자 위에 양털을 밑으로 향하게 반듯하게 펴놓고 양가죽의 한 끝을 압정 못으로 고정하고 그 반대편의 양가죽 끝을 빳빳이 당기면서 다시 압정 못으로 고정하는데 약 5센티미터 간격으로 반복하면 커다란 양가죽이 지도처럼 펼쳐진다. 그런 후 창문에 세워놓고 햇볕을 쪼이면 일주일만 지나면 건조된다. 그러나 마르기 전에 반드시 빨래망치로 가죽 전체 부위를 고루고루 두드리어 빳빳한 부분을 부드럽게 만들어야 하는데 시간만 나면 해야 하니 뚝딱거리는 소리에 부모님들한테 또 여러 번 꾸지람을 들었다. 아무튼 밑 부분의 하얀 양털을 보지 못하였으니깐 부모님들의 뇌리에는 비린내 나는 가죽만 남아 있었던 것이었다. 열정과 인내심이 없으면 이런 일을 누가 하겠는가?

완성품이 나오는 날, 나는 압정 못을 뽑고 파손된 양가죽 끝을 베어버린 후 두 손으로 가죽을 꽉꽉 거머쥐고 주무르면서 더 부드럽게 만들었다. 그리고 향수도 살짝 뿌린 후 거실의 침대 위에 펴놓았다. 이제 남은 일은 바로 엄마 아버지에게 20여 일 간의 노동의 성과를 보여주는 것이다. 하얀 양털 가죽을 이리저리 만지시던 어머니는 "너무나 부드럽다" 하시면서 언제 그 지린내 나는 양가죽이었느냐는 듯 양털을 얼굴에 문지르기도 하시었다. 그렇게 기뻐하시는 모습은 아마도 이 아들의 솜씨를 칭찬하는 마음이었을 것이다. 그때부터 나는 집에서 가죽을 가공하는 특허를 받았고 여러 가지 가죽공예품들을 만들었다.

한국에 와서 8년간 생활하면서 한 번도 생각하지 않았던 가죽공예를 다시 하게 된 것은 얼마 전에 동대문에서 열린 글로벌기업취업박람회에 갔다가 근처에 있는 가죽점포를 보고 다시 손을 대보고 싶은 마음이 생겼던 것이다. 멋진 다이어리 케이스를 만들어 직원들한테 나누어주자. 이미 가공을 다 해놓은 가죽이라 사다가 다이어리를 만들기만 하면 되는 것이다. 여러 가지 색상으로 된 가죽을 거실에 쭉 펴놓고 이리저리 선을 그어 갖가지 다이어리를 설계해냈다. 칼로 조심스럽게 베어낸 후 가위로 모서리를 다듬고 다이어리 재료를 고정시키면 완성품이 나온다. 오래간만에 하는 일이라 나는 그사이 시간가는 줄도 모르고 열심히 만들었다.

회사 직원들한테는 여러 가지 다이어리를 만들어 선사했지만 나에게는 같은 색상으로 크고 작은 다이어리를 한 세트로 만들어 책상 위에 놓고 사용하고 있다. 눈에 잘 띄고 고급스러워 보인다고 직원들이 부러워하기도 하였다. 가죽은 쓰면 쓸수록 그 가치를 풍긴다. 통가죽은 사기(邪氣)를 피한다고 들은 적이 있는지라 8년 전에 이미 거실에 통 소가죽을 펴놓고 매일 딛고 다니며

소처럼 힘 있게 앞으로 꿋꿋이 걸어가는 느낌을 받는다. 소의 기가 하늘을 찌

른다(牛气冲天)고 내가 그 기운을 타고 있는 게 아닌가?

그런 기운을 탄 소가죽으로 손수 다이어리를 만들어 주위사람들과 공유하는 것은 인지상정이기도 하겠지만 기실은 자신을 내려놓는 일이기도 하다. 내가 최고라고 생각하는 오만, 나만이 잘났다고 생각하는 착각, 남들보다 우월하다는 배타적 자세⋯⋯. 놓기보다 움켜쥐려는 욕심이 우리들을 막바지로 몰고 가고 있지 않는가? 가지려 할수록 잃을 것이고 내려 놓을수록 얻는 것이니 내가 손수 가죽다이어리를 만들고 있는 것은 바로 내려놓은 만큼 얻는다고 믿기 때문이다.

박명화 약력

중국 왕청현 출생, 대학졸업 후 여행사업에
종사.
2010년부터 서울 거주, 무역회사 근무.
수필, 수기 다수. 재한동포문인협회 회원.

삶은

어두운 곳에서
작은 구멍하나로
오색찬란한 불빛을
조금씩 보았다

와~

몰랐던 바깥세상
나는 충동 끝에
살며시 문고리를 잡고
힘껏 당겨 본다

삐꺽하는 소리는
한 가닥의 희망이었는데
열리긴 커녕 오히려
꽝 닫겨 버린
나의 마음에 문
언제면
또 다시 용기를
낼 수 있을까?
오늘도 연습한다.
삶은 이런 거다.

사랑은
그런 것이다

자전거는
네 바퀴가 아닌

두 바퀴어서 더 아름답다

바람에 부딪히며
아슬아슬한 길을
두 다리로 페달을 밟아가며 달린다
헉헉거리며 오른 언덕길을
내려갈 때 브레이크를 밟고
우린 같이 가야만 했다

당신이 바라보는 풍경을
나도 바라보고
당신 마음에 앉아 있듯이

땀 냄새 나더라도
허리를 꼭 부둥켜안고
믿음직한 넓은 등짝에 얼굴을 기댄다

언제나 기다려주고
미워도 한 번 껴안아주기에
함께 살아가는 것이다

생존의 욕구

구름 한 점 없이 맑은 날씨다. 푸른 하늘에 높이 솟은 눈부신 태양이 따뜻하게 나를 반겨준다. 나는 두 팔 벌려 태양을 포옹하면서 크게 심호흡 들이쉬고 나에게 말했다 "그래, 오늘도 열심히 살자"하고 출근길에 나선다. 전철에는 나와 같은 출근족들이 얼굴에 피곤함이 가득하여 졸면서 가고 있었다. 앉을 자리를 찾아 주위를 둘러보던 나의 시선은 책을 읽는 한 여자에게 고정되었다. 늘 시간이 부족하다는 핑계로 좋아하던 책을 읽지 않은지 꽤 오래된다. 나는 부러운 눈길로 그녀를 바라보았다. 출근길에 무슨 책을 읽을까? 마침 그녀가 내릴 역에 도착했는지 책을 덮고 일어나는 순간 '살아 있기 때문에 아프다'라는 제목이 눈에 들어왔다. 그래 아프니 산다. 13년 전 아팠던 기억들이 영화 필름처럼 지나갔다.

넉넉지 않은 형편에 공부를 그만둘 수밖에 없었던 나는 26살인 결혼 3년 만에 다시 공부를 시작했다. 하지만 꿈을 향한 마음이 마냥 행복하지만은 않았다. 말문이 트이기 시작하면서 하루 종일 내 꽁무니만 졸졸 따라다니던 아들이 눈앞에 아른거려 마음 한구석은 늘 아렸다. 그 때마다 울컥하는 마음의 눈물을 꾹 눌러가면서 공부를 해야 했던 운명도 내 편이 아니었다. 졸업논문을 쓰랴, 공무원 회계사시험에 취업까지 고민해야 했던 나는 스트레스를 감당하지 못한 채 앓고 말았다. 나는 쉴 틈도 없이 선택에 선택을 거듭했다. 이 모든 것은 나의 욕심일 뿐이다. 아니나 다를까 욕심이 잉태한 그 죄 값을 나는 스물여덟 살에 톡톡히 치렀다.

2004년 5월 몇 주째 약을 먹어도 감기증상은 좀처럼 낫지 않았다. 컨디션이 좋지 않을 때면 나는 종종 엄마 집에 가곤 했다. 그날 가는 길에서 팔다리에 아주 작은 검붉은 의문의 반점들이 생겼다. 이상한 걸 먹은 것도 없는 데……. 이튿날엔 검붉은 반점들이 팔다리에 이미 온 몸으로 퍼졌다. 살짝 건드리기만 해도 톡하고 터질 것만 같은 검붉은 물집들이 입안에 옹기종기 붙어 있었다. 놀란 나머지 뒷걸음질을 치며 외마디 비명을 질렀다. 불길한 예감에 서둘러 응급실을 찾았다. 의사선생님은 나를 여기저기 훑어보다가 눈꺼풀을 들어 올려보고는 "큰일 날 뻔했어요. 눈에까지 출혈이네요. 빨리 입원수속을 하세요"라고 말했다. 그날 입원하고 나는 중환자실로 옮겨졌다. 간호사들이 여러 가지 기계를 내 몸에 붙이고 피를 뽑고 링거까지 꽂으면서 바쁘게 돌아친다. 눈만 뜨면 눈물이 마구 쏟아질 것만 같아 눈을 감고 자는 척 했다. 몸이 지쳐서인지 나도 몰래 잠이 들었다. 얼마 후 온통 벌레가 우글우글 거리는 구멍에 빠져 허우적대는 꿈에서 놀라서 깨어났다. 불이 꺼진 병실 안은 조용하고 이름 모를 의료기계 돌아가는 소리만 들렸다. 그때 갑자기 복도에서 오고 가는 조급한 발걸음 소리와 울음소리가 뒤섞여 요란해지기 시작했다. 나는 두려움에 몸을 웅크리고 이불을 목까지 끌어 당겼다. 무서움에 오들오들 떨며 온밤 뜬눈으로 밤을 새웠다. 이튿날 빈혈이 있는 소녀가 숨졌다고 누가 말했다. 그제야 어제 밤에 있었던 일이 꿈이 아니라는 걸 알면서 다시 공포가 밀려왔다. 놀란 가슴을 진정할 새도 없이 간호사는 내게 골수검사를 진행했다. 사실은 1999년도 임신 초기에 이미 혈소판(血小板) 감소증이라는 진단을 받은 적이 있다. 아들의 출생과 함께 여러 해 잊고 살았을 뿐이다. 근데 딱 5년 만에 재발했다. 이렇게 나는 투병의 길을 시작했다.

눈만 뜨면 사면이 벽으로 둘러싸인 특별한 '감옥'에서 매일 채혈을 하고 12시간씩 수액을 맞으면서 소독약 냄새가 나는 환자복을 갈아입는 것이 내가 하는 일의 전부다. 나만 홀로 생존하는 공간에서 이젠 죽음 밖에 없다는 느낌이 든다. 고작 몇 주인데 몇 달이 지난 것만 같았다. 지금도 그때가 잊혀 지지 않는다. 언제부터인지 나의 양쪽 팔다리에는 하얗게 부풀어 올라와 진물이

군데군데 터진 자리에 주사바늘이 남긴 시퍼런 멍 자국은 빨그스름한 속살이 들어나 있었다. 가끔 물집이 생긴 곳에 고름이 나온다. 그리고 나는 여기에서 더 끔찍한 것을 경험을 했다. 사람들도 하나 둘씩 죽어갔다. 그들은 심장이 멎으면 피가 흐르지 않는 입술 손가락 발톱은 파래지면서 푸른색을 띤다. 한 열두 시간이 지나면 시체는 가스로 인한 자연분해하며 썩은 냄새를 풍긴다. 병원은 마치 죽음을 대량으로 생산하는 공장 같은 기능을 하고 있다. 그 때문에 나는 모든 사람들은 살기 위해 여기로 몰려드는데 나는 나를 포함한 모든 사람들이 여기서 죽을 거라고 생각했다.

나는 하루 빨리 탈출하고 싶었는데 혈소판 수치는 오르락내리락할 뿐 약의 부작용만 점점 심해져 몸은 퉁퉁 부었다. 혈소판 수치가 곤두박질 칠 때마다 죽음을 암시하는 그 순간마다 삶의 불빛은 점점 더 희미해진다. 더 이상의 호전이 없자 의사 선생님은 "수술을 권합니다"라고 말했다. 비장절제술을 권유하지만 선뜻 받아들일 수 없어 다른 병원(천진에 있는 중국의학과학원 혈액질환병원)에 가서 치료하기로 했다. 그러나 결과는 마찬가지다.

이번에도 원인은 밝혀지지 않고 중약과 서약을 동시에 처방했다. 다행히 몇 달 치료 끝에 퇴원을 했다. 그러나 몇 개월쯤 지났을 때다. 그 동안 프레드니솔론(强的松) 약물의 부작용으로 염증, 그리고 발열과 기침 증으로 이어져 이번은 늑막염(肺结核胸积水)으로 진단을 받았다. 손가락 굵기의 호수를 삽입하여 흉수를 제거했다. 하지만 이것이 끝이 아니었다. 날카로운 칼로 심장을 갈기갈기 찢기는 통증에 숨조차 제대로 쉬지 못했던 나는 결핵이라는 질병에서 또 다른 질병으로……

오랜 투병 끝에 이젠 마지막 손가락 까딱할 힘도 없어 하루 종일 누워만 있었다. 가끔 돌아누울 때마다 온몸이 부서지는 같았다. 이젠 누워 있는 것도 지겹다. 일어나 간신히 걸어보려고 했지만 숨이 차서 헐떡거리다가 몇 발자국도 걷지 못한 채 침대로 돌아와 산소 호흡기를 부여잡았다. 이렇게 연명을 하는 그 순간 나는 여태껏 쌓은 공든 탑이 와르르 무너지는 느낌이 들었다. 아무런 희망도 보이지 않는 죽음에 대한 공포감만 증폭했다. "아, 이제는 죽겠구나! 이 병 저 병 하면서~ 마음의 준비를 해야겠구나" 매번 죽지 않으려고 발버둥을 쳤지만 이제는 숨쉬는 것마저 너무 고통스러워 떠나고 싶었다. 넉넉지 않은 살림에 병원비는 턱없이 부족했다. 엄마는 여기저기에서 돈을 꿔서 병원비를 대고 있었다. "왜 이렇게 태어났니? 왜 이렇게까지 살아야 하나?" 나에게 소리쳤다. 나는 불면증으로 수면제에 절어야만 했다. 이런 투병 생활에 나는 늘 우울하고 절망스러웠다. 그리고 불안한 삶의 연속에서 여기까지 온 나 자신이 너무 싫었다. 이렇게 기생충처럼 사는 삶을 이젠 포기하고 싶었다. 왜냐하면 내가 삶에서 느끼는 행복보다 고통이 훨씬 많기 때문이다.

더 이상 살 이유가 없던 나는 유언장을 쓰려고 하니 눈물부터 앞섰다. "엄마 죄송합니다. 어린 내 아들 미안해"라는 말뿐이다. 엄마에게는 빚만 그리고 아들에게는 아무것도 해줄게 없었다. 허약 체질에 나는 잔병치레가 많다보니 출산 이후 어린 아들과 늘 떨어져 보냈고 함께 보냈던 즐거운 시간들도 별로 없다. 여기까지 생각하던 나는 "명화야, 너 대신 아파 줄 사람이 없더라도 누군가 아파해 줄 수 있는 사람이 있을 테니, 다시 한 번 생각해봐"라고 누군가 말하는 것 같았다. 또 나에게 "아직 찾아오지 않았는데 왜 죽음으로 몰고 가니"라고 물었다. 나는 "죽고 싶어서가 아니라 그저 살고 싶었는데 그 방법을 몰랐을 뿐입니다"라고 변명을 했다.

그렇다. 어쩌면 나의 마음속 깊은 곳에는 삶에 대한 갈망이 움트고 있었는지 모른다. 아파 보니 삶의 소중함을 알았다. 만약 내가 이대로 죽으면 분명 한을 품고 미련을 갖고 가는 가장 불행한 영혼이 될 것이다. 그리고 닥쳐온 죽음 앞에서 아픔보다는 죄책감이 먼저 들것 같았다. 그래 죽으면 그만인데 남겨진 가족한테 얼마나 미안하고 잔인할까……?

그 다음날부터 주변을 관찰했다. 나를 제외한 모든 사람들은 밥 먹는 시간마다 너도 나도 뛰쳐나왔다. 중요한 것은 모두 살아 있다는 것이다. 마치 나뭇잎은 자기의 사명과 책임을 다 할 때까지 결코 나뭇가지에서 떨어지지 않는 듯 삶에 애착을 가졌다. 또 다음날은 창밖에 내리는 봄비를 보았다. 나는 창가에 앉아 손으로 턱을 괴고 눈을 감은 채 귀를 쫑긋 세워 음악 대신 빗소리를 감상했다. 저 하늘의 구름 속에서 시작 되어 땅속으로 사라지는 빗방울은 짧은 생을 다하지만 새로운 생명을 틔워주고 희망을 준다. 자연 만물이 각자 할 일이 있는 것처럼 내가 할 수 있는 일이 분명히 있을 것이라 믿었다.

입원한지 몇 개월쯤 뒤에 엄마는 "시장을 가겠니"라고 물었다. 매일 병실에만 있자니 답답해서 냉큼 가겠다고 했다. 연길 아침시장에 갔는데 죽음의 고비에서 돌아온 나에게는 색다른 느낌을 주었다. 물건을 팔고 사는 사람들로 분비는 아침시장은 삶의 활력이 넘쳤다. 새벽 4시부터 일하는 사람들은 한 결 같이 열심히 살았다. 이들의 생존도 결코 쉽지 않았다. 나도 이분들만큼 삶의 열정이 있다면 지금보다 더 힘든 고통도 이겨낼 수 있을 것이다. 그 뒤로 나는 매일 눈만 뜨면 나의 에너지 활력소를 채워주는 이 낙원을 찾았다. 여기서 음식을 먹고 반찬도 사왔다. 그러면서 사람과 사람이 어울려 사는 특이한 분위기 속에서 삶의 희망과 용기를 찾았다.

그 후 엄마가 나를 위하여 용하다는 한의사와 밀방(秘方)을 찾아 정체불명의 약물을 받아왔다. 그저 건강해지길 바람에 나는 그 쓴 약도 참고 삼킬 수 있었다. 그리고 책도 사서 봤다. 거기에는 어떤 병인지, 뭘 먹어야 하는지 적혀 있었다. 구병성의(久病成医)라고 '동의보감' '음식으로 병을 치료' 등 많은 책을 읽었다. 오래 앓은 병에 대하여 나는 절반쯤 의사가 되었고 자기 몸을 잘 알았다. 진정한 치료는 약을 안 먹는 것이다. 나는 과감히 부작용이 있는 호르몬제를 감량하고 자연치료방법을 찾았다. 또 식사메뉴와 소화상태, 컨디션 등도 유심히 살폈다. 쥐구멍에도 볕들 날이 있다더니 나의 몸도 하루하루 좋아지기 시작했다.

애초에 나는 긴 투병생활 속에서 젊은 나이로 종합병동이 되면 죽는 줄 알았다. 하지만 몸에서 아프다는 신호를 보낼 때마다 "나는 아직은 살아 있다"는 것을 느꼈다. 그러면서 아픔도 고맙게 여겼다. 나는 늘 "이번이 마지막"이라고 자신을 안심시키면서 지금까지도 다른 진료실을 향해 발걸음을 옮겼다. 어쩌면 끝까지 "치유할 수 있다"는 희망으로 인생의 마지막까지 인간이 살아 있다는 것을 증명하고 싶었는지도 모른다. 나의 투병생활을 글로 쓴다면 책한 권을 써도 아마 모자랄 것이다. 나는 정말 죽기 살기로 달렸다. 힘들지 않았다면 그건 거짓말이다. 이런 삶은 언어로 다 표현하기 힘들다. 내가 여기까지 걸어 올 수 있었던 것은 가족 외에도 수많은 사람들의 넘쳐나는 사랑과 응원이 있었기 때문이다. 그리고 난 투병생활을 하면서 그동안 깨닫지 못했던 삶의 의미를 깨닫고 매일 매일 감사하게 여기면서 지금도 살고 있다. 누군가의 말 한마디가 나에게 큰 힘과 용기가 되어 오늘날의 기적을 만들어 냈다. 아픔은 나눌 수 없지만 당신에게도 나의 하늘같은 사랑을 심어주고 싶다. 당신의 병도 마음도 나처럼 언젠가 치유가 되지 않을까 생각하면서 마지막 끝까지 희망을 잃지 않았으면 좋겠다. 내가 내릴 역에 왔다 힘차게 앞으로 걸어간다.

내가 글 쓰는 이유

의사는 나에게 혈소판 감소증이 완치라고 말 한 적은 없다. 단 10년쯤 재발이 되지 않는 것을 봐서 병은 치료된 것 같다. 지난날들은 나의 아픈 추억일 뿐이다. 그리고 나는 지금까지 이어지는 또 다른 질병 속에서 계속 살고 있다. 어떤 이들은 굳이 모르는 사람에게까지 내가 아팠고 힘들었다 해야 하나 이해되지 않을지도 모른다. 내가 글을 쓴 이유는 나의 글이 누구의 동정심을 얻기 위해서가 아니라 다만 질병에 시달리는 누군가에게 도움이 되고 꼭 이겨내길 바라는 마음 때문이다. 삶은 누구에게나 정말 너무나 소중한 것이니까!

박수산 약력

중국 서란시 출생, 재한동포문인협회 시분과위원장.
시 수십 편 발표. 동포문학(4호) 시부문 대상 수상.

오렌지 먹기

껍질 벗기기가 귀찮아
통째로는 먹지 못할까 엉뚱하게 생각하다
손톱으로 뜯고 또 뜯어 겨우 껍질을 벗겼다
하얀 혈관으로 피를 주고받으며 붙어 있는 알맹이들
맨살은 물렁하다
입에다 넣고 단물을 넘기는데

갑자기 뱀이 목구멍에서 넘어가는 느낌이다
우린 서로 너무 많이 껍질을 벗겼다
항상 쪽으로 가르는 데 열중했던 과거가 머리에서 꿈틀거린다
원래 하나였는데 두부처럼 여러모로 가르고
같이 숨을 쉬는 땅인데 공기조차 골라 숨을 쉬고
한끝을 쥐고 종점까지 당겨야 하는데 한 줄을 놓고 서로 양쪽
에서 당겼다
가르다 못해 제 핏줄도 대담하게 남의 족보에 버젓이 올려놓았
다
정신을 차리고 살펴보니
사방에서 통 것들이 입맛을 다신다.

혈압 재기

현장에 일찍 출근해 보면
안전교육장에서 혈압을 재보느라 분주하다

정상으로 나올 때면 아무 말 없다가
간혹 혈압이 높거나 낮으면
저마다 자동혈압계기가 문제가 있다고 우긴다

엊저녁 술을 과음했거나
갑자기 운동했을 원인도 있을 텐데
자기 몸의 변화를 인정하지 않고
기어코 혈압계기가 문제가 있다고 우긴다

생각해보면
자신을 뒤집어 보지 않고
항상 남을 가해자로 생각하는 우리
그래서 충돌에 휘청거리고
고착에 목을 매고 있지 않을까

삶

재건축 건설현장
삽차로 깊숙이 땅을 파헤치면
몇 천 년 전에 묻혀있던 자갈들이
모래 속에서 민낯을 드러낸다

기나긴 흐르는 물속에서

어떻게 살아왔을까

어떤 건 주먹만 하고
어떤 건 달걀만 하고
어떤 건 메추리 알만하다.

돌이 자갈의 모체라면
저마다 각을 세웠을 텐데
부딪침에 견디지 못했을까

각이란 각은 다 문드러져
돌의 모양은 사라져 땅속에 묻혔구나

돌도 세월을 건너가려면
날이 섰던 자존심들을 다 내려놓아야만 했나 보다

뒷모습

한낮 고양이만 기웃거리던 헐렁한 골목
어둠이 짐을 풀자

발걸음 소리가 자박거린다

배가 나온 검은 비닐봉지
손가락에 매달려 신음을 하나
부딪치는 소리가 서늘하다

가방끈에 눌리어 축 처진 넥타이
뒤축이 몸보다 반 박자 늦어
길바닥이 푸념을 깔아놓는다

파지가 산이 돼서 기어가는 유모차
과식을 했는지
골목에다 내용물을 토해버린다

문 여는 소리에 잠을 깬 불빛
어둠을 쫓아내느라 덜컹거린다

만상을 개봉한 골목
고기 굽는 냄새라도 기어 다녀
아직은 숨소리에 기름기가 묻혀있다.

박화순 약력

중국 심양 소가툰 출생, KBS방송국에 수필
다수 발표.
우수상과 장려상 여러 번 수상, 특집에도 당
선. 재한동포문인협회 회원.

산책길

화사한 미소로 이 아침을 열어주고 하루 종일 생글대던 해님이 지쳤는지 서
쪽 고층 아파트건물 뒤에서 서성거리다가 모습을 살짝 감추었다.

그러자 사람들은 약속이나 한 것처럼 실실 늘어진 수양버들 옆에 혼하강(渾
河江)에서 유유히 흘러내리는 강변 옆 보도로 들어오고 있었다.

날이 점점 저물어 감에 따라서 사람 수도 점점 더 늘어가고 있다. 서로 간
시간의 약속은 없어도 그 시간만 되면 친구들과 같이 걷는 사람도 있고 혼자

서 콧노래를 부르며 걷는 사람도 있는가 하면 아는 사람을 만나면 반갑다며 인사를 나누었다.

매일 만나도 그렇게 반가워하는 모양이었다. 나의 앞에서 걷고 있는 아줌마는 일곱 살 나는 여자 아이의 손을 잡고 걷고 있었다. 4년 전에 남편이 한국으로 가고 1년 후에는 아들이 외국 유학을 갔다고 들었는데 웬 아이인가 하고 걸음을 재촉하여 걸어가서 물어봤더니 자기 시동생의 아이라고 하였다. 시동생 부부가 산동성에서 장사를 하다가 쫄딱 망해서 그 내외가 한국으로 가면서 아이를 그 아줌마한테 맡기고 갔다. 그 애는 엄마처럼 졸졸 따르며 앞에서 깡충 재롱을 부리는 모습이 행복해 보인다. 한손에는 빨간 풍선을 들고 그 애의 손을 꼭 잡고 걷는 모습이 한 폭의 그림 같았다.

강변 옆에 있는 보도 오른쪽 옆의 광장에는 벌써 사람들이 많이 모여서 신나게 광장무도를 추는 음악소리도 울린다. 백양나무와 이름 모를 여러 꽃들을 줄지어 심어 놓은 옆쪽 길에서 가끔 자주 만나는 60대 아줌마가 이전과 마찬가지로 휠체어에 연로하신 시어머님을 모시고 이쪽 보도로 오고 있다. 항상 신선한 공기가 너무 좋다면서 이 길로 나오곤 한다. 처음 만날 때는 시어머님을 친정어머니로 착각하였던 것이다. 오늘은 옆에 예쁜 아가씨도 같이 따라 나섰다. 예쁘고 상냥한 얼굴로 생글대는 그들의 모습이 참 좋아 보인다. 딸인가 물어봤더니 3년 전에 결혼한 며느리라고 하였다. 휠체어에 앉아 계시는 어르신의 친손자 며느리였다.

할머니는 10년 전에 중풍에 걸려서 한쪽은 영영 감각을 잃었다고 하였다. 10년이란 세월 속에 모진 고난 극복하면서 어르신을 이처럼 공경하면서 살고 있는 그였다.

시대 세월의 발전에 따라 늙은 사람들이 장기 병에만 걸리면 요양원부터 어디 있는가 알아보고 찾는 것이 지금 젊은 세대이다.

참말 찾아보기 쉽지 않는 효자들을 이 산책길에서 만나고 있다. "윗물이 맑아야 아랫물도 맑다." 끝까지 부모를 공경하는 그 변치 않는 고상한 일거일동 윗사람으로서 아래 사람한테 충분히 본보기를 보여줌이 느껴진다.

그들의 얼굴로부터 알려지는 아름다운 행동이 자랑스럽고 대견스럽기만 하다.

뒤에서 아는 척을 해서 돌아보니 우리 한 아파트에서 살고 있는 장씨 아줌마였다. 아직 50대 초반인 그는 거동이 불편한 남편을 휠체어에 앉혀 길로 나왔다. 5년 전에 뇌출혈에 걸려서 갖은 노력을 다해서 치료했지만 남편은 아직도 일어서지 못하고 있다. 가정의 일을 몽땅 혼자서 해야 했고 남편의 모든 시중을 다 들고 사는 그가 몹시 힘들 터인 데도 매일 봐도 그의 얼굴은 환하다. 얼굴이 백지장보다 더 얇아 쩍하면 이혼하는 요즘, 검은 머리 파뿌리 될 때까지 변치 않는 그 아줌마를 보니 잔잔한 감동의 파문이 인다.

어쩐지 이 도시에 온 것이 참 좋아 보인다. 물이 맑고 공기가 청신하고 인품 좋은 곳에서 사는 것이 무척 행복스럽게 느껴진다.

문득 초저녁의 시원한 바람이 불어온다. 하루 종일 컴퓨터 앞에서 힘들었던 갑갑한 마음도 시원하게 해준다.

산책길에서 어둠이 깔리기 시작한다. 낮에는 일이 걷잡을 수 없이 힘들어서 나왔는데 이 산책길에서 여유로움과 즐거움, 그리고 평화로움을 찾고 아름다운 이야기들을 만들어 가고 싶어진다.

박연희 약력

前연길시텔레비전방송국 책임편집, 연변작
가협회 회원.
前재한동포문인협회 부회장, 前모니터링단
단장. 사단법인 〈조각보〉 중국대표
한국에서 수필수기칼럼 100여 편 발표.
2007년 KBS 서울프라이즈 특별상 수상.

죽음 너머 떠나는 여행

낯선 곳으로 여행을 떠나게 되면 그곳에 가서 생길 수 있는 시행착오를 줄
이고 좀 더 실속 있게 여행하기 위해서 우리는 그 대상 지역에 대해 먼저 공
부를 하게 된다. 그렇다면 죽음 너머 떠나는 여행을 위해 우리는 무엇을 알아
야 하며 어떤 준비를 해야 할까.

사람의 운명은 자기의 뜻에 따라 결정되지 않는다는 것을 인생의 반환점이
될 때쯤이면 스스로 깨닫게 된다. 죽음에도 순차적으로 오는 죽음이 있고 전
혀 준비되지 않은 상황에서 느닷없이 찾아오는 죽음도 있다. 우리가 죽음에

대해 알게 되는 것은 다른 사람의 죽음을 통해서이다.

얼마 전 53세의 친구가 샤워를 하다가 갑자기 뇌출혈로 세상을 떠났다. 그녀는 다음날 친구들과 함께 제주도 여행을 가려고 트렁크에 모든 준비를 마쳤지만 정작 여행의 주인공인 자신을 위한 준비는 마치지 못했다. 그녀가 준비했을 여행 트렁크를 상상하면서 죽음 역시 인생에서 어쩔 수 없이 떠나야만 하는 여행이라는 생각이 들었다.

늘 밝은 모습으로 우리들에게 맛 나는 음식과 옷가지들을 챙겨주던 그녀를 만났던 것은 불과 일주일 전이었다. 그녀의 웃고 있는 영정사진을 보면서 그녀의 죽음보다 더 슬펐던 것은 나도 언젠가는 죽을 수 있다는 느낌이었다.

작년 추석쯤에 어머니를 하늘나라로 떠나보낼 때 추도식도 못하고 아주 짧은 시간 내에 간소한 장례식을 치렀는데 그때 나의 죽음도 이보다 나을 것이 없다는 것을 느꼈다.

20년 넘게 가까웠던 친구가 49세의 나이에 심장마비로 공항에서 세상을 떠나기도 했었다. 내가 한국에 입국하던 그해 남자 동창생이 조선소에서 몇 해 동안 일을 하다가 간경화로 돌아갔다.

요즘 들어 너무 자주 접하게 되는 죽음이다. 이제는 내가 죽음에 대해 익숙해질 나이가 되었나 싶다. 나도 언젠가는 이 세상에서 사라지게 될 텐데 내가 맞이하고 싶은 죽음은 어떤 모습일까 하는 고민도 해보았다.

죽음을 위해 이미 준비하고 있는 것은 사랑의 장기기증 희망등록서이다. 중국에서 방송을 할 때 한 시각장애인을 취재했는데 그 사람이 장기기증서약을 했다는 사실을 알게 되면서부터 나도 죽기 전에 장기기증서약을 해야겠다는 생각을 하게 되었다. 장기기증에는 사후 각막기증과 뇌사 시 장기기증, 인체조직기능 등이 포함되어 있다. 죽은 후에 나에게는 더 이상 필요 없는 장기를 꺼져가는 생명을 위해 댓가없이 준다면 나의 생명이 이식된 사람의 삶으로 이어지게 되는데 이는 행복한 일이 분명하다.

만약 몹쓸 병에 걸린다면 쿨하게 사실을 받아들이지 못할 것 같다. 질질 눈물을 흘리고 몇날 며칠 신세타령도 할 것이며 지인들과 연락을 끊고 이 세상 종말을 맞은 듯 죽느냐 사느냐를 외치면서 난리 부르스를 칠 것이다. 그러다 지치면 글을 쓰면서 자신을 달래기도 하고 좀 더 시간이 흐르면 모든 걸 내려놓고 남은 인생에 대한 정리를 할 것이다.

많은 이들이 바라듯이 내 자신이 안락사를 선택할 수 있었으면 한다. 부모님이 거의 20여년을 병마에 시달리다가 돌아갔고 양로원에 다니면서 죽음보다 못한 삶을 이어가는 이들을 보면서 안타까웠던 기억이 있다. 단 한순간이라도 자신의 의사를 밝힐 수만 있다면 가망이 없는 삶에 매달리지 않고 편하게 저 세상으로 가고 싶다.

유골을 강물에 띄워 보냈으면 좋겠다. 강을 따라 끊임없이 산책하는 죽음의 여행이 색다른 즐거움이 될 것이다. 죽은 후에 산에 묻힌다고 부귀영화를 누릴 수 있을까? 땅속에 묻혀 갑갑하기보다 물 따라 쉼 없이 흘러가면서 강물에서 살고 있는 미생물들과 강기슭에 풀과 저 강 너머 보이는 나무들과 더불어 내가 생전에 보지 못했던 또 다른 세상을 구경하는 것도 나쁘지 아니한 것 같다.

분신이나 다름없는 나의 글이 실린 책을 유골과 함께 강물에 한 장 한 장 띄워 보냈으면 좋겠다. 아직 내 글로 발행된 책이 한권도 이 세상에 빛을 보지 못했지만 죽기 전에 한 권은 나오겠지 하는 희망을 가져본다. 베스트셀러가 될 만한 작품은 아니지만 내 인생의 모든 자국이 묻혀있기 때문이다. 한 줌의 재가 되어서도 또 다른 세상에 대해 관찰하고 그 느낌을 글로 마음에 새기고 싶다.

여러 가지 꽃과 마찬가지로 사람들의 인생도 서로 다른 색깔로 이루어진다. 장례식장이 흰 꽃만 있다면 너무 싫을 것 같다. 장미와 백일홍, 선인장 꽃도 좋지만 평소에 흔히 볼 수 있는 패랭이꽃, 호박꽃, 나팔꽃 그 중에서도 제일 내가 좋아하는 안개꽃이 많이 보였으면 좋겠다.

　장례식장에서 울어줄 사람이 없을까 근심하는 사람도 있지만 나는 별로 개의치 않는다. 내가 아끼고 사랑했던 사람이라면 그것이 10명이 되지 않더라도 좋다. 하지만 장례식장에서 지인들이 너무 슬퍼하지 말고 기쁘게 즐겁게 나를 저 세상으로 보내주었으면 싶다.

　그날 친구의 장례식에서 슬프다고 눈물을 흘리면서도 앞에 놓여있는 음식은 거부할 수 없을 만큼 맛이 있었다. 나의 장례식장을 찾아온 지인들도 맛있는 음식을 먹고 술과 안주를 곁들이면서 지나온 나와의 추억을 되새겨 주었으면 좋겠다.

　죽는다고 해서 하루 새에 갑자기 죽어버리면 억울할 것 같다. 하지만 너무 오래 앓다가 죽는 것도 원하지 않는다. 그러기 위해서는 병원비용을 넉넉히 마련해야 추하게 죽지 않을 것이다. 더욱 큰 바람이 있다면 이제 살아갈 날이 얼마나 남아있는지 사전에 알았으면 좋겠다. 그 남은 몇 달을 열심히 자신을 정리하고 하지 못했던 일들을 마무리하고 싶다.

　친구의 빈소에는 집사 모모라고 씌어져 있었다. 그것을 멍하니 바라보다가 나의 장례식에는 어떤 수식어가 붙을까 하는 고민을 해보았다. 작가라고 하기에는 아직 한국문단에 등단이 되어있지 않다. 상담사라고 하면 그럴듯하기는 한데 그렇다고 전문 상담사도 아니고 유명하지도 않았으니 조금 더 멋진 삶이 아니라서 아쉽다는 생각이 들것 같다.

　장례식에 활짝 웃는 모습의 영정사진이 걸려있었으면 좋겠다. 늘 웃어서 바보 같기도 했지만 우울한 모습은 죽어도 싫다. 슬픈 모습을 한다고 죽은 사람이 되돌아 올 것도 아닌데 나의 지인들에게 마지막까지 웃는 얼굴을 선사하고 싶다. 누군가 그런 내 영정사진을 보면서 '네가 긍정적이면 뭐해? 너도 어차피 가는 인생인데'라고 말해도 무방할 것 같다.

　여행은 삶의 축소판이다. 모든 여행은 끝나지만 여행이 끝날 것을 미리 걱정하며 여행에서 얻을 수 있는 소중한 경험과 만남의 기회를 놓칠 수는 없다. 여행 중에 '아 여행이 끝나면 다시 일상으로 돌아가야 하는데'하는 생각에 사로잡혀 근심만 하고 있다면 그것만큼 부질없는 일인 없는 것 같다. 우리의 삶과 죽음도 이와 마찬가지다.

삶 자체가 여행이라면 끝이 없는 여정으로 떠나는 것이 바로 죽음이다. 지금 이순간의 여행에서 힘 다해 살면서 준비하다보면 돌아 올 수 없는 긴 여행인 죽음으로 떠난다 하더라도 후회가 없을 것 같다. 죽음 너머 떠나는 여행에 익숙할 수는 없지만 굳이 준비할 필요는 없다. 그래도 욕심을 부린다면 인생 여정의 끝자락인 죽음이 너무 외롭거나 슬프지 않았으면 싶다.

쉰 세살 끝자락의 나르시시즘

2013년 6월 8일 길림 신문 한국지사에서 주최한 강원도 국제무역투자박람회 투어에 참가하여 강릉에서의 즐거운 여행을 만끽할 수 있었다.

세계에서 바다와 가장 가까운 역으로서 장엄한 해돋이로 유명한 정동진은 마을과 항구, 바위, 해수욕장, 산이 잘 어울려져 경관이 아름다운곳이었다. 그 중에서도 절벽 위에 위치한 정동진의 해돋이 조각공원은 풍경이 아름답고 다양한 조각들과 열대성 나무들이 어울려 묘한 느낌을 주었다.

썬쿠르즈 전망대에서 바라보는 풍경은 더욱 황홀했다. 썬쿠르즈에 들어서자 제일 먼저 눈에 띄는 것이 있었으니 바로 이일호 작가의 조각품이었는데 나르시시즘이란 제목이 눈길을 끌었다. 나체의 여인이 자신의 육체를 흠상하는 모습이었다.

나르시시즘이란 자기 자신에게 애착하는 일. 리비도의 대상이 되는 정신분석학적 용어로, 자기애(自己愛)라고 번역한다. 물에 비친 자신의 모습에 반해 자기와 같은 이름의 꽃인 나르키소스, 즉 수선화(水仙花)가 된 그리스 신화의 미소년 나르키소스와 연관 지어, 독일의 정신과 의사 네케가 1899년에 만든 말이다.

자기를 너무 사랑하는 사람을 보고 우리는 흔히 "나르시시즘에 빠졌다"고 말한다. 물론 자기만 사랑하고 주위의 사람들에게는 늘 잘난 체 하는 나르시시즘은 심리적 장애에 속한다. 하지만 우리는 너무 자기 자신을 사랑하지 않아서 생기는 문제가 더 많은 것 같다. 중국이라는 특정적인 사회체제 속에서 겸손만 미덕이라고 믿고 자기를 사랑하는 것은 죄를 짓듯 늘 피해왔던 우리다.

처음으로 한국교회에 나갔다가 '우리는 사랑 받기 위해 태어 난 사람'이라는 노래를 듣고 얼마나 감격했는지 모른다. 나도 이 세상에 태어 난 것이 진정 사랑을 받기 위해서였다는 것에 감정이 울컥해졌다. 아들이 태어 나기만을 바라는 박씨 가문에서 주렁주렁 딸 중의 셋째 딸로 태어 난 것이 죄였는지도 모른다. 부모들이 다른 집의 남자애와 나를 바꾸었다가 사흘 만에 되돌려 왔다는 사실에 늘 소외감을 느꼈던 나의 어린 시절의 아픔이 있기 때문이다

지금 한국에 있는 70여만 명의 중국조선족들 그들은 한푼이라도 더 벌어 가족들에게 보내려고 아글타글 십여 심지어 20여년을 한국 땅에서 서러운 타향살이를 하고 있다. 정작 나 자신을 위한 것은 염두에도 없다.

다행인 것은 이번 강릉 국제무역박람회 투어에 참석하신 120여명의 동포들은 자기를 위해 돈과 시간을 투자하고 있다는 사실에 조금은 안도감이 생기기도 했다.

한밤중에 바다를 옆에 끼고 앉아 지인들과 막걸리를 안주 삼아 덕담을 나누

기도 했다. 낮에 평온했던 바다와 달리 밤에 바라보는 바다는 검푸름 하기는 했지만 물결은 더 부드러운 듯싶었다. 인간들이 바다를 찾아 헤매는 것은 바다가 마치 어머니 배속에 있을 때 양수와 같은 감각을 주기 때문이라고 한다. 저 멀리에서 열애 중에 있는 두 쌍의 남녀가 사랑을 나누고 있었다. 한족여성과 조선족 남성이 한 쌍, 한국남성과 조선족여성이 또 다른 한 쌍이었다. 서로에 대한 사랑과 배려 그것은 우선 자기 자신에 대한 사랑이었다. 이는 한 폭의 아름다운 수채화로 그려져 있었다.

나를 사랑하지 않는다면 타인을 사랑할 수 없고 타인으로부터 내가 사랑을 받을 수 없다. 남을 사랑하기에 앞서 내 자신을 마음껏 사랑하라는 메시지를 전해주고 싶었던 여행이었다.

자기 안의 아픔, 불안, 또는 욕구는 남이 아닌 자신이 먼저 알아주어야 한다. 여행자들이 아름다운 경치에 매료되어 감동할 수 있었던 것은 그 동안 내가 바다에 발을 담그고 싶었던 욕구를 가지고 있었고 일상에서 해탈되고 싶었지만 미처 내 마음속의 웨침을 듣지 못했던 탓이다.

만약 우리가 자기의 마음을 못 본체 하고 지나가면 사람이 미워지고 결국 나아가서 자신을 미워하게 된다. 어느 누구도 완전할 수 없으니 마음 안에 갈등은 끊이지 않겠지만 계속해서 자기 마음을 돌아보고 알아주고 쓰다듬어 주는 만큼 자기 마음이 차분해지고 편안해진다. 자기 마음이 편안해지는 만큼 사람들에 대하 미움이 줄어들게 되고 타인을 존경하고 사랑할 수 있으며 사회생활에 보다 쉽게 적응할 수 있다.

강원도 유형문화제인 경포대의 넓고 깨끗한 호수를 여러 명이 함께 타는 자전거로 한 바퀴 돌다가 〈박신과 홍장〉의 사랑을 상징하는 조각상 앞에서 이런 생각을 해본다. 나르시즘- 자기애가 있는 사람이 오늘의 가장 매력적인 인간이 아닐까. 쉰세 살의 끝자락에서 나르시시즘으로 나를 되찾아 본다.

박영진 약력

중국 연변대학 물리학부 졸업.
대학생예술절 수필조 1등 수상. 재한문인협
회 회원
시, 수필, 수기, 여행기, 에세이 수십 편 발표
현재 한국 제이피엠회사에 근무

산

죽은 듯이
묵묵히 침묵을 지키며
말없이 조용히 살아가는 너
세월이 흘러도 세상이 변해도
변함없는 사랑으로

강물에 사랑을 실어 보내는 너
천년이 흘러도 만년이 흘러도
죽지 않아서
영원히 살아 숨 쉬는 너
너의 이름은 신
너의 이름은 산

국화

한국 땅에 피면 한국화
중국 땅에 피면 중국화
고국 땅에 피면 고국화
조국 땅에 피면 조국화
이국 땅에 피면 이국화인데
고국도 있고 조국도 있어
타국이 되고 이국이 되어 버린
불쌍한 슬픈 조선족 국화야

효도

　해마다 어김없이 찾아오는 8월 15일은 한국에서는 해방을 맞은 광복절로서 국경일로 되어있고, 우리 연변조선족자치주에서는 노인절로 정해져 9.3명절 버금으로 가는 큰 명절이다. 이날이 되면 나는 한국에서 어머님이 계시는 연길로 날아가서 어머님을 기쁘게 해드리고 아들로서의 효도를 다 하곤 한다. 어머님이 살아계실 때 한번이라도 얼굴을 더 보고 사랑한다는 말도 더 하고 기분 좋게 즐겁게 해드리는 것이 효도라고 생각한다. 이번에 집에 가서 어머니에게 효도선물로 금목걸이를 사서 목에 걸어드리고 온 것이 너무도 흐뭇하고 가슴 뿌듯하다. 특히는 중국동포타운신문에 짬짬이 시간 내어 글을 발표한 원고료로 산 선물이어서 더 뜻 깊고 값있는 소중한 선물이라면서 어머님은 너무 좋아서 기쁨의 눈물까지 흘리셨다.

　내가 금목걸이를 어머님의 효도선물로 드리려는 생각을 하게 된 것은 장모님에게 금반지를 선물한 매형한테서 감동을 받은 후부터였다. 작년도 바로 이날 저녁이었다. 오래간만에 모여 앉은 우리 일가친척들은 맛있는 식사도 하고 기분 좋은 덕담도 나누면서 화기애애한 분위기속에서 오순도순 재미나는 이야기를 나누면서 즐겁게 웃음꽃을 피워 나갔다. 불현듯 나는 옆에 앉아계시는 어머님의 손가락에 금반지가 끼어 있는 것을 보게 되었다. 생각지도 못하고 상상도 못했던 '불편한 진실'이었다.

"어머니가 어떻게 반지를 끼고 있어요?"

"난 반지를 끼면 안 되니?"

"아니, 평생 반지를 안 끼시던 분이 끼고 있으니 희한하고 이상해 보여요."

"반지를 끼고 싶어도 반지가 있어야 끼지. 누가 사주지도 않는데 어떻게 끼니. 나도 여자인데 왜 반지를 끼고 싶지 않겠니."

"헌데, 반지는 누가 선물했는데요?"

"사위가 사준 효도선물이란다."

사위라는 말을 기분 좋게 내뱉으신 어머니는 환한 미소를 지으시며 흐뭇해 하시는 것이었다. 순간 나는 내 자신이 부끄러워 얼굴이 뜨거워졌다. 살면서 어머니도 여자로서 내 아내처럼 금반지를 끼고 싶어 한다는 것을 왜 생각 못 했을까. 자기 마누라에게는 금반지 금목걸이 금팔찌며 귀걸이 코걸이 다 사주면서 자기를 낳아 키워준 어머니에게는 효도선물로 금반지 하나 사드리지 못한 무심하고 무정했던 어리석은 내 자신이 한심해졌다.

내가 어떻게 효도선물을 사줄 생각까지 하게 되었는가 물었더니 매형은 이렇게 말하는 것이었다. 몇 해 전에 매형의 부모님들이 한분 한분씩 다 세상을 떠나시깐 살아생전에 효도를 다 하지 못한 것이 여간만 후회스럽지 않았고, 효도선물 하나 사드리지 못한 자신의 처사가 항상 마음에 걸리어 몹시 괴로웠다고 했다. 또 대암촌에서 촌지서로 지내시며 평생 중공당원으로 살다 가신 아버지를 북경 천안문 구경 한번 못시켜 준 것이, 그리고 3남 3녀를 낳아 키우시며 별별 고생을 다 하신 어머님께 반지 하나 못 사준 것이 여간 마음이 아프지 않았다고 했다. 이제는 한분밖에 남지 않은 장모님께라도 잘해 드리고 싶단다. 어머니 생전에 못해준 때늦은 효도선물을 장모님한테 드린단다. 그때 나는 깊은 감동을 받았고 또 깊은 공감을 느꼈었다. 불효자 매형처럼 나중에 후회하지 않게 하루빨리 어머님께 금목걸이를 효도선물로 사드리리라 작심했다. 그래서 이번 걸음에 그렇게 벼르던 어머님의 효도선물을 선사했으니 이제는 어머님이 이 세상을 떠나신다 해도 크게 후회하는 일은 없을 것 같았다.

몇 해 전에 아버지를 한국 익산시 원광대병원에서 저 세상으로 떠나보내면서 나도 난생처음으로 살아생전에 효도를 못한 괴로움과 자책감을 뼈저리게 느꼈다. 병원 중환자실에서 이미 숨을 거둔 아버지의 싸늘하게 식어가는 술한 고생을 한 투박한 손을 꼭 잡고 하염없이 뜨거운 눈물을 흘렸다. 험난한 인생의 가시밭길을 헤쳐 나온 상처투성이인 아버지의 발을 어루만지며 나는 효도선물 하나 해드리지 못한 불효자의 고통과 부끄러움을 피부로 절감했다. 그래서 '있을 때 잘해'라는 노래도 있고 '불효자는 웁니다'라는 노래도 있지 않는가. 자식은 효도하고 싶은데 부모님은 기다리지 않고, 자식은 모시고 싶은데 부모님은 계시지 않네. 참으로 안타깝고 가슴 아픈 일이 아닐 수 없다. 그래서 자고로 선행과 효도는 미루지 말라는 말도 있지 않는가.

한국에는 남자 나이 환갑이 지나야 사람 되고 우리 연변에는 남자 45세 돼야 철이 든다는 말이 있다. 내 나이 45세 지나 이제는 쉬쉬한 쉰 고개에 올라 지천명 나이를 먹게 되었다. 성현군자 공자님은 50세를 지천명이라고 했다. 땅의 도리도 알고 하늘의 도리도 알며 인간세상 사람의 도리도 아는 성숙되고 철이 든 나이라는 뜻이다. 그래서인지 이제는 세상을 알 것 같다. 돈이 인생의 전부가 아니라는 것을, 세상에 공짜가 없고 비밀이 없으며 정답도 없다는 철리도, 모든 것은 변하며 모든 것은 때가 되면 바뀌며 이 세상에 영원한 것은 없다는 자연과 인간사회의 섭리도. 그리고 세상에서 선행중 제일 으뜸가는 선행이 효도라는 것을 뼈저리게 피부로 느끼게 된다.

사람들은 부모님 생전에 효도를 하지 않고 세상을 떠난 후에야 크게 후회를 하며 땅을 치며 통곡을 한다. 죽은 후에 제사상을 아무리 잘 차린다 해도 부모님들은 드실 수 없다. 생전에 따뜻한 밥이라도 해드리고 존중한다, 사랑한다, 좋아한다는 말이라도 자주 해드리는 것이 효도라고 생각한다. 부모님들 걱정시키지 않고 전화라도 자주하여 문안을 올리는 것이 자식의 도리라고 생각한다. 그리고 부모님들 살고 싶은 대로 마음껏 살게 하는 것이 효도라 생각한다.

　나의 경우만 봐도 그렇다. 아버님이 살아생전에 외로워 술 드시면 미워서 눈살을 찌푸렸고 이 아들이 잘 되라고 충고하면 늙은이 주책없이 잔소리한다고 귀찮아했다. 인과응보라는 말이 있듯이 지금 내가 밖에서 술 마시고 집에 들어가면 아들은 엄청 싫어한다. 내가 부모에게 효도하지 않고 싫어하면 내 자식도 나한테 효도할 리가 없고 나를 싫어하는 것이다.

　우리 조선민족의 노인을 존중하고 공경하는 미풍양속과 효도문화는 세상 사람들이 부러워하는 우리의 위대한 유산이다. 유럽의 유명한 철학가는 이렇게 말했다. 한국에서 무엇이든지 제 마음대로 가져 갈수 있다면 자기는 한국의 효 문화를 가져갈 것이라고 했다. 이토록 소중하고 값진 우리민족의 효 문화가 빛을 잃어가고 버림을 당하는 것이 오늘날의 안타깝고 가슴 아픈 현실이다. 돈 때문에 자기를 낳아 키워준 어머니를 살해한 아들, 보험금을 타려고 어머니와 공모해 아버지를 바다에 빠뜨려 숨지게 한 패륜아, 이러한 끔찍하고 믿기질 않는 상식적으로 생각하기에는 너무나도 불가사의한 뉴스들이 선진국인 한국에서 심심찮게 터져 나오고 있다. 그래서 아버지가 생전에 이 불효자 아들을 효자라고 늘 칭찬을 했는가 보다. 아버지와 함께 일하시던 한국 아저씨들 아들들은 죽었는지 살았는지 전화 한통도 없단다. 늙으신 부모님들 죽든지 말든지 자기들만 편하고 잘 살면 된단다. 인정머리라곤 꼬물만치도 찾아보기 어렵고 비단에 싼 개똥처럼 말만 잘하는 한국인들의 '여산(呂山)의 진면모'가 이런 것이 아닌가.

한국에 갔다 오더니 사람이 몰라보게 변했다. 이제는 한국 깍쟁이가 다 됐다. 한국으로 가더니 부모형제도 모르고 자기 낳은 자기 새끼도 모른다. 돈밖에 모르고 자기밖에 모른다. 중국으로 돌아가면 이런 말을 듣는 중국동포들이 많은데 참으로 안타깝고 가슴 아픈 일이 아닐 수 없다.

중국동포들은 한국인들보다 지력상수는 몰라도 감성지수(칭쌍)는 보편적으로 높은데 착하고 인정미 넘치며 근면하고 열정적이다. 효 문화를 숭상하는 중국조선족은 56개 다민족 대국인 중국에서 살아오면서 남들과 더불어 화목하게 살아가는 지혜와 상생의 예술을 꽃피워 왔다. 이제는 한국에서 살면서 한국의 나쁜 물은 먹지 말고 좋은 물만 먹으면서 부모님께 효도하고 한국사회와는 소통하면서 문 열린 문 대통령의 시대에 행복의 문이 활짝 열리기를 간절히 기원해본다.

박옥선 약력

CK여성위원회 박옥선 전회장(現명예회장),
20대 총선 더불어민주당 비례대표 31번 , 재
한동포문인협회 고문, 제19대 대선 더불어
민주당 귀한동포권익특별증진위원회 위원장
수필, 수기, 르포 다수 발표

진달래꽃 필 때까지(발췌)

긴박했던 순번 확정 과정

3월 19일 면접을 보고 이튿날인 20일 오후 13:00 여의도 국회회의실에서
비례대표 후보자들의 정견발표가 있었다.

나는 밤새워 발표문을 준비했다. 비록 2분이란 짧고 짧은 발표를 위해 다듬
고 또 다듬어 준비시간은 2시간이 아니라 몇 곱절 훨씬 긴 시간이 걸렸다.

마치 모범학생이 선생님이 내준 숙제를 참답게 완수하듯 나는 발표문을 정

성껏 준비해 갖고 여의도를 향했다.

더불어민주당 비례대표 후보자는 모두 45명이었다. 그런데 이 45명을 마치 인도카이스트처럼 A`B`C 세 개 등급을 매겨 나눴다.

A그룹에 속한 비례대표 후보자들은 절대다수가 정당 오너들의 직접적인 추천을 받은 분들이거나 혹은 누가 봐도 국회의원이 되는 것에 이의가 없는 기본상 당선 안정권에 들어 있는 사람들이었다. 이 A그룹 후보자들은 국회의원 당선이 이북 속담을 빌려 말하자면 메 놓은 점심이었다.

B그룹에 속한 후보자들 가운데 운이 좋으면 당선자가 나올 수 있고 그렇지 못하면 그냥 다수가 탈락할 것이 불 보듯 빤한 일이었다.

B그룹의 후보자들 이러할진대 C그룹에 속한 후보자들은 더 말할 나위 없이 당선을 바라본다는 것은 아라비안나이트 같은 이야기였다.

B그룹 후보자들에게는 그나마 정견 발표 자격을 부여하여 자신을 어필할 기회가 있었다. 가장 비참한 것은 C그룹후보자들로서 아예 정견발표 기회조차 박탈당했던 것이다. 그 2분의 발표 때문에 얼마나 머리가 쥐가 나도록 만반의 준비를 했던가! 그런데 발표도 못해보고 그냥 스스로 물러나라는 메시지나 다름없었다. 참으로 억울했다. 물론 나뿐만 억울했던 것이 아니라 전체 C그룹 동료들 모두 억울하기는 마찬가지였다.

사태가 이쯤 되면 눈치 빠른 사람은 짐작이 가고도 남음이 있었을 것이다. 한국 사람들이 흔히 잘 하는 말, '짜고 치는 고스톱'이 뻔했다.

총선 시 각 정당 비례대표는 사회 여러 분야를 대변하는, 즉 각계각층에서 두각을 나타낸 사람들로서 국회에 진출하여 자신의 분야 국민의 목소리를 대변하여 입법 활동에 힘쓰는 의무를 갖는다. 그러나 이것은 서책상의 이야기이고 실제는 사회 취약계층 각 분야를 대변하는 후보자들 다수가 C그룹에 속해 있었다. 나는 중국동포출신신분으로 추천 받았으니 당연히 C그룹에 속했다.

과연 이 인도카이스트를 방불케 하는 A`B`C그룹 나누기가 말썽 없이 그냥 넘어갈 수 있을까? 천만에 말씀이었다.

　그날 중앙위원회 비례대표 선발 투표 회의는 여기저기 고성이 오가고 싸움이 벌어져 한바탕 아수라장이었다. 방송에서 흔히 볼 수 있는 투쟁의 장을 떠올리게 하는 국회모습이었다. 쟁점은 크게 두 가지였다. A`B`C 세 개 그룹으로 나눈 자체가 잘못되었다는 것, C그룹 후보자들에게 정견발표기회조차 부여하지 않았다는 것이었다.

　회의는 본론에 들어가지도 못하고 싸움에 싸움을 거듭하여 접점을 찾지 못하고 결국 오후 16:00 파행을 선포하기에 이르렀다. 사회자께서 내일 회의를 다시 개최하오니 회의시간을 별도로 통보할 것이라고 알렸다.
45명의 비례대표 후보자들은 한 마디 정식 발언도 해보지 못하고 그냥 싸움구경만 하다가 집으로 발길을 돌리고 말았다. 나와 같이 서울에 사는 사람은 아무 때나 여의도에 가기 쉽지만 지방에서 상경한 후보자들과 중앙위원들은 불만의 원성이 말이 아니었다.

　21일 오전 11:00 회의가 개최된다는 전화를 받고 여의도에 몸을 향했다. 아무리 호사다마라는 성구가 있어 조금이나마 위안이 된다지만 이해 못할 일들이 꼬리에 꼬리를 물고 일어나고 있었다. 나를 실은 자동차가 한강 위를 신나게 달리고 있는데 전화벨이 울리더니 회의시간이 또 오후 13:00로 미뤄졌다는 통보를 받게 된 것이다. 그냥 가야 하나, 집에 돌아갔다가 시간 맞춰 재출발해야 하나? 그러나 달리는 차는 한강 위라 머리를 돌릴 수 없었다. 그냥 생각 없이 페달을 밟는 쪽을 선택하였다.

　여의도에 도착하니 오후 열린다는 회의인데 벌써 사람들로 붐비고 있었다. 후보자들끼리 서로 인사 나누느라 분주했다. 회의 시작 전이라 시간적 여유가 있어 후보자들이 개별적으로 중앙위원들과 담소를 나누는 분들도 있었다.

　13:00 열린다던 회의는 또 미뤄져 15:00에 열릴 것이란다. 조율이 심통치 않은 것 같았다. 즉 A`B`C그룹을 타파하고 전체 45명에게 동등한 기회를 부

여하는 쪽으로 가닥을 잡아가는 과정이 무척 잡음이 많은 것 같았다. 15:00 열릴 것이란 회의는 또 17:00로 미뤄졌다. 아무래도 접점 찾기가 쉽지 않은 모양이었다.

더는 미룰 수가 없었던지 17:00 회의가 시작되었다. 본래 비례대표 후보자가 45명으로 압축되었었는데 그 가운데서 C그룹에 분류된 후보자들 일부가 자진사퇴하고 또 다른 이유에 의해 사퇴 자가 발생하여 투표에 붙인 후보가 모두 35명으로 줄었던 것이다. 나도 C그룹에 속해 있어 당선 가망이 제로라고 여기고 그만두어야 하는지 고민이 많았다. 물러서자니 추천해준 분에게 미안한 일이라 생각되어 갈 데까지 가보자고 맘먹고 기다리기로 작심하였다. 오후 17:00 시작된 회의는 도중에 중단을 반복하여 새벽 05:00에 끝났다. 장장 12시간 동안의 회의였다.

35명 후보자가 2분씩 발표하고 투표 진행하고 개표하여 결과를 발표하는데 걸리는 시간이 장장 12시간이 걸린다는 것이 도무지 이해하기 힘든 일이었다. 이렇게 마라톤 회의가 진행된 이유는 개표시간만 3시간 걸렸다고 하니 나머지 조율시간들을 감안하면 그럴 만도 했다.

전날 11:00 전에 여의도에 도착하여 이튿날 새벽 05:00까지 장장 18시간 당사에서 머물렀다. 아무리 다부지고 탄탄한 신체라도 감당하기엔 무리였다. 중앙위원들도 후보자들도 모두 지치고 또 지쳐 있었다. 눈가엔 졸음이 가득 찼고 얼굴은 밀랍을 바른 듯 노랗게 변해가고 있고 걸음걸이들이 영 힘이 없이 다리에 모래주머니를 찬 것 같이 굼떴다.

난 건강이라면 자신 있었는데 정신상 너무 긴장되어 있었던 탓이었는지 18시간 뻗히느라 다리가 떨리고 머리가 무거워났고 목소리가 기여들 정도로 힘이 빠져 있었다. 손에 든 핸드백조차 귀찮았다.

그렇지만 보람은 있었다. 나는 비례대표 순번 23번을 배정받았던 것이다. 투표 걸친 결과라 어찌 보면 기적이라 말해도 과언이 아니었다.

회의장 300명 되는 중앙위원들과 후보자들 가운데서 내가 안면이 있는 분은 박영선 의원과 이성 구로구청장 뿐이었다. 이 두 분은 투표결과가 발표되자 나를 포옹해주었다. 아버지 엄마 품처럼 포근하고 따뜻했다. 대한민국 20여 년 생활 처음으로 타인한테서 정확히 한국 사람들로부터 살가운 온정을 느끼는 순간이었다. 저도 모르게 눈시울이 젖어났다. 23번 순위가 당선 희망이 없다는 사실을 나는 잘 알고 있었다. 그러나 꼴찌만 면해도 다행이라 생각했었는데 12명 제쳤다는 것은 나로서는 기적이 아닐 수 없었다.

어떻게 이렇듯 기적 같은 일이 가능했을까?

세상엔 공짜가 없는 법이다. 모든 결과는 하늘에서 뚝 떨어지지 않는다. 우연이 아닌 필연이다.

19일 면접 보고 나는 나 자신을 홍보할 자료를 준비했었다. 전단지식으로 간단하게 유인물을 준비했다. 21일 오전 11:00 시작된다는 회의가 오후 17:00 정식으로 시작될 때까지 6시간이란 여유가 있었다. 이 시간이 결국 나에겐 귀중하고 유용한 시간이었다.

나는 250여 명의 중앙위원들 중에서 딱 두 분 빼고 나머지는 전부 생면부지였다. 이 분들에게 무작정 전단지를 나눠드렸고 말을 걸었다. 처음엔 선거가 의례 그러려니 공식적으로 대하던 분들이 차츰 나에게 관심 갖고 다가오기 시작했다. 특히 전라도를 비롯한 여러 지방 중앙위원들이 나에게 더 관심을 기울였다. 다수 분들의 질문은 서로 비슷했다.

"왜 국회의원이 되려 하나?"

"동포 몇 세냐?"

"부모는 살아 계시냐?"

"동포들이 돈을 벌면 고향에 돌아간다고 하던데 굳이 입법에 많은 신경을 쓸 필요가 있나?"

등등의 질문들이었다.

나의 아버지는 한반도에서 태어나 9세에 만주에 이주하셨다. 나는 어릴 때부터 조선인들의 독립운동에 대해 많은 이야기를 듣고 자랐다. 나의 아버지는 돼지를 키워 가족들이 한 근의 고기도 드셔보지 못하고 팔아서 그 돈으로 쌀과 야채를 구매하여 독립군에게 지원했다고 한다. 사람들은 흔히 총을 들고 일본군에 맞서 싸운 조선인만 독립군 혹은 그 후손들을 독립유공자로 취급하는데 후방에서 독립운동을 도운 전체 조선인이 모두 독립군이며 그 후손들은 모두 독립유공자이다. 이 수많은 '독립유공자들'이 현재 고국 한국에서 무시당하고 차별받는 부당한 대우를 받는 것이 안타깝다. 나는 이 기회에 한국정치인들에게 이와 같은 사실을 알리기로 맘먹고 밝힐 것을 밝혔다.

그리고 사회주의와 자본주의를 모두 체험했고 남북한을 모두 경험한 조선족은 앞으로 남북통일에 있어서 가장 큰 가교역할을 할 것이란 점도 힘주어 토로하였다. 또 조선족이 돈을 벌면 고향에 돌아간다는 잘못된 인식에 대해 자세하고도 진지하게 설명하였다.

조선족은 코리안드림에 나설 때 누구나 수년간 감옥에 간 셈 치고 꾸준히 돈을 벌면 고향에 돌아가 살겠다는 맘가짐으로 한국에 온다. 그러나 한국은 감옥이 아니고 한국에 온 조선족은 '절욕스님'이 아니다. 살다보면 인간의 희로애락을 맞보고 살다보면 한국에 정이 들게 되고 해가 거듭할수록 정착하려는 움직임이 더 강해진다.

그래서 재한조선족은 과거 돈을 벌어 중국에 송금하고 중국에다 아파트 구매하고 미래설계를 중국에 비중을 많이 두었으나 지금은 가족 다수가 한국에 왔고 송금할 일도 굉장히 줄었고 중국에 아파트 구매도 현저하게 줄고 있으며 되도록 한국에서 계속 살고자 노력한다. 과거 한국에서 성냥갑 같이 비좁은 쪽방에서 살던 것이 지금은 쾌적한 전세로 이사 가는 비례가 굉장히 많이 늘어나고 있고 한국에서 빌라나 아파트 구매하여 안정된 생활을 누리는 조선족이 점차 눈에 띄게 증가하고 있다.

앞으로 한국에 올 조선족이 대량 증가하지는 않겠지만 현재 있는 조선족 다수는 한국에서 계속 정착할 움직임이 보인다. 그러므로 이들이 안정적으로 정착해 나아가기 위해 관련법을 마련하는 것이 시급하다.

한국정부의 재외동포법 미숙 때문에 임시방편으로 만들어진 방문취업비자(H-2)는 사라져야 하고 대신 재외동포비자(F-4)를 전면적으로 실시해야 한다. 현행 방문취업비자는 사무직에 종사할 수 없고 재외동포비자는 단순노무에 종사할 수 없어 폐단이 심각하다. 생계를 위한 노동이 불법이 되어 벌금을 납부하게 만든 법이 과연 합리적인가? 이 문제를 조속히 해결해야 한다. 그리고 조선족은 할아버지 살던 고국에 와서 등록증을 발급받으면 한글 이름이 아닌 영어로 기재하는 것은 정말 하루빨리 개선되어야 한다. 누군가는 국회의원이 되어 재한조선족문제해결과 조선족이 한국에서 안정적으로 정책해 가려면 좋은 정책을 많이 만드는데 힘쓰기에 나서야 한다.

나는 상기 이와 같은 내용으로 중앙위원들을 설득하였다. 약자를 동정하고 재한조선족 나아가서 전체 조선족사회에 관심이 있는 중앙위원들이 나를 밀어준 것 같다. 그래서 23번 순위에 오르게 되었던 것이다.

나는 23번 순위에 만족했다. 그런데 자고 순번이 23번에서 31번으로 바뀌었다. 이유는 정치에 관심 있는 사람, 선거에 대해 상식이 있는 사람은 답을 알고 있을 것으로 믿는다.

변창렬 약력

시인, 재한동포문인협회 상임부회장, 중국조
선족 중견시인, 두만강문학상 등 수상 다수

지게

산이 떠서 간다
두발만 옮겨지는 뒷모습
산보다 더 큰 산이다

산의 해묵은 무게에
지게는 산등성이 되었다
노인님 허리도 산등성이다

산이 힘들어 쉴 때
둔덕에 올라선 두 발
저 멀리 메고 갈길 찾는다

산이 무너졌다
지게목발처럼 꺾인 어르신
감은 듯 뜬 듯
지고 갈 무게에 눌리셨다

지게 위에 울고 있는 산
눈언저리에 틀고 앉았다
산이 된 어르신
무겁게 쉬고 계신다
산은 지게 하나로
무덤 만들었다

노숙자

새는
그림자도 없는 하늘에

날고 있다

빌어먹기는 싫고
애걸할 데도 없는 허공에
맥 잃은 날개만 힘겹다

둥지를 지어도
허름한 지푸라기로 만든다
그 속에
빈 털만 남길 뿐
아무것도 모아두지 않는다

바람 한 모금을
이빨 사이에 물고
꽁지에 힘 추스릴 적에
부리는 입맛 다시지 않는다

구름 한 조각이
그림자로 다가 오면
너무 낯설어
한 바퀴 빙 둘러보고는
울음소리도 남기지 않고
텅 빈 둥지로 돌아온다

둥지에는

그림자라곤 없다
바람구멍만 숭숭하다

새는 낮잠을 자고 싶어한다
배불리는 꿈만은 꾸지 않겠다고
부리를 날개 죽지 속에 묻는다

넓고 높아서 울고 싶은 오늘

오늘 따라
흙을 한 번 더 만져보고 싶다
구름도 부둥켜안고 싶고
내리는 비에도 흠뻑 젖어보고 싶다

먹장구름이 박살 난 오늘
부러 진 할아버지 종아리가 보인다
잡혀 간 고모의 코신이 불쌍하다
생매장당한 작은 할아버지 뼈가 운다

깃발이란 깃발이 힘차게 나부낀다

핏속에 숨긴 빨간 깃발과
속살 속에 숨긴 흰 깃발들이여
그런 깃발들이 짓밟던 설음들이 칼날 되는 날이다
터지는 분통이
목 메어 울컥이는 오늘이다

왜놈구둣발에 짓뭉게 진 피고름 땅에
산이 험악한 벼락이 되고
사람마다 짐승이 되는 그 때
온 동네가 불바다 되는 수치의 날이여

왜놈 땅에도 흙이 있더냐
조상들의 피로 굳어버린 뼈다귀에
세워놓은 쉬파리의 뭉치라 해야겠다
그 땅에 흙이란 흙이
수렁창으로 되는 오늘이라 믿고 싶다
웃는 그놈들의 낯짝에
누구나 한 번씩 침을 뱉어 딱지를 찍어 두자
가래침의 골짜기에 처넣고 싶다

저 하늘이 너무 높고 너무 넓어
그만 울고 싶다
속 시원히 울어야
할아버지 할머니

작은 할아버지 큰 고모
모든 혼들이 웃을 것 같은 오늘이다

그 웃음은 묻을 곳이 없다
하늘에 묻고 싶어도 흙이 없어
구름으로 덮어주는 오늘이다
구름은 흙이다
한 번 더 만져보고 싶은
흙이다

흑백사진

하늘에
단 둘이 앉아 계셔요
낮에는 아버지
밤에는 엄마

먼저 가신 엄마는
밤에 가시어 밤에 오시고
늦어 가신 아버지는

낮에 가시어 낮에만 오시네요

언제면 만나실까
눈짓만 하고 계시는지
옥신각신 다투시었던 그 때
여직 매듭짓지 못하셨나요
먼저 가셨다고
늦어 오셨다고
아직도 억울하신가요

아침저녁 노을이
실없게 색깔로 둔갑한다만
밤과 낮으로 갈려 버릇 된 두 분
눈을 감고도 웃으실 울 엄마아버지
살아생전 남기지 못한 얼굴
가셔서도 찍을 수없는 설음
언제면 노을로 고와지나요

배국화 약력

길림성 왕청현 출생, 현재 한국 거주.
시, 수필 다수 발표. 재한동포문인협회 회원

풀잎

네탈내탈 하다가 떠나갔다

이 동네 저 동네
돌아다녀도

먹을 것이 없었다
이 동네 저 동네
돌아다녀도
마실 것이 없었다
이 동네서 맞고
저 동네서 맞고

남은 것은 상처뿐이고
남은 것은 후회뿐이고……

다시 돌아온다
누군가
불을 끄지 않고 기다린다
핑계 댈 것이 없었다
나는 작은 풀잎이었다

당신은 빛이요
산위에 동네가
숨기우지 못할 것이다

진주를 구하라

아침에 면접 보러 가는 딸이 웃으며 말 한다. "찰떡 사 먹어야 되잖아요?" 찰떡, 딸애가 소학교부터 중학교까지 시험 칠 때면 늘 찰떡을 샀다. 잘 붙으라고 먹기 싫어하면 한입이라도 떼라 했다. 좋다는 노릇을 못 하겠는가? 찰떡먹고 모든 것이 다 해결되면 얼마나 좋을까. 공부를 힘들게 할 필요도 없고, 1년에 중간고사 연말고사 이렇게 두 번 찰떡 장사가 굉장히 돈 많이 벌 기회였다…….

자녀들 학교를 졸업하고 사회에 진출하면 자기가 배운 것으로 능히 활용 할 것 같지만 그때부터 학교에서보다 더 큰 시험을 치러야 되는 것이다. 누구누구는 중등 전문학교를 졸업하고 북경에 호구를 부치고 이상적인 직장을 찾았고 누구누구는 베쑨의과대학을 졸업해도 가정교사로 일하고 있다. 쓰러진 것 같은데 지팡이를 잡은 것이고 지팡이를 잡은 것 같은데 부러진 것이다. 자녀들이 쳐야 할 시험이 학교에서만 있는 것이 아니라 끝마치고 사회에 진출 해서도 있는 것이다. 명문대학을 나왔다 해서 성공한 것이 아니다. 중요한 것은 새로운 시험이며 배운 것을 활용하는 것이 중요한 것이다. 직장 찾고, 아파트 사고, 결혼하고, 자식 낳고, 인생은 수많은 시험이 있는 것이다. 산 넘어 산이 있다.

딸애가 컴퓨터 전공을 하고 배운 것을 활용 하려고 많은 눈물을 흘리며 직장을 찾아 다녔다. 자기가 배운 것이 기초뿐인 걸 알고 학원을 찾아 더 배우며 직장을 찾았다. 연길에서 한창 잘 나가다가 또 한국에 와서 눈물을 흘리며 직장을 찾아 다녔다. 중국에서 배운 것은 한국에서 인정 하지 않았다. 처음부터 다시 시작해야 했다. 지금은 많이 컸다……. 자기가 다니던 회사 그만 두고 다른 회사 찾으려고 면접 보러 다니고 있다. 또 다시 새로운 시험을 치르고 있는 것이다.

먹는 것을 구하는 사람은 먹는 것으로 끝나지만 진주를 구하는 사람은 참 구함, 썩지 않는 것을 구하는 것이다. 겉으로 보면 화려하지만 내부는 갈등인 것이 많다. 역사에 남으려면 전쟁에서 싸워 이겨야 하는 것이다. 세상은 다 사랑할 수 없어도 자식만은 사랑할 수 있는 것이 참부모인 것이다. 인생은 헤아릴 수 없는 시험의 연속이다. 축복은 시험 친 뒤에 오는 것이다. 부모는 늘 자녀가 시험 잘 치기를 위해 구해야 하는 것이다. 이것이 진주를 구하는 참 구함인 것이다. 거인의 어깨 위를 오르려면 거인이 이루지 못한 꿈을 이루어 나가야 하는 것이다. 부모는 자식을 위해, 다음 세대를 위해 구해야 한다.

많은 사람들 돈 벌어 잘 살려고 집 떠나 멀리 간다. 그러나 그 돈은 쉽게 벌려지는 것이 아니다. 어려운 시험을 쳐야한다. 힘든 노동보다 더 견디기 어려운 외로움이 큰 시험이다. 이 전쟁에서 이겨야 큰 축복을 받는 것이다. 여자는 변하면 부자가 되지만 남자가 변하면 망하게 되는 법이다. 썩는 것을 구하지 말고 썩지 않는 것을 구하는 것이 진주를 구하는 것이다.

예술가 모차르트는 음악을 위하여 많은 노력을 하였다. 그 시대 음악 하는 사람은 멸시와 천대를 받았다. 가난 굶주림 때문에 음악을 악마의 연주곡으로 느꼈던 것이다. 그 시절에 그런 길을 걸었다. 그의 간절한 구함, 노력 때문에 지금 아름다운 음악을 우리가 듣고 있는 것이다. 학자가 아무리 머리가 좋아도 열심히 노력한 뒤에야 원하는 대로 이루어지는 것이다.

구하지 말라 해도 구하는 자들이 이루는 것이다. 먼저 구할 것이 있고 나중 구할 것이 있는 것이다. 시시한 것을 구하다가 인생 끝날까봐, 구하는 대로 이루어지기 때문에 먼저 나라를 구해야 하는 것이다. 구하는 것은 노력 하는 것이다. 나라, 백성, 땅이 있다 해서 다 이룬 것이 아니다, 주권이 있어야 하는 것이다. 식민지 때는 백성은 있었지만 주권이 없고 땅을 빼앗겼으니 나라 없는 백성이 된 것이다.

중국 베이징에 한국대사관이 있는데 중국 땅에 있다 해도 한국의 지배를 받기에 중국 경찰이 드나들 수 없고, 한국에 중국 대사관이 있는데 한국 땅에 있다 해도 중국의 지배를 받기에 한국 경찰이 드나들 수 없다.

부모 자식 간에 사랑이 다리가 되고 친구 사이에 우정이 다리가 되고 부부 사이에 애정이 다리가 된다. 아무 사랑이나 다 빈틈이 있는 것이다. 사랑의 근원은 다스림에 있다. 다스림은 노력하는 것이고 구하는 것이다. 그 속에서 갈등이 해결 되는 것이다. 의에 주리고 목마른 구함은 이루어지는 것이다.

대한민국이 대통령 때문에 깊은 상처에 빠져 있다. 대통령이 물러나도 새 지도자 때문에 근심이다. 누가 대통령이 되어도 평형이 안 되는 것이다. 51:49라 한다. 반반이니 나라는 혼란스럽다. 민족이 살아가야 할 길-서로 회개하고 눈물 흘리는 길밖에 없다고 본다. 눈물이 진주를 구하는 길이라고 본다.

배영춘 약력

중국 서란시조선족제1중학교 졸업. 1989년 길림도라지잡지 문학강습반 수료.
길림신문, 도라지 잡지에 수필, 시 통신보도 10수(편) 발표.
현재 한국 안양시 거주. 재한동포문인협회 이사.

얼굴

추억도 잊어버렸다
얼굴도 잊어버렸다
사랑도 잊어버렸다
초점 없는 두 눈엔

눈물도 없어졌다

흰머리 잿빛 수염
웃음 많던 얼굴이
모든 고뇌 내려놓고
황토집을 찾아간다

저 멀리 들려오는
박자 없는 구슬픈 곡소리
바람과의 약속처럼 사라지며
가슴속에 얼굴을 심어놓는다

얼굴에 주름이 한 획 한 획
늙는 것도 모르고 살아오다
세월의 나지막한 언덕에
풍파의 얼굴을 묻는다

나는 시장에 가지 않는다

내가 사는 지역은 안양시장과 비교적 가까운 거리, 걸어서 5분이면 도착할 수 있다. 매주 쉬는 날이면 아내는 시장을 다니면서 채소도 사오고 내가 좋아하는 미꾸라지도 사온다.

며칠 전 일요일이었다. 오랫동안 책과 담을 쌓고 살아온 나는 근래에 와서 글 쓰는 재미를 느끼고 보고픈 서적도 생겨 서점에 가겠다고 했더니 아내도 가겠다고 따라나섰다. 우리 내외가 시장과 서점을 함께 나들이하기는 아마도 처음인 것 같다.

나는 안양역과 가까운 대동문고에 가서 찜을 해둔 책 한 권을 들었다. 아내의 더 사지 말라는 눈치를 보며 진열대를 대충 한 바퀴를 돌아보고는 아내를 따라 붐비는 시장에 들어섰다.

비좁은 시장을 사람과 사람 사이로 서로 부딪치며 빠져나가는 게 여간 스트레스가 아닐 수 없다. 흥정하는 사람들, 구경하는 사람들, 언제나 시장 통은 시끌벅적 온갖 사람들이 모여 소란스럽기만 하다.

그러나 아내는 말없이 요리조리 비집고 다니며 아이쇼핑을 시작하기 시작했다. 그리고는 맘에 드는 채소나 물건을 찜해두고는 시장을 한 바퀴를 다 돌아보고 와서는 흥정을 한다.

"아 참, 쪽팔리게 그게 얼마 된다고 깎소?"

나는 약간 신경질적으로 빨리 가자고 아내를 끌었다.

"당신도 참, 우리 돈은 공짜로 온 거예요? 아낄 만하면 아껴야지요. 당신은 구경만 하시든지 아니면 먼저 집에 가세요."

아내는 나에게 조용히 말하고는 다시 흥정하기 시작했다.

많은 사람들 속에서 사구려 소리가 여기저기 경쟁하며 유난히 목청 높게 들려오고 어디선가 트로트 메들리 소리도 유난히 크게 들려온다.

아내는 이미 면역이 된 듯, 그런 소리는 들리지도 않는 것 같았다. 나는 창피해서 아내 멀리서 아내가 가는대로 따라다녔다. 아내는 이집 저집 기웃거리며 물건 값을 물어보는 게 아주 재미있는 모양이다.

나는 짜증이 날 대로 났다. 물건을 사지도 않으면서 왜 값을 물어보는지. 나는 집으로 가자고 연신 재촉을 했다.

그러나 아내는 살짝 웃으며

"가격을 알아야 담에 와서 값을 흥정할 수 있잖아요. 당신 돈 벌기도 힘든데 아낄 수 있으면 아껴야지요."

"장사하는 사람들도 좀 남을 게 있어야 할 게 아니요? 그만 깎고 빨리 갑시다. 그 몇 푼 깎아서 우리가 속 편하겠소?"

"당신은 시장 잘 안 와서 몰라요. 저기 쭈그리고 앉아 콩나물이랑 판다고 우습게보지 마세요. 아마도 그분들 수입이 우리보다 나을지도 몰라요."

"근데 당신은 사지도 않을 물건 값은 왜 자꾸 물어보는 거요?"

"습관이 됐나 봐요. 물건 값 안 물어보면 이상할 정도로 궁금하고 또 다음에 와서 가격 흥정할 때도 유리하고……."

아내는 정말로 버릇이 되었나보다. 자기가 좋아하는 그릇 가게에 들러 이리저리 유심히 둘러 보고는 가격을 묻는다. 그리고는 아쉬운 눈빛으로 나를 쳐다보았다.

중국으로 들고 갈 수 없음을 뻔히 알면서도 그놈의 그릇 사랑은 끝이 없다. 나는 혼자 그릇 가게에서 나와 시장 밖으로 나가려고 삼덕공원 방향으로 출구를 찾아갔다.

나는 중국에 있을 때부터 재래시장에 대해서 매우 좋지 않은 추억이 있다. 한국 나오기 전까지만 해도 중국 시장에는 도둑들이 너무나 많았다. 어느 날 채소나 과일을 사려고 고르느라 신경 쓰고 있을 때 도둑은 어느새 내 지갑을 꺼내 사라지고 없었다. 이러한 일을 서너 번 당하고 나니 시장 간다고 하면 벌써 모든 신경이 도둑에게 가 있어 쇼핑은 엄두도 못 내고 대충 사서 오기만 했다.

한번은 내 옆에 채소를 고르고 있던 한 여인의 가방을 면도칼로 쭉 찢고 지갑을 꺼내려고 하는 순간 나는 그 여인을 살짝 밀었다. 역시 여인도 눈치 빨라 도둑질을 면했다.

좀도둑은 한두 명이 아니었다. 험한 인상으로 나를 째려보면서 나의 뒤를 졸졸 따라 다녔다. 공포감이 엄습해왔다. 나는 부랴부랴 도망치며 시장 밖으로 나왔으나 그놈들에게 잡혀 으슥한 구석에서 얼마나 두들겨 맞았는지 두 눈은 퉁퉁 부었고 온몸이 욱신거리도록 심하게 구타를 당해서 병원신세를 져야 했다.

물론 한국에 와서도 처음엔 도둑이 있나 신경 쓰여 옆을 몇 번이나 두리번 두리번 살피곤 했던 생각이 난다.

지금도 나는 가끔 혼자 생활할 때는 시장보다 할인마트나 아울렛 같은 시원하고 깔끔하게 정리된 곳을 찾는다. 그곳에서 신선한 채소를 사다 먹는다. 그러니 가까운 거리에 있는 시장도 자연적으로 나오는 거리가 멀어졌다.

시장을 다 빠져나올 무렵 어디선가 웃음소리가 귓가에 들리기에 뒤돌아보니 아내가 호떡 파는 할머니 단상에서 담소를 나누고 있었다. 다른 곳에서는 800원 정도의 호떡이었지만 할머니 호떡은 크고도 두툼한 게 가격도 500원이었다. 아직 이렇게 싸게 파는 호떡도 있다니 나는 맛이 궁금하여 두 개를 사서 아내와 함께 아주 맛나게 먹었다.

500원, 천 원을 깎으려고 서로 티격태격 하는 사람들, 아내처럼 끊임없이 시장을 돌아봐야 살아있음을 느끼는 사람들, 구경으로 가는 시장하고 먹고 사는 채소류를 사러가는 시장하고는 모든 인파가 제각각이겠지만 인간 냄새가 나는 사람이 사는 활력이 넘치는 시장인 만큼은 틀림없다.

나도 이젠 시장에 자주 가 보아야겠다.

열정과 허무 사이

　오늘도 나는 출근하기 바쁘게 주방에 들어서며 목 긴 장화를 신는다. 무더위가 점점 기승을 부리기 시작하는 7월. 점심시간이 다가올수록 주방에는 지지고 볶고 하는 화력으로 인하여 숨이 턱턱 막히고 땀은 쉴 새 없이 줄줄 흘리면서 분주해진다.

　나의 하루 첫 시작은 냉면 반죽으로 시작한다. 가마에 물이 끓기 시작 하면 냉면가루와 끓는 물을 비례에 맞게 혼합하고서 재빨리 익반죽해야 냉면이 쫄깃쫄깃하면서도 부드러워진다. 너무 질게 반죽을 하면 면발이 쉽게 끊어지면서 쫄깃한 면이 없고 너무 되게 반죽을 하여도 냉면이 잘 익지 아니하고 입안에서 겉돌기만 한다.

　냉면이란 알면 알수록 까다로운 음식이다. 날씨에 따라서 반죽하는 물의 양도 다르다. 냉면 가루가 습도에 민감하기 때문이다. 또 가마솥에서 조금만 더 삶아도 면발이 녹아서 먹을 수가 없다. 그러기에 불 조절도 필수다. 이러한 삼박자가 맞아야 완벽한 냉면이 완성된다.

　영업 개시와 함께 "비냉 둘, 물냉 하나요" 소리가 들려온다. 그리고는 재차 "영돌 5개, 제육 두 개요" 하는 서빙 아가씨의 목소리가 들려왔다. 주방은 한 팀이 되어 톱니바퀴처럼 분주히 움직이기 시작한다.

나는 미리 숙성해 놓은 양념에 또 돼지 앞다리 살을 얇게 썰어서 24시간 숙성해 뒀다가 주문한 양에 따라 최고의 화력으로 각종 채소를 넣고는 불 쇼를 하면서 프라이팬을 돌려댄다. 그래야 돼지고기가 불에 그슬린 맛이 배어서 향이 더해진다.

점심엔 백반을 위주로 장사하고 주문한 대로 최대한 빨리 요리해서 손님한테 가져다주는 게 목표다. 물론 맛과 향, 색감, 오감이 느껴지도록 음식을 만드는 게 나의 최대 목표다.

배고픈 점심시간 손님들은 느긋하게 기다리는 게 아니다. 조금이라도 빨리 먹고 차 한 잔이나 커피 한잔을 마시며 쉬고 싶어 한다.

아침에 출근하면 저녁 퇴근할 때까지 몸과 마음이 바쁜 일정이다. "눈코 뜰 새 없이 바쁘다"는 말은 바로 점심시간 11시부터 오후 1시까지다.

나는 이 바쁜 것이 오히려 자랑거리라고 생각하며 살아오고 있다.

식당 일을 하다 보면 너무 한가하고 손님이 없어서 월급 받는 것조차 편치 않아 눈치만 보이는 식당도 있다. 그러다 보면 나는 자연적으로 사직서를 쓰는 수밖에 없다. 명색이 주방장인데 가게에 손님이 없다는 것에 대해 마음이 갈피를 잡지 못하고 이리저리 헤맬 때도 있고 자존심 상할 때도 있다.

그런데 요즈음 나는 바쁘게 돌아가는 나의 생활이 갖는 의미에 대하여 문득문득 고달픔보다도 허무함이라 할까, 가끔 알지 못할 회의를 느낀다.

일상의 분위기에 끌려서 분주하게 살아가는 가운데 매우 중요한 무엇을 잃고 있는 것이 아닐까 하는 의구심도 든다.

중국에서 느긋하고 한가롭게 살아오다가 급하게 발전하는 대한민국에 와서 죽을 둥 살 둥 아등바등 일하면서 자신의 건강을 너무나 등한시해왔다.

처음 한국에 왔을 때부터 돈을 벌면서 기술도 배울 수 있는 일을 해야 한다는 생각은 지금까지도 변함없다. 그러나 나는 과연 무엇을 배워왔을까……?.

음식점에서 일하면서 기왕이면 '일급 주방장'이니 '좋은 솜씨'니 하는 이름을 붙일 수 있는 내 생애에 무엇인가를 남기고 싶은 욕심이 없는 것은 아니다. 그래서 더욱 노력해왔고 학습하며 꾸준히 음식의 묘미를 느끼기 시작했다.

그런데 어느 순간 뜻하지 않게 문학이라는 성취욕이 나를 앞만 내다보도록 했다. 현재의 생활 속에 담겨 있는 귀중한 인생사들을 글로 옮김에 있어서 앞으로 목적을 달성할 수 있을지는 확실치 않지만, 늦은 나이에 마냥 쫓아만 가고 있는 나를 발견한다. 이미 글을 쓰고 있는 지금까지는 확실히 가는 길이 옳다고 생각하지만, 한 번에 두 가지의 취미를 동시에 취한다는 건 정말로 어려운 일이다. 그래서 고민은 지금까지 이어져 왔다.

하나는 내 인생에 먹고 쓰고 살아가는 밥줄이요, 또 하나는 나의 정신적 밥줄이다. 모두 다 중요한 그 자체이기 때문에 앞만 보고 분주하게 살아온 가운데 내가 잃은 것, 부모님에 대한 불효와 현재 떨어져 사는 형제들과 정담을 나누지 못하고 오로지 나만의 세계에 빠져있어서 그 중요한 인정을 잃어버리고 있다. 그냥 막연하다는 표현이 정답일 것 같다.

지금 대한민국에서 일하면서 돈 잘 버는 친구들도 많다. 그러나 서로의 바쁜 일로 가까운 친구들과 조용히 만나서 시간에 구애됨이 없이 웃고 이야기하는 여유가 거의 없다.

가끔 동창회다, 생일이다, 결혼식이다 하는 모임에 가서 친구들과 모이기는 하지만 사람이 너무 많고 떠들썩한 분위기여서 농담과 근황에 관해 잠깐 이야기를 나눌 뿐 조용히 정담을 나눌 수 있는 자리가 아니기 때문이다.

그러나 정담을 나눌 수 있는 그러한 자리 그러한 시간을 갖는 것은 나에게 허락되지 않는다. 세상이 너무 바쁘게 돌아가 나로 하여금 현기증이 날 지경이다. 매번 나는 이미 대한민국 생활에 적응이 됐다고 자부해 왔지만, 사실은 트렌드를 따라가기 너무 힘들다.

한가로움을 즐기지 못하고 마음의 여유를 갖지 못하는 나의 조바심 탓에 지금도 직장이나 조직 모임에서도 항상 자괴감에 빠져 있다. 이런 글을 쓰는 지금도 여전히 불안하다.

며칠 전 퇴근하고 집에 와 누웠지만 괜히 잠이 오지 않아 반바지 차림으로 집 앞 길 건너편 단골인 호프집에 들어가 맥주 한잔을 시켰다. 나이가 나와 비슷한 아주머니께서 "오늘은 혼자 오셨습니까? 목이 컬컬한가 본데 생맥주 한잔 드릴까요?"

"네, 잠이 오지 않아 누웠다가 나왔습니다."

자정이 넘은 시간에 혼자 우두커니 앉아 안주 없이 맥주 마시기는 그렇고 해서 감자튀김을 하나 주문했다.

"사장님도 한잔하시지요? 혼자 마시니 술맛이 안 납니다."

나는 생맥주를 들고 오는 여사장님께 말했다.

"그럴까요, 고마워요."

차가운 생맥주에 바삭한 감자튀김은 매우 조화가 잘되어 맥주 맛이 한결 부드러워졌다.

"어제 우리 가게 위층 301호 사시던 할아버지가 리무진 타고 가셨어요."

"네? … 항상 이 입구 계단에 앉아 계시던 할아버지 말입니까?"

"예. 작년에 할머니가 돌아가신 후부터 말수도 적어지고 항상 우울한 모습이었는데 며칠 전 구급차에 실려 가고는 어떻게 됐는지 모르겠어요."

"오늘 리무진과 뒤따르는 승용차 몇 대가 우리 상가를 한 바퀴 돌고 갔습니다. 할아버지 장의차였다고 합니다. 사시던 집을 마지막 들르시고 떠나신 것입니다."

나도 그 할아버지를 잘 알고 있다. 내가 출근 할 때마다 건너편 빌라 문어귀에 앉아 계시다가 자전거를 들고 나오는 나에게 항상 먼저 말을 건넨다. 타국에 와서 고생한다고. 부모님께 효도해야 복 들어온다고. 또 나 자신에게도 늘 건강을 생각하며 일 하라고 하셨다. 건강 한번 무너지면 일어서기 힘들다고 말하던 할아버지였다.

가슴이 답답해졌다. 할머니를 보내시고 힘없이 사시던 할아버지 이제 인간 세상 임무를 다하시고 할머니 곁으로 가신 거라는 사장님의 말에 공감이 갔다.

인생 누구나 가는 길은 저렇게 쓸쓸한 모습일까?

언젠간 나도 중국으로 갈 것이고 그때 가면 기력도 떨어지고 몸과 마음도 늙어서 분주함도 없어 질 것이다.

그때 가서는 한가로움을 즐길 수 있을지……?

마음의 집 돌아갈 고향이 항상 그리워지는 이유이기도 하다.

지금도 '영양 돌솥밥'을 '영돌'이라고 줄여서 불러야 할 정도로 바쁘게 돌아가는 오늘 대한민국 한복판에서도 부지런히 하루를 보내는 사람이 있을 것이고, 한가로운 정담을 즐기는 사람도 있을 것이다.

또한 차라리 빨리 하루해가 지나가기를 기다리는 고향생각에 눈시울 적시는 사람도 있을 것이다.

더 늙기 전에 돈도 벌며 건강을 유지하는 슬기로운 지혜가 필요한 요즈음이다.

배정순 약력

중국 훈춘시 조선족초등학교에서 교사, 연변
대학 조선문학 전공 졸업.
2014년 2월 한국방송통신대학교 중어중문
학과 졸업. 2017년 8월 서울교육대학교 교
육대학원 다문화교육 전공 석사 졸업. 現서
울신대림초등학교 다문화이중언어강사.
중국연변작가협회 회원, 동북아신문 기자.
재한동포문인협회 이사, 재한동포교사협회
회장, 어울림주말학교 교장.

입쌀 밴새

입쌀 밴새는 중국동포들이 즐겨먹는 음식이다. 입쌀은 쌀이고 밴새는 만두
다. 즉 쌀 만두. 한국 사람들에게는 좀 낯설지만 중국 연변지역에서 온 중
국동포들에게는 익숙한 음식이다.

만두피는 쌀가루로 익반죽을 해서 만들고 소는 무, 양배추, 대파를 다져서

갖은 양념을 하여 만든다. 살림이 넉넉한 집에서는 돼지고기를 다져넣기도 한다. 소를 넣고 빚어서 20분 쯤 찌면 쫄깃하고 짭조름한 야채소가 어우러져 영양으로나 맛으로나 제격인 입쌀 밴새가 만들어진다. 손이 많이 가는 음식이여서 지금은 명절에나 해먹는 별미음식으로 되었다.

학교에서 국제이해 수업시간에 '중국동포들이 즐겨먹는 음식'을 소개하는 강의를 하게 되었다. 입쌀 밴새를 체험하는 시간이었다.

학생들과 교사들이 한결같이 "매콤하면서 쫄깃하고 정말 맛있다", "송편과 만두의 환상적인 궁합이다"라고 하면서 찬사를 아끼지 않았다.

옛날 생각이 절로 난다. 옛날에는 명절이 되면 동네 떡방아간이 불이 날 지경이었다. 집집마다 쌀가루를 빻으러 오다보니 쌀을 담은 그릇이 길게 줄지어 있었다.

엄마는 새벽에 일어나 익반죽을 해 놓고 만두소도 다 만들어 놓는다. 그러면 우리 6남매는 오순도순 모여앉아 "저 애 빚은 건 못 생겼다. 나중에 미운 딸을 낳겠다"하고 까르르 웃으면서 입쌀 밴새를 빚었던 모습이 이제는 아련한 추억으로 떠오른다.

150여 년 전 일제강점기에 만주지역을 개척한다는 명목 하에 한반도에 살던 우리조상들은 강제로 이주하게 되었다. 척박한 땅을 갈아엎어 논으로 만들어 벼농사를 짓게 되었다.

우리민족은 예로부터 쌀을 주식으로 하였다. 쌀을 가루로 내어 다양한 떡을 만들어 먹었다. 입쌀 밴새도 그 중 한 가지 음식이다.

북한 함경북도에서 온 분들을 만났는데 입쌀 밴새를 해 먹는다고 하였다. 그러니 입쌀 밴새는 함경북도에서 이주한 조선인들이 만주지역에 이주해 가서도 해 먹었던 음식인 것이다.

오늘은 우리가 역이주로 고국을 찾아왔다.

80만 중국동포가 한국에 거주하고 있다. 특히 영등포, 대림, 가리봉 지역에 많이 집거해서 살고 있다. 정부에서도 이 지역에 동포타운을 세우려고 하고 있다.

새로운 삶의 터전에서 살아가려면 조상들보다 몇 배 더 피나는 노력을 해야 한다.

이 지역에는 동포들이 꾸린 음식점이 많이 있는데 대표적인 음식인 입쌀 밴새도 동포와 한국인의 입맛에 맞아서 자리매김을 한 셈이다.

음식문화가 이러할진대 인간의 삶은 어떠한가?

내가 한국에 온지도 어언 14년이 된다. 강산이 변한다는 10년이 훌쩍 지나갔다.

금방 서울에 왔을 때였다. 지하철을 탈 때면 지하철노선도를 펼쳐들고 보면서 다녔다. 버스 안내방송도 잘 들리지 않았다. 기사님과 물어보면 방송에서 나오니 잘 들으란다. 커피를 한잔만 마셔도 잠이 오지 않았고, 지어 녹차를 마셔도 잠을 설쳤다.

옷을 고르다가 사지 않고 지나가면 뒤에서 뭐라고 하는 소리가 들렸다.

취업하려고 이력서를 들고 학교를 찾아 돌아다녔다. 방과후 중국어강사로 취직하였다. 그런데 컴퓨터를 몰라서 서류를 작성하다가 다 날아가 진땀을 뺀 적이 한 두 번이 아니었다. 3개월 단위로 계약을 하는데 애들은 밀물처럼 확 밀려왔다가 썰물처럼 쫙 빠져나갔다. 10명이하면 폐강하기도 하였다.

10년이 지난 지금은 전국 어디라도 다 다닐 수 있다.

옷가게에 가면 사장님이 취향을 알아서 골라서 주고 할인해 주고 수선까지 무료로 해준다.

이곳저곳에서 중국어 전문 강사로 초빙하겠다는 제안이 들어온다.

서울시 교육청에서 다문화이중언어강사를 양성을 받고 초등학교에 배정을 받아 근무하고 있다. 수업발표공모전에서 최우상의 영예도 안았다. 올 8월에 서울교육대학교 교육대학원에서 다문화교육 석사학위도 취득하였다. 법무부로부터 다문화교육전문가 자격증도 받았다.

이러고 보니 변한 것은 사람이다. 적자생존이다. 변해야 살 수 있다. 함경북도 지역의 입쌀 밴새가 연변에 조선족의 특별음식으로 되고 또 다시 한국에 와서 중국동포의 대표음식으로 정착하듯이 우리도 스스로 변화를 촉구하여 새로운 환경에 적응하고 그 사회와 조화를 이루어 나아갈 때에야 만이 코리안 드림도 이루어지는 것이 아닌가 하는 생각을 해본다.

성해동 약력

중국 흑룡강성 수화시 출생, 1988년 흑룡강
신문에 처녀작 발표. 20여 년간 중국 연해도
시에 진출한 한국기업에서 근무하다가 2014
년 한국 입국. 시, 수필 다수 발표.
재한동포문인협회의 회원.

입추

오후나절에
낮잠을 깨우는 초인종 소리
기지개 켜며 하는 하품에
먼 들녘 물씬 풍기는 벼 냄새
이 뜰안 통통 뒹구는 저 과일

소슬한 바람에 창문을 닫고
달력을 보니
오늘은 입추
아, 가을이 지금
현관문 초인종을 누르네요

이걸 알아보려고요

거리에 즐비한 직업소개소
가식적인 웃음
겉치레 인사말
침방울 튕겨 씨부렁거리는 소장에게
〈선원 급구〉를 짚는다
세월을 마이킹 하는 인생
솔깃한 〈목돈 마련〉 글귀

면접에서 건강검진 계약서까지
비행기로 부산에서 제주도까지
렌터카로 공항에서 한림항까지

병신년 병신 하나가
어쩌다 뱃놈 되는가

"야, 이 씨발놈아!"

처음엔 적잖이 놀라웠다
그런데 일상용어이라니
감옥에서 죄수번호 부르듯이
배에선 이름 대신 호칭이다

일을 못해도 씨발놈
일을 잘해도 씨발놈
뱃놈은 모두 씨발놈

사업이 망한 놈
신용이 불량한 놈
도박에 인생을 탕진한 놈
빚쟁이들 독촉을 피하려는 놈

실패자들의 도피처여라 어선은
없으면 조급하고
있으면 여유롭고
선택이 본질이라는 돈, 그 돈
한 밑천 마련해 볼까
꾸역꾸역 모여든 밑바닥 인생

단풍

봄노래와 여름 춤사위에
가을의 우렁찬 박수갈채

송경옥 약력

중국 룡정시 출생, 로신학원 강습반 졸업
재한동포문인협회 회원. 시, 수필 10편 발표

가을엔

무덥고 뜨겁던 한여름
살며시 몸을 숨기고
성큼 다가온 살랑이는 갈바람
파아란 빛 감도는 높아진 하늘
나뭇잎은 붉은 빛을 자랑하고

발그레 익어가는 대추볼

달콤한 향기에

내 가슴 설레인다

달빛 밝은 창가로

앞마당 귀뚜라미 노래소리

고향 집 뒤 뜨락을

끌고 와 들어온다

주렁주렁 나무 가지에

매달린 사과배

볼이 빨갛게 영글어져

내 가슴 스미어

따라 들어온다

지금쯤

북녘의 가을은

칠백리 황금 파도 넘실대고

송이버섯 뾰족뾰족 돋아 올라와

잔치 한창이겠지

가을이면

고향에 가 있는

내 마음이여

송연옥 약력

중국 흑룡강성 계서시 출생. 필명 송이.
중학시절부터 작품 발표 시작, 각종 간행물
과 방송사에 60여수(편) 발표.
흑룡강신문 산동지사에 근무, 애터미㈜ 사업
자. 북방문단 흑토문학상 수상.
다인집 '흑룡강 땅에 핀 야생화(한국 초지일
관출판사)'등이 있음.
2008년부터 한국에서 거주, 흑룡강조선족창
작위원회 회원. 현재 재한동포문인협회 이사

아버지, 나무 그리고……

아버지는 나무를 좋아하셨다. 산도 좋아하셨다. 이 세상에서 나무와 산을 좋
아하셨던 아버지는 저 세상에서도 나무와 산과 벗하며 지낸다. 아버지의 유골
은 5년 전에 산에 위치한 공원묘지에 모셨다.

나무는 한 자리를 평생 지키는 대표적인 식물로 이미지가 고착화 되어 있다.
그래서인가 사랑하는 사람에게 일편단심 마음을 전할 때 "너의 나무가 되어
줄께"라는 말을 하기도 한다.

나무가 좋았던 아버지는 나무와 관련된 사업을 오래 동안 했었고 한국에 오기 전에는 나무농사를 지었었다. 나무농사를 짓는 사람은 정말 손꼽을 정도로 적을 것이다. 나무에 애착이 컸던 아버지는 그 나무로 한때는 방송에 사연이 나갈 정도로 흑룡강성에서 알아주는 나무사업자였다.

나무가 좋으면 나무를 닮았어야 하는 데 아버지의 인생은 나무와 완전 달랐다. 역마살이 끼어 서인가 결혼 전에는 러시아, 북한 등 타국을 다니시더니 결혼 후에는 중국의 동서남북을 휘젓고 다니셨고 환갑이 되어서야 시골에서 어머니랑 정착하여 나무농사를 짓게 되었으니 한마디로 떠돌이인생이요, 부평초 같은 삶을 살다 가신 거다.

아버지는 나무와 반대로 자유분방한 삶을 살았지만 나무 같은 어머니를 만나 완정한 가정을 가꾸었다. 어머니는 끈기와 의지가 대단한 분이셔서 아버지가 집 비울 때 그 빈자리의 정서적인, 경제적인 부분을 책임지며 책임감 하나로 가정을 이끌어 오셨으니 어른이 되어 한 가정의 안주인이 된 지금에 와서 생각해 보면 그 고생이 오죽했을까 새삼 마음에 다가온다.

아버지가 세상을 하직한 지 5년이 넘었는데도 실감이 나지 않을 때가 많다. 어딘가로 먼 출장을 떠난 것 같은 착각에 빠질 때도 많다. 아마도 성장기에 출장이 잦아 아버지가 집에 있는 시간이 적어서 그럴 것이다. 더 슬픈 것은 산업재해로 사망하셨기에 아버지 생전 마지막 만남이 어느 날 어디서 어떤 모습이었는지 도무지 생각나지 않는 것이다. 사고를 당하는 그 찰나, 몇 만분의 일초에 아버지는 어떤 생각을 했을까. 암 투병으로 고생하는 딸을 걱정했을까……. 한 번도 아버지와의 영원한 이별에 대해 생각해 본적도 없지만 마지막 모습을 안치실에 계신, 사고로 만신창이 된 모습이었을 때, 아! 그때의 처절한 슬픔이란……. 절망이란……. 충격이란……. 나는 그때의 심경을 더 이상 표현하지 못한다.

사랑하는 사람을 저 세상으로 보내면 남는 것은 추억뿐이다. 보고 싶을 때 볼 수 없다는 현실에 적응하는 데도 많은 시간이 필요하다. 5년이 흘렀는데도 가끔 어딘가에 가면 아버지가 기다릴 것만 같은 착각에 빠진다. 아직까지도 나는 아버지가 살았던 집, 아버지랑 같이 갔던 공원, 아버지랑 같이 갔던 한강 소래섬에 가지를 못한다.

나무의 푸른색이 제일 짙은 신록의 계절, 내가 사는 이 곳 내곡동 신흥마을의 나무들도 무성하다. 마치 아버지의 영혼이 나무가 되어 나를 지켜주는 것만 같다.

나는 나무를 보며 아버지를 생각한다. 그리고 산에 누워 계신 아버지도 나무를 보며 우리를 생각하겠지 한다. 그리고 내가 나무를 보며 아버지를 떠 올리듯이 나무가 나의 마음을 아버지에게 전해줄 것만 같다. 이 세상과 저 세상의 메신저 역할을 나무가 했으면……. 그런 안타깝지만 간절한 소망도 가져 본다. 오늘 밤, 나는 내가 살고 있는 이 동네 나무와 아버지가 계신 그 산의 나무를 떠 올리며 아버지의 의미를 그리고 나무의 의미를 생각해 본다.

벚꽃 필 무렵이면

4월은 나에게 잔인한 계절이다. 4월에는 많은 꽃들이 피어나는데 그 중에는 벚꽃이 절정을 이룬다. 벚꽃을 보면 5년 전의 아픔이 고스란히 기억의 빗장을 열고 튀어 나와 마음이 무거워진다. 그 무거움의 시간이 흐를수록 더 가벼워지고 있지만, 아직도 그때의 아픔이 머릿속에 복사된 듯이 고스란히 남아 있다.

5년 전 4월의 어느 날 나는 병원으로부터 유방암진단을 받았다.

그때가 마침 벚꽃이 가득 피어 있을 무렵이었다. 하늘이 무너진다는 게 아마도 그런 것이리라……. 병원에서 진단을 받고 집으로 돌아오는 길에 창밖으로 보이는 벚꽃은 나에게 슬픈 풍경이었다. 눈물이 하염없이 흘렀고, 나는 순간 가장 가까운 남편부터 내 주위 모든 사람들 한명 한명씩 원망하다가 나중에는 자괴감에 들었다. 내 인생의 수레바퀴는 어디서부터 잘못 돌아간 걸까?!

한번쯤은 이렇게 글로써 그 힘들었던 시간들, 이겨냈던 시간들을 돌이켜 보고 싶었다.

5년의 투병생활이 없었다면 삶과 죽음에 대해서 지금처럼 많이 생각해 보지는 않았을 것이다. 그 시간들을 받아들이고 지나왔기에 나는 오늘의 소중함을 알게 되었고 보람찬 인생이란 어떤 것인지 고민해 보게 되었다. 아픔만큼 성숙해진 그 시간들, 5년의 시간을 되돌아본다.

암, 그리고 죽음에 대하여

암 진단을 받는 순간, 한 번도 진지하게 생각지 않았던 죽음이라는 단어가 생각났다. 아, 나는 내가 하고 싶은 인생 다 못 살고 이렇게 곧 가는 건가……? 두려움과 공포가 순간순간 나를 찾아왔다. 나의 아픈 육신과 함께……. 과연 누가 죽음 앞에서 담담해지고 초연해질 수 있을까……?

항암제 치료 2차를 마친 어느 날 아침, 잠자리에서 일어나는 데 머리카락들이 추풍낙엽처럼 우수수 베개 수건 위에 떨어졌다. 치료 끝나면 다시 자란다는 누군가의 귀띔도 아무런 위안이 되지 않았다. 처음 겪는 일에 나는 또 한 번 억장이 무너졌다. 동네 미장원에서 삭발하는데 어디서인가 꾸역꾸역 모여든 슬픔의 조각들이 비수처럼 마음을 찔렀고 나는 다시 한 번 눈물을 흘려야 했다.

정상세포까지 죽게 만드는 강한 항암제 때문에 다른 기관들이 기능이 떨어져 신장내과, 안과, 내분비내과 등 다른 과들을 전전하면서 나는 항암치료를 8차 받았다.

부친상, 그리고 이 세상과 저 세상

그해 6월의 어느 일요일 아침 걸려온 한통의 전화. 부친의 사고 소식이었다. 어딘가 다쳤을 거라고 생각하고 병원으로 달려갔지만 이미 아버지는 영안실에 안치되어 있었다. 설상가상, 청천벽력이라는 말은 이럴 때 쓰는 것이리라. 나와 어머니는 그 자리에서 쓰러졌다. 너무도 갑작스레 당한 일이라 기가 막혀 눈물도 나오지 않았다.

유언 한마디 못 남기고 간 아버지. 사고 직전 고통스러웠을 그 끔찍함. 그리고 못난 자식 도와주려고 일하러 나갔다가 당한 사고라는 생각이 두고두고 나를 괴롭게 했다. 내 마음을 더욱 아프게 한 것은 아버지와 같이 한 마지막 모습이 생각나지 않는 것이었다. 게다가 투병중이라는 이유로 마음껏 슬퍼하지 못했다는 미안함이다. 부모는 기다려주지 않는다는 것을 왜 자식들은 항상 뒤늦게 알게 되는 것일까.

아버지는 떠났는데 장례식을 마칠 때까지도 아무 실감이 나지 않았다. 납골당에 모시고 날이 갈수록 상실감이 마음을 파고 들었고 보고 싶어도 볼 수 없다는, 내 힘과 노력으로 아무 것도 할 수 없다는 현실이 절망으로 다가왔고, 순간

순간 마음에 찾아오는 그리움과 아픔은 몇 년 동안 마음을 힘들게 했다. 이 세상과 저 세상에 헤어져 있는 것이 어떤 것인지 그때서야 나는 서서히 알아가기 시작하였다.

아버지와의 모든 추억과 기억은 머릿속에 그대로 남아 있는데 정작 사랑하는 아버지는 만질 수도 볼 수도 없는 한줌의 재로 하늘나라로 긴 여행을 떠나셨다.

수술, 그리고 방사선 치료

항암제 치료 중에 아버지를 보내고 나는 또 투병과 치료를 이어가야 했다. 가슴 전절제를 할지도 모른다는 의사의 말에 나는 수술을 포기할 거라고 했다. 설득하려는 가족과 의료진을 피해 도망다녔다. 게다가 전절제를 대비한 복원수술 때문에 성형외과 진료를 받아야만 했는데 성형외과 의사를 마주하고 설명을 듣는 순간 견디기 힘든 슬픔 때문에 오열 속에 뛰쳐나오고 말았다. 여자에게 가슴이 갖는 의미는 얼마나 큰 것일까…… 건강할 때는 소중한 줄 몰랐던 가슴. 가슴보다 더 소중한 것이 생명이라는 의료진의 세 번의 설득으로 결국 수술을 받기로 했다.

어머니와 남편의 배웅 속에 수술실로 향했다. 그 시각, 왜 그렇게 눈물이 나는지…… 수술전 어머니는 나의 손을 잡아 주었다. 어머니의 얼굴을 쳐다보지도 못한 채 "어머니, 미안합니다……" 한마디만 겨우 내뱉었다. 건강하게 낳아준 몸을 잘 간수 못한 죄스러움, 그리고 두려움 등 복잡한 감정이 마음에 가득했다.

수술실로 향하는 엘리베이터 안에서 느끼는 죽음 같은 외로움. 이대로 갔다가 못 나올 것 같은 두려움. 그 곳은 수술을 하기 위한 통로가 아니라 죽음으로 향하는 통로 같았고 수술 전 마취를 하는 순간, 내 육신은 이미 완정한 내가 아니었다. 마취로 긴 잠에서 깨어났을 때 나는 수술 전과 수술 후의 나로 달라져 있었고 인두 같은 수술자리가 흉터로 남았다. 간절함 때문일까. 성공적으로 마친 부분 절제수술로 나는 건강과 한발자국 가까워졌다.

30여일 매일 매일 진행된 방사선 치료로 피부는 거멓게 어두워져 갔고 그때의 치료 후유증으로 아직도 피부에 가끔 상처가 나곤 한다.

새로운 삶, 새로운 시작

못살 것만 같던 괴로움, 그리고 슬픔, 그리움들이 시간 속에서 쌓이다가 허물어지고 또 쌓이다가 허물어지기를 5년. 쓰나미처럼 다가오는 그리움 속에 나는 괴로우면 괴로운 대로 슬프면 슬픈 대로 보고 싶으면 보고 싶은 대로 그렇게 세월을 살았고, 이제는 고인이 남기고 간 추억으로 살지만 그리움은 여전히 현재진행형이다.

"이 모든 것 또한 지나가리라"라는 말이 있다. 세월이 약이라더니 죽을 만큼 힘들었던 그 순간도 세월이 흘러감에 따라 무디어지고 열어지고 연해져 갔다. 생각만 해도 눈물이 나던 그 순간들이 지나고 이제 조금은 가벼운 마음으로 삶을 마주하게 되었다. 오늘이 내 인생의 마지막 날인 것처럼 살리라. 또한 내일도 오늘처럼 살리라. 그 하루하루를 모아 모아서 후회 없는 삶을 살리라. 이 순간 떠오르는 한마디 "견딤의 크기와 깊이가 쓰임의 크기와 깊이를 결정한다" 나는 이 지구 위에서 어떤 쓰임으로 남을 수 있을까?

5년의 투병생활로 나는 좀 더 성숙된 자세로 내 인생을 마주하게 되었다. 살다 보면 심각한 상황이란 없다. 심각한 것은 바로 그 상황을 받아들이는 우리의 마음가짐의 빛깔이리라. 오늘이 내 인생의 마지막인 것처럼 살자.

올해에 피어날 벚꽃들은 어쩐지 찬연하게 아름다울 것만 같다.

2017년 1월, 내곡동 자택에서

신명금 약력

중국 서란시 조선족제1중학교 졸업, 무역회
사에서 퇴직.
2016년 5월 연변일보 처녀작 '새싹'으로 등단
'문학사랑', '도라지', '연변일보' 신문 잡지에
시 발표
재한동포문인협회 회원

방울꽃 铃兰花

낮고 평퍼짐 한
그늘진 곳
풀 꽃대가 서있다

파아란 잎

잎집 사이 비집고
다소곳 꽃대가
한 뼘 몸체를 숙였다

옥색 종 대롱대롱
꽃대에 매달려
달음박질하는 봄의
진풍경을 열람한다

색깔도 생김새도
특별한데 없지만
청아하고 앙증맞아
돈독하다

작다고 무시하지 마라
봄의 귀밑에 매달린
그윽한 향기는
이 세상을 달갑게 품으리

가을 국화

가을 국화는
찬바람에 떨지 않는다

가을밤 외로움이
아픔을 딛고
먼 하늘 우러러
새 별자리 그린다

미지의 밤하늘
헤매고 헤매 별 찾아
흔들어 깨워 본다
알고픈 사연 쌓이고 쌓여

세상은 알 수 없어도
세상을 감출 순 없어
그 이치에
잠 못 이루는 밤

밤하늘 누비며
혼 부르는
한 송이 가을 국화

무더위

칠흑 속에 묻힌 숨소리
가냘프다

한 뼘 볕을 바라고
한줄기 푸른 잎으로 피고 싶어
긴 세월 속에 묻혀있었나

허무한 세월 벗고
이 세상에 나온 것도
한줌 무더위 원해서였나

긴 기다림 보다
하도 짧은 볕이 한스러워
애간장 녹이는 자지러진 울음소리

투명한 두 팔로
세상 찢으며
울음으로 겉 옷 벗고

가볍게 조용히
다시 칠흑 속에 묻히는 너

이슬

이 땅에
물방울로 남았다

엄마라는 신으로
두 손 합장하고
한 방울 물을
젖으로로 빚어주었다

가난했던 시절

질긴 가뭄 씹으며
한 가정에
물안개로 되어주었다

가을
얄궂은 삶 앞에
황혼이 깃든다

바람결에 사라질
이슬
하얀 엽서 한장

신현산 약력

시인, 서예가. 재한동포문인협회 부회장, 길
림시작가협회 회원. 2016,3 '一木 신현산 서
예가의 첫 번째 개인전' 구로구에서 개최, 수
상 다수. 시, 시조 수십 편 발표.

농부의 조국

오리 닭
한가로이 졸랑대는
뜨락이요

고수들이 둘러앉아
화투장 토닥이는

온돌방이요

한 뉘 밭두렁 길에서
삶을 숙성시킨
전원의 원두막아래

긴 세월 한편
저자거리 마당같이
들락이던 들판으로

봄가을
닳은 신발창의
광장이 되어

해지는 무렵에야
등을 돌리는
일과의 회귀선이다

숙연의 마음은
옷깃 위에서
뜸을 들이며

다시 또 한 번
새김질해 보는
그 이름 하나

변죽의 함성에
치우침 모르는
굳건함으로

깊이 깊이에서
화석으로 새겨 보는
두 글자 铭文이다

아버지

그림자와 함께
사립문을 들어선다

헛기침소리도
괜히 곁들이며

처진 어깨 가장자리
웃음기는 능선을 넘어라

사시절 뜨락처럼 들락이는

저 벌판 한 자락에

어둠을 이고 지고
생계는 한 울타리 되여

누구인들 편한 잠
대왕이 되고 싶지 않으랴

헤진 신발이 닳은
논두렁은 門前成市다

익어가는 벌판에
가슴도 풍요로운 삶에

지는 해 등에 업은
例事의 귀가길

사립문은 열려 있고
붙박이 그림자 하나

느닷없이 부는 바람에
나뭇잎만 회오리치네

우산

비 오는 날의
하늘 아래서

기둥을 세우고
서까래를 걸치면

오두막집 하나
집시들의 풍차 같은 것

빗속을 떠다니며
허공에서 빙글거릴 때

장대 빗줄기 세례에도
처마 밑은 평화가 깃들었어라

나만의 길이 있는 한

신발 젖은들 대수더냐

오늘의 축축한 삶에
감미로움이 느껴지면

비는 비대로 올뿐이니
언젠가는

무거운 짐 내리우고
맑은 하늘 떠이는

인생길 나그네
만 시름 풀고 풀어

황혼녘 저 산중턱에
소리 없이 울음 깊는

한 마리 밤새 되어
아무 숲이나 찾아 들가보다

서울 지하철 2호선

지구보단 짧은
서울의 적도선을 그리며

우거진 빌딩숲 사이로
내외선은 부메랑 되어

한강의 푸른 날개
홰치는 시월의 하늘에

오늘도 약속의 발길들을
이끌어 주며

붐비는 삶의 행진 속
낯선 어깨 너머

홀로의 시선들에선
저만의 철학을 읽고 있구나

파란빛 활주로 뻗치는 길에
머무는 승강장 발걸음소리

지난 역의 기억을 흘려버리면
다가올 격정에 높뛰는 가슴엔

남산에 明滅하는 저 불빛 따라
자정의 흐드러진 꿈이 흐른다

안광병(安光柄) 약력

중국 70년대 출생, 원적: 연변 룡정현 원동촌. 중국 국내 여러 문학잡지에 작품 발표. 시집 '무리진의 밤(舞里镇的夜), '안명호의 사랑(雁鸣湖之恋)' 등 로신문학원 작가반 수료, 길림성작가협회 회원.

고향에서 너를 만나는 것이

늘 이런 꿈을 꾸었다

오솔길 걷다가
굽이돌이 길에 들꽃 한송이 피어나고
하늘은 파랑고 길섶의 곡식은 무르익어가고
바람은 가볍게 불어 가는데

일망무제한 전야의 황혼에서
나는 듣노라
어머니가 나를 부르는 소리를
어서 오거라, 밥을 먹어라…

오, 바로 이러하리니
고향에서 너를 만나는 것이

고향과 나

1
마치 오래전부터인양
창밖에는 작은 바람소리가 들리고
나는 또 듣노라, 깊은 밤 아버지 몸 뒤척이며 내뱉는 탄식을…

2
방안은 고요하고 햇빛이 뒤창으로 비쳐들 때

밥이 다 되어 엄마가 부엌에서 조용히 나를 부른다…

3
꿈속에서 나는 또 고향에 왔더라
오, 바로 여기서구나
구월의 저물녘, 아버지와 함께
하루하루 늙어가는 것이

4
그 머나먼 봄날
산기슭에 꽃은 아직 피지 않았고
그 머나먼 봄날
할아버지는 아직 보지 못하셨더라

5
봄은 이미 멀리 갔네, 고향과 나를 남겨두고
허나 또 돌아와 이 부끄러운 후배를 보리라

6
사랑스런 두충나무는 나를 못 본척하는데
오동나무, 배꽃들이
그네들 주인을 기억이나 할까

7

얼룩진 마루, 처마 밑에 드리운 거미줄
저물녘의 키 작은 백양나무 그리고
귀에 익어 눈물 날 듯 한 아버지의 꾸지람소리…

8

이렇게 오랜 기다림, 이런 세상
나는 이 땅에서 나는 여기서 다시 태어나노라

9

깊은 잠에 드신 조상님들이여
오늘, 이 부끄러운 자식은
다만 여기까지 기억하옵니다

엄정자 약력

연변대학교 조선어문학부 졸업
길심시 조선족중학교 국어교사, 길림신문사
기자
연재 일본거주, EOC외국어학원 강사
연변작가협회 회원, 일본조선족연구회 회원,
재한동포문인협회 해외이사
문학평론, 논문, 수필 등 수십 편, 동포문학
창간호 수필부문 우수상 등 수상 다수

우리 집 베란다의 무궁화

우리 집 베란다에는 오색 무궁화 화분이 놓여있다. 작년 봄에 남편하고 꽃가게에 들렀다가 우연히 눈에 들어 하나 사놓았는데 여름 내내 예쁜 꽃을 피워주어서 눈과 마음을 즐겁게 해주었다.

오늘아침 물을 주려고 나와 보니 며칠 전에만 해도 작게 동그랗게 맺혔던

잎망울이 어느새 파란 잎을 활짝 펼치고 반겨준다. 하얀 구름이 몽실몽실 피어오르는 파아란 하늘 아래 반짝반짝 빛나며 푸른 잎사귀를 봄바람에 하늘거리는 모습이 "봄이 왔어요!" 자랑하는 듯, 내 입꼬리도 기분 좋게 위로 올라간다.

지금은 푸름 일색이지만 이제 두 달이 지나면 하얀색 다홍색 연분홍색 자주색 보라색 오색 꽃이 영롱하게 어우러져 흐드러지게 필 것이다. 꽃잎의 모양도 홑꽃 반겹꽃 겹꽃으로 다양하게 피는데 겹꽃은 월계화 비슷해서 우아하면서도 수려하다.

예전에 차를 타고 지나면서 길가에 핀 무궁화를 보고 남편에게 이렇게 물은 적이 있다. "세상에 화려하고 아름다운 꽃들이 많은데 왜 수수한 무궁화가 한국의 국화가 되었을까요?" 그런 질문에 남편은 이렇게 대답했다. "아마 오랫동안 끝없이 피는 것이 우리 민족을 닮아서이지 아닐까?"

그때는 그런 남편의 말에 "음~"하고 말았다. 그런데 베란다에서 피는 무궁화를 살펴보니 진짜 6월 말부터 10월 초까지 매일매일 쭉 꽃을 피우는 것이었다. 찌는 듯한 무더위가 무서워서 다른 꽃들은 아직 따가운 땡볕이 비치지 않는 따뜻한 봄을 골라서 피는데 무궁화만은 한여름의 찜통더위 속에서도 싱싱하게 꽃을 피웠다. 그것도 화분이란 작은 땅덩어리 위에서······.

베란다에서도 예쁘게 꽃을 피우는 무궁화 화분. 어찌 보면 오랫동안 수난을 겪으면서도 꿋꿋이 살아남은 이민역사의 샘플이라고도 할 수 있는 우리 집과 흡사하다.

더욱이 눈같이 하얀 다섯 편의 꽃잎이 빨간 단심을 빙 둘러싸고 피는 백단심 무궁화를 보고 있노라면 일생 동안 많은 역경을 겪으면서도 지조 있게 우리말 우리문화를 지켜온 아버지의 모습을 떠올리게 된다.

백 년 전 나라를 잃고 살길을 찾아 할아버지 등에 업혀 만주에 온 아버지. 낯설고 말이 안 통하는 이국땅에서도 우리말을 잃지 않으려고 십대의 어린 나이에 벌써 야학을 꾸려 마을사람들에게 우리글을 가르치었고 20대에는 항일유격대에 들어가서 눈보라 치는 산속에서 일본군과 추격전을 벌이며 싸웠다. 그렇게 눈길을 따라 이동하다가 부대가 이른 곳이 러시아였는데 쌓인 피로로 생긴 병 때문에 쓰러진 아버지는 그곳에 남게 되었다. 그곳에서 러시아 고려인 2세인 어머니와 결혼했고 대학을 졸업하고는 조선학교에서 우리글을 가르쳤고, 조선극단에서 우리말로 연극을 하였다. 어릴 때 앨범 속 흑백사진에서 수업하는 아버지의 멋진 모습을 보면서 즐거워하던 일이 아직도 또렷이 기억나고 있다.

후에 할아버지 때문에 중국 연변에 돌아왔을 때도 아버지는 우리글로 작품을 썼고 전통적인 판소리를 현대인들의 미학에 맞게 변화시키는 신창극 연구를 계속하였다. 행진곡 같은 혁명가요가 아버지의 입에서만 나오면 판소리 풍이 되어버리는지라 언니하고 내가 킥킥거리던 일이 어제일 같은데……. 아버지의 일생은 말 그대로 우리말 우리문화 우리민족을 위한 일생이었다. 하지만 그 때문에 아버지는 남보다 더 큰 아픔을 겪어야 하기도 했다. 러시아에 있을 때는 숙청운동에 걸려 감옥에 들어가야 했고 중국 문화대혁명 때는 잡귀신, 외국특무라는 죄명을 쓰고 3년 동안 감금되어 인권과 자유를 박탈당해야 했다.

매일같이 문초를 당하고 없는 죄를 반성하고 성심껏 가르치던 학생들에게 투쟁 당하고 매를 맞으면서 아버지는 억울하지 않았을까? 겨우 풀려 나와서 또 심심산골로 쫓겨나 노동개조를 해야 했을 때 아버지는 자신의 인생을 후회하지 않았을까? 가끔 나는 그런 의문을 떠올려보기도 한다. 하긴 나는 아버지 때문에 사람들에게서 따돌림 당했을 때 세상을 원망하고 아버지를 원망하기도 했었으니까…….

하지만 아무리 다시 생각해보아도 아버지는 우리말 우리문화를 사랑하고 지켜온 인생을 전혀 후회하지 않았다. 가족인 우리 앞에서도 언제 한번 원망이나 불평을 하지 않았다. 오히려 다시 자유를 찾고 글 쓸 권리를 되찾게 되자 이미 60이 훨씬 넘었고 건강이 망가져 버렸음에도 불구하고 그래도 후들후들 떨리는 손에 펜을 잡고 묵묵히 또박또박 정성 들여 글을 써 내려 갔다. 그렇게 완성시킨 작품이 신창극 '아리랑'이다.

아버지의 인생에서 변함없는 단심은 민족에 대한 사랑이었다. 그런 아버지 아래에서 자랐기에 우리 형제들도 우리말 우리문화에 대한 사랑이 남달랐던 것 같다. 20여 년 전에 러시아에 갔을 때 보니 오빠는 자기 사업이 있고 선생님도 아니었지만 러시아 고려인들에게 한글을 가르쳤고 고려인 과학기술협회를 건립하고 이런저런 활동을 하면서 열심히 살고 있었으며 둘째 언니는 간호부장으로 일하던 대학병원을 퇴직하고는 조선무용학원에 다니더니 지금은 여기저기 공연하러 다니느라 바쁘다. 보라색 한복을 입고 멋진 춤 동작을 선보이며 찍은 언니의 사진을 보노라면 그 모습이 우리 집 베란다의 보라색 무궁화 꽃같이 예뻐서 두 눈에 하트가 생긴다.

나도 일본에서 한글을 가르친 지가 어언간 십 여 년이 지났다. 그 동안 수많은 학생들을 가르치면서 그들이 한글을 배워가고 한국문화를 이해하고 좋아하게 되는 것을 보면서 나름의 뿌듯함을 느끼지 않을 수 없었다. 내가 가르친 학생이 한국에 유학을 가고 한국어를 쓰며 일하는 것을 보면서, 한글로 쓴 자기의 팬레터를 읽어주는 한국가수의 인증사진을 자랑하는 것을 보면서, 한국에 여행 가서 자기가 하는 한국말이 통했다며 기뻐하는 그들을 보면서 나는 하루가 힘든 줄을 모른다.

물론 까다로운 일본사람들에게 한글을 가르친다는 것이 쉬운 일이 아니다. 가끔은 짜증나서 그만두고 싶을 때도 있다. 그래도 한 사람이라도 더 많이 한글을 배우고 한국문화를 사랑하게 된다면 두 민족의 소통이 더 빨라지지 않을까 하는 생각에 또 힘을 낸다.

옛날에는 무궁화가 지닌 한민족의 상징성을 없애려고 무궁화를 볼품없는 지저분한 꽃이라 비하하던 일본사람들이 지금은 마당에 무궁화를 심고 정성껏 키우고 있다. 그렇게 무궁화는 삼천리강산에서만 아니라 세계 곳곳에서 아름답게 꽃을 피우고 있다.

이제 우리 집 베란다의 무궁화도 곧 다시 꽃을 피울 것이다. 불볕이 쨍쨍 내리 쏟아질수록 더 싱싱하게 꽃필 것이다.

허락된 자리가 제한되어 있어서, 산에서 들에서 마당에서 자라고 싶은 대로 자라는 무궁화들보다 자유롭게 피지는 못하겠지만, 비록 작은 화분에 여러 종류의 무궁화가 어우러져 있어서 마음껏 기지개를 켤 자리도 별로 없겠지만 그래도 자기의 자리에서 자랄 수 있는 만큼 힘껏 자라고 꽃을 피울 것이다.

비 개인 뒤 아침, 구슬 같은 빗방울을 함초롬히 머금고 빨간 단심을 고이 품고 하얀색 다홍색 연분홍색 자주색 보라색으로 울긋불긋 치맛자락을 펼치고 설 무궁화가 벌써 눈앞에 그려진다. 청초하기는 춘향 같고 도도하기는 논개 같아 홀리게 예쁘다.

그 모습이 가슴 저리게 아름다워서 오늘도 물을 주며 여름을 기대하는 아침이다.

타라 레바 온나

"여자 셋이 모이면 접시가 깨진다"는 말이 있다. 이는 아마 옛날에 여자들이 주방에 모여서 수다를 떨다가 접시를 깨뜨리는 일이 종종 생겼다는 데로부터 전해진 말일 것이다. 뜻인즉 여자들이 모여서 수다를 떨면 좋은 일이 안생긴다는 의미이다.

요즘 일본텔레비전방송국에서 '도쿄 타라 레바 무스메(東京タラレバ娘)'라는 드라마를 하고 있다. 서른이 된 무명의 드라마 작가 린코, 네일 아티스트 카오리, 아버지가 하는 이자카야(일본술집)에서 일하는 고유키, 이 세 여자는 고등학교 동창인데 남자친구도 없고 별로 신나는 일도 없어서 매일 술을 마시며 수다를 떠는 재미로 살아가는 흔한 도시여성이다.

"그때 그랬더라면……", "그렇게 된다면……" 하면서 머릿속에서 끊임없이 만들어내는 가상세계에 대해 "꺄~꺄~" 흥분해서 수다를 풀어내는 그녀들 앞에 20대의 금발의 미남 케이가 나타나 망상에 빠진 '타라 레바 온나'들이라고 비웃는다.

일본어에서 타라(˜たら)와 레바(˜れば)는 가정이나 조건을 나타내는 문법이다. 한국어로는 지나간 일을 돌이켜서 실제와 다르게 가정해보는 '˜더라면', 예상되는 일을 가정하는 '˜다면'에 해당할 수 있겠다.

그러니 자연히 후회할 때, 자기의 욕망이나 기대를 말하고 싶을 때 많이 쓰게 된다. 린코도 십 년 전에는 평범한 AD였지만 지금은 멋진 프로듀서가 된

하야사카를 보면서 "그때 그 사람의 고백을 받아들였더라면……", "오늘 만 난다면 프로포즈 받지 않을까" 하고 일도 없고 연인도 없는 삭막한 현실에서 벗어나고 싶은 마음을 '타라 레바' 투로 드러내었다.

어떻게 보면 이 말투는 욕구불만의 여자들이 모여서 생산성이 없는 수다로 스트레스를 풀고 망상으로 현실을 잊어버리기에 딱 좋은 방법인 것 같다. 그래서 그런 '타라 레바 온나'가 된다는 것은 슬픈 일이기도 하다.

그런데 더 슬픈 것은 그런 그녀들을 딱하게 보고 있노라니 나도 기실은 그런 여자였다는 사실을 깨닫지 않을 수 없었다는 사실이다. 부끄럽지만 세상을 살다 보면 후회할 일이 참 많다. 몇 년 전에 '후회할 수 있는 기회'라는 수 필을 쓰면서 사람은 후회할 수 있는 기회마저 잃어버릴 수 있으니 후회하지 않도록 살아야 한다고 큰 소리를 쳤지만 기실은 지금도 늘 끊임없이 후회를 하면서 살아가고 있다.

허리 수술을 한 어머니를 간병하러 바다건너까지 날아가는 친구를 보면서 "아, 나도 우리 부모님이 살아계신다면 그 친구보다 더 잘해드릴 수 있을 텐데……", 박사들과 대학교 교수님들만 모인 학회에 가면 "아, 나도 대학교 졸업할 때 박사공부를 계속했더라면……", 나이를 먹어가니 "아, 한 십 년만 더 젊었으면……", 이렇게 끝없이 후회를 하면서 살고 있다.

그런데 우리 부모님이 살아계실 때, 나는 별로 효도를 하지 못했다. 부모님 병수발도 거의 언니가 다 하였고 부모님 생일상 한번 잘 차려드린 적이 없다. 부모님 모시고 여행 다녀드린 적도 별로 없고 부모님께 용돈을 챙겨드린 일도 별로 없다. 부모님이 내 손에 물 한 방울 묻지 않게 곱게 곱게 키워주는 것이 당연지사인 줄 알았고 맛있는 것도 별미도 내가 먼저 먹는 것이 응당한 줄 알았다. 아픈 다리로 대학교 기숙사까지 반찬을 나르시는 부모님에게 고마운 줄 몰랐고 가끔은 자식에게 집착하는 부모님이 부담스럽기도 했다. 그렇게 영원히 옆에 계실 줄 알았던 부모님이 모두 저 세상으로 떠나고서야 나는 내가 얼마나 불효했고 이기적이었는지 가슴 아프게 느끼었다. 어떤 때는 꿈속에서도 가슴이 아파서 가슴 치다가 깨어난다.

이제는 내가 세상 무엇이라도 다 해드릴 수 있을 것 같은데, 부모님께서 안 계신다. 그 사실이 너무 아파서 그래서 '후회할 수 있는 기회'라는 수필도 썼던 것이다.

하지만 사람은 그렇게 '타라 레바' 후회하면서도 미래에 대한 기대와 희망을 버리지 못한다. 연속 기획안이 통과되지 못하는 린코도, 전남친의 세컨드밖에 안 되는 카오리도, 불륜녀가 되어버린 고유키도 후회하고 방황하면서도 꿈을 찾아 사랑을 찾아서 헤매고 애쓴다.

나도 마찬가지이다. 부모님께 못 다해드린 효도를 나는 딸에 대한 내리사랑으로 풀어내고 있으며 그때 못한 박사공부 대신 책을 읽고 논문을 쓰고 수필을 쓰는 것으로 나를 충족해가고 있다. "아, 한 십 년만 더 젊었으면……"하고 한탄하면서도 십 년 전에 못했던 일보다는 지금이라도 오늘 하루 내가 할 수 있는 일을 찾아서 하나하나 해나가려 애쓰고 있다.

'타라 레바 온나'인 것을 부끄러워할 필요는 없다. "그때 그랬더라면……좋았겠는데", "그렇게 된다면……좋겠는데" 하고 수다를 떨다가 접시를 깨는 실수를 하더라도 "지금 ……하면 된다"는 현재형 조건으로 바꿔 살아간다면 하루하루가 더 충실해지고 후회할 일이 줄어들 것이다. '타라 레바 온나'도 '하면 되는 여자'가 될 수 있다.

그래서 나는 오늘도 딸애에게 이렇게 말한다.

"지금처럼 노력하면 너는 꼭 훌륭한 디자이너가 될 거야."

그리고 나에게도 이렇게 말한다.

"이 책을 다 읽으면, 이 글을 다 쓰면, 그러면……?"

오기수 약력

중국 길림성 훈춘시 출생.
수필가, 전 훈춘시 정부 공무원, 전 훈춘시
방송국 편집기자.
'고향집', '연정', '고향가는 길', '정겨운 그 소
리' 등 수필집 다수 발간.
수상 다수. 재한동포문인협회 회원.

잡초

얼룩진 이불아래
남녀의 정사인 듯
얼키고 설키었네
한줌의 바람에도 설레는
생명의 파란 노래

끊임없는 연창으로
산과 들에 넘치네

그대 이름은 무엇이길래
울먹이는 이 땅에
눈물겹도록 푸른가?

도라산 억새

산이 주저앉고
강물이 드러눕는
해질 무렵 까지도
고개 한번 돌리지 않았다
산기슭 풍악에도
한 눈 팔지 못하고
발톱이 부러지도록
억세게 버티어 왔다

얼키고 설킨 사연들
고개 숙여 묵도한들
늑대의 꼬리만
재 넘어 삿대질 하는데

산 넘어 누가 살길래
가슴이 마르고
머리가 희도록
고갯길만 바라보는가

잡초

멀리서 저 멀리서 휘청거리며 달려와 바람을 막아선 것은 높은 콘크리트 담벽이었다. 그 담장 아래 잡초가 무성한 후미진 곳에 체면을 구긴 채 주저앉은 화분들이 애처롭다.

고향에 다녀오느라 한 동안 집을 비운 사이 주객이 전도된 뜻밖의 상황에 당황했다. 어느새 개미군단 흥부네 가족이 화분을 정복하고 있었다. 한물간 꽃나무를 무시한 채 파란 잡초들이 화분위에 머리를 잔뜩 쳐든 모습은 마치 굴러온 돌이 박힌 돌을 빼는 격이었다. 용납할 수 없는 무단침입이었고 한심한 불법체류자들이었다.

농가의 아들로 태어나 잡초와 씨름하며 자라온 나에게 잡초 몇 줌 제거하는 것쯤은 식은 죽 먹기이다.

허나 잡초에 다가갈수록 여리고 싱싱한 모습에 남자의 마음이 흔들리기 시작했다. 자가당착이었다. 갈퀴 같은 손을 거두고 말았다. 청초한 풀들의 순박한 모습을 보고 있노라니 삶에 지친 심신에 청량한 기운마저 감도는 것을 어찌하랴.

이 세상에 진정한 잡초는 없다는 것을 알았다.

흔히 잡초는 이름 없는 풀 또는 쓸모없는 풀이라고 하지만 따지고 보면 이기적인 인간들이 자기 구미에 따라 야초를 잡초라 부를 뿐이다. 농경지에서 이름 있는 풀도 쓸 만한 풀도 곡식과 섞이면 농부에겐 성가신 잡초로 분류되어 숙청의 대상이 되니 말이다.

타향살이 20년. 바람 따라 구름 따라 편견과 홀대에 부대끼며 살아온 인생을 돌아보면 나 역시 잡초와 흡사하다는 생각을 하게 된다. 비록 고국이라 하지만 돈 벌어 잘 살아보겠다고 달랑 두 주먹만 들고 온 중국동포들은 이 땅에서 그저 약초나 화초가 아닌 잡초에 불과했을 것이다.

그래도 어찌하랴. 피는 물보다 진하다고 한일월드컵 때는 눅눅한 지하방에서 TV를 켜놓고 목이 터져라 대한민국을 응원했고 김연아가 일본의 아사다 마오를 제치고 시상대에 오르고 애국가가 울려 퍼지는 그 순간 한민족의 자부심에 감격의 눈물을 펑펑 쏟아냈다.

하지만 새날이 밝으면 또다시 불법체류자라는 부실한 신분 때문에 경찰의 단속을 피해 뒷골목을 걸어야 했다. 거지같은 자신의 초라한 모습에 설움이 울컥 치밀어 "내가 무슨 죄를 졌단 말인가? 잘사는 나라에서 오면 동포고 못사는 나라에서 오면 이방인이란 말인가"하고 울부짖기도 했다. 조상의 나라에 왔지만 제자리를 잡지 못한 후손들의 눈물겨운 공황장애였다.

나는 나를 찾으려고 안간힘을 썼다. 역지사지를 좌우명으로 상대방을 이해하려고 노력했다. 마음을 비우고 내 자신을 낮추기로 했다. 가슴에 뭉친 갈등을 새김질하면서 드디어 못난 자신이 잡초 같은 인간이 맞다는 결론에 이르게 되었다. 마음에 평화가 왔다. 자신이 잡초라는 걸 과감히 인정하고 보니 세상이 변하기 시작했다. 그동안 나를 힘들게 만든 주범은 바로 색 바란 영광에 대한 부질없는 집착이었다는 것을 발견하게 되었다.

차라리 잡초가 좋았다. 누가 거들어주지 않아도 홀로서기로 자수성가하는 기특하고 대견한 것들이 좋았다. 잡초는 못나고 가난해도 부끄러워하지 않는다. 잡초는 끝없는 이기심으로 남을 비방하거나 시기도 질투도 하지 않는다.

관심밖에 밀려나 누구의 발에 짓밟혀도 불평불만이 없다. 그 어떤 척박한 환경에서도 내공을 모아 빈자리를 파고드는 잡초의 근성은 힘들게 살아가는 우리 민초들에게 귀감이 아닐 수 없다.

중년이 익어가는 지천명의 고개를 넘어서니 점차 잡초도 꽃으로 보이기 시작하고 슬며시 귀소본능이 고개를 든다.

이제 고향에 돌아가면 현기증이 나는 도시를 떠나 산천초목이 우거진 시골에 묻혀 산업화에 지친 영혼을 달래면서 살고 싶다.

그동안 교만과 이기심으로 매정하게 살아온 과거를 반성하고 제멋대로 깔보고 짓밟았던 잡초들에 사과하는 아량을 베풀고 싶다.

자연으로 돌아가 잃어버린 초심을 되찾고 산야를 뒤덮은 온갖 풀들과 대화하면서 초록이 폭발하는 생명의 노래를 듣고 싶다.

비록 넉넉하지는 못해도 작은 것에 만족하는 자세로 고즈넉한 오솔길을 걸으면서 인간덕성의 높은 경지에 오르고 싶다.

그곳에서 나는 그 어떤 정치나 이념의 울타리를 넘어 보름달처럼 둥실 부풀어 오르고 싶고 그 많은 밤하늘의 별들을 한 품에 안아보고 싶다.

거짓 없는 자연을 스승으로 생명의 진정한 섭리를 공부하면서 이제 남은 세월 꽃가루가 묻어나는 예쁜 글과 약초 같은 값진 글을 쓰고 싶다.

노랗게 빨갛게 익어가는 서산노을처럼 아름다운 마무리를 꿈꾸면서…….

2017년 8월 25일

유영란 약력

중국 연길시 출생, 연변대학교 통신대학 조
선어학부 졸업, 연변신문 출판국 근무
前한중상보 편집국장, 前재한동포여성리더
스클럽 회장, 영화극본 외 다수 번역

딸에게서 온 편지

딸에게서 봄 편지가 왔다
제주에는 노란 유채꽃이 피고
남해에는 빨간 동백꽃이 피고
서울에는 목련도 봉오리 터칠 듯
산고를 준비한다고

외로운 유학의 10년
고향을 그리며 마음을 달래며
뒷동산의 진달래가
그립다고 한다

해란강 얼음도 풀리고
응달진 비탈
눈석임 속에
진달래도 망울져 있구나

네가 있는 남쪽보다
여기는 추워도
이제 곧 진달래가 만개하겠지
그리고 너를 그리겠지

가을이 가는 길

10월의 마지막 가을은
하얀 눈에 밀려
겨울에 자리를 내어주네요
슬픈 매미의 울음소리 멀리하고
나만 덩그러니 남겨놓고
가버리네요
나의 뜻과는 상관없이

빨갛고 노오란 단풍잎도
바람에 날려 종이배처럼
사람들의 발길에 찢어지고
스프링코트 깃을 세워도
찬바람이 몸에 숨어드는
쓸쓸한 가을

외롭게 서있는
들녘의 허수아비처럼
더 추하기 전에
겨울에 자리를 내어줘야 하지요

이영철 약력

본명 이인(李印), 흑룡강성 오상시 출생
오상시 조선족제8중 졸업. 현재 서울 거주.
2011년부터 논산문학, 동방문학에 수필 '가
령', '내가 염원하는 대통령상' 등 20여 편 발표
시 '길', '갈대', '달팽이' 등으로 신인상 수상.
한국문인협회 회원, 한국 현대시인 협회회
원, 재한동포문인협회 시낭송회 前회장

낙서

공중에 새가 한 획을 그으며 날아간다
순식간에 쓴 한一자
그리고 순식간에 지워진 한一자

이 글은 훨훨 나는 너를 표현한 글이지만
쓰고 지우는 일은 너무도 간단했다

이제는 생각도 간단해야 된다고
준엄한 경구(警句)로 나에게 다가왔다

하늘의 별도 따고 나면 허무하니
화려하게 살려고 애쓸 것 없겠다
항상 아쉬움이 남는 것 같이
욕심은 욕심으로 두어야 하겠다

내 가슴 공간에 백악기 풍경을 만들어
네가 와서 가로든 세로든 마음껏
한一자를 낙서하며 살게 해야 하겠다

짧고 시원한 한 획처럼
너와 나는 그렇게 살아야 하겠다

이옥화 약력

필명 이연주, 2010년 과기대 최고경영자과
정 9기 졸업.
2005년 연변여성에 처녀작 발표. 방송 및 문
학상 수차 수상

두만강에 띄운 편지

해님이 덜 깬 아침이다.

전날 밤, 늦게까지 책을 보다보니 눈까풀이 천근만근인데 갑자기 전화신호
음이 고음을 뽑내며 울려댄다. 나는 핸드폰을 아무렇게나 들고 짜증 섞인 목
소리로 누구냐고 물었다.

"옥화야, 너 오늘 도문중조변경까지 운전해 줄 수 있어? 미국에서 여동생이

이탈리아계 남편과 함께 왔는데 거기 한번 가보고 싶대……."

평상시에 가깝게 지내던 언니였다. 나는 두말없이 선뜻 대답했다. 나 또한 그 걸음에 변화되는 고향의 모습을 눈에 담고 싶었다. 어찌 보면 봉폐 식 생활이나 다름없는 일상에서 단 하루라도 벗어나고 싶었는지도 모른다. 창문을 여니 동산에서 어느새 해님이 부끄러운 듯 빼죽이 얼굴을 내밀고 있었다. 순간 햇살이 온몸을 쫙~ 감싸고 청신한 공기가 콧구멍을 시원하게 자극했다. 마치 잠자고 있던 세포가 재활하는 것 같았다. 해님을 마주하고 길지 않은 팔과 다리를 구부렸다 폈다하며 운동하고 나서 나갈 준비로 서둘렀다. 어쩌다 함께 가보는 시골행이라 우리는 이야기도 할 겸 길옆의 자연풍경도 구경할 겸 낡은 포장도로로 에돌아가기로 했다.

천천히 차를 몰며 차창너머로 힐긋힐긋 산자락을 쳐다보니 한해의 끝자락에서 이 가을을 떠나기 싫어 한껏 빨갛게 약이 달아오른 몸매를 과시하는 단풍나무 잎들이 한눈에 안겨왔다. 계절의 흐름에 무디어진 나의 시신경을 자극하기에 충분했다. 얼핏얼핏 지나가는 길옆의 정경에 감탄하노라니 어느새 목적지에 도착했다. 해관에 이르니 홍수가 남긴 잔여물을 토해내는지 시꺼먼 물이 양안을 적시며 흘러가고 있었다. 올해 들어 100년래 처음으로 큰물이 범람했는지라 강역이 발 디딜 자리조차 없을 정도로 지저분할 거라 생각했는데 생각보다 아주 정리정돈이 잘 되어 있었다.

머나먼 미국 땅에서 글에서만 보아오던 중조변경이었던지라 무척 호기심이 동하는지 신대륙을 발견한 듯 이탈리아계 남자는 연속 셔터를 눌러댄다. 그리곤 알아도 못들을 영어로 부부간이 대화를 주고받으며 얼굴에 웃음꽃을 피우는 것이었다. 이 순간 지식의 한계를 한껏 느끼며 어쩐지 기분이 씁쓸해졌다. 오래간만에 형제가 만나서 서로 회포를 푸는데 틈새에 끼는 것이 멋 적어서 나는 그곳에서 얼마 떨어져 있지 않은 두만강 여울목에 위치한 내 고향으로 차머리를 돌렸다.

고향의 산야는 여전히 아름답고 풍요로움을 느낄 수 있었다. 다만 강변에서 뛰놀던 아이들과 정겨운 아줌마들의 빨래 방치소리를 들을 수 없는 것이 퍽 한적함을 느끼게 하였다. 이맘때면 콩가을 한창인 밭에서 황소의 영각소리와 장난치던 애들의 목소리도 메아리쳤었는데…….

산굽이를 돌아 유유히 흘러가는 두만강, 수많은 사연을 담고 있는 어머니 강, 전설의 강.

어릴 적 엄마가 보고플 때마다 나는 이 강기슭에 찾아와 혼자 실컷 울다가 집으로 돌아가곤 했다.

나는 늘 내가 앉았던 의자처럼 넓적한 돌 바위를 찾았다. 30여년이 지나도 돌 바위는 하도 커서 누구든 어쩔 수 없었는지 여전히 그 자리에 못박혀 있었다. 그동안 잊고 살았던 지난날. 아니, 잊고 살았다기보다 잊으려 애썼던 소녀 시절. 화사한 햇빛아래 돌 바위에 앉아 귀를 간지럽히는 뻐꾸기 소리를 듣노라니 내 기억은 30여 년 전으로 거슬러 올라간다…….

내가 12살 되던 해, 할아버지 빚 문서가 아버지 앞으로 넘겨지자 엄마와 아버지는 매일이다 시피 다투었다. 부지런하고 고지식하고 말문이 무거우신 아버지는 열심히 일해도 살림이 늘어 못나니 가끔씩 엄마를 살림살이 헤프다고 꾸지람하셨다. 그러면 엄마는 이전에 시집 올 때부터의 역사까지 끄집어내서는 맞받아쳤다. 당신네 부모들은 딸밖에 모르다가 마지막엔 빚만 잔뜩 떠넘긴다며 염치없다고 야단쳤다. 한마을에서 살면서 언제 한번 손자, 손녀를 거들떠도 보지 않다가 빚만 안겨준 할머니 처사가 엄마로선 분노할 만도 했다. 허나 고래싸움에 새우등 터진다고 부모들이 다투면 중간에서 녹아 나는 건 우리들뿐이었다. 다른 애들은 하학하면 부리나케 집으로 돌아가지만 나는 저녁때가 되면 집에 들어가기 싫어서 여름철이면 강가에 있는 넙적한 돌 바위에서 숙제도 하고 고양이밥이랑 뜯어 먹곤 했다.

　어느 하루, 하학하고 집에 들어서려는데 안에서 큰소리로 엄마와 아버지가 말다툼하는 소리가 들려왔다. "둘째 아들을 믿겠다고 우리를 본체만체하고 딸들 하구만 쑥덕거리더니 무슨 염치에……. 그리고 재봉침이랑 쓸 만한 건 둘째딸한테 다 주던 게 빚만 잔뜩 남겨주니 내 좋겠슴둥……?" 엄마가 악을 바락바락 쓰며 아버지한테 대들었다. "아들인데 내가 안 물면 누가 물겠소? 무슨 말이 그리 많아?" "내가 말이 없게 됐슴둥? 죽을 때 딸집에 가서 콱 죽으랍소……" "말이면 다 하오……?" 짝~ 하는 소리와 함께 "더 때립소. 아예 죽여 버립소. 나두 살기 싫습꾸마……." 와당탕 소리와 함께 엄마의 울음소리가 들려왔다. 나는 부리나케 달려 들어갔다. 삼검불 같은 머리를 한 채 엄마가 구석에서 손으로 얼굴을 가리고 있었고 아버지는 당장 잡아먹을 듯 눈에 분노를 잔뜩 품고 있었다. 나는 구들로 뛰어 올라가 아버지한테 매달려 발만 동동 굴렀다. 다섯 살 되는 여동생은 뒤늦게야 상황파악을 했는지 엄마……엄마……하고 부르며 작은 눈에서 콩알 같은 눈물이 비 오듯 쏟는 것이었다. 여덟 살 난 순한 양 같은 남동생은 멍하니 서서 어쩔 줄을 몰라 두리번댔다. 아버지는 에익… 하더니 아래 칸으로 씽하니 달려 들어갔다. 짜장 전쟁터가 따로 없었다. 아래 칸에 달려 들어간 아버지는 도끼를 들고 나왔다. 나는 엄마를 찍으려는 줄 알고 기절초풍했다. 당장 그 도끼에 맞아죽는 줄 알았다. 나는 아버지…… 하고 부르며 엄마 옆에 붙어 섰다. 무뚝뚝한 아버지는 감히 엄마를 찍지 못하고 분노를 삭이느라 콘크리트 마루를 쾅하고 내리쳤다. 시멘트 조각은 아버지의 분노를 담고 사방에 아픔이 되어 뿌려졌다. 움푹 패어진 마루는 온 가정에 평화를 깨고 나의 어린 가슴에 깊은 상처로 남고 말았다. 실망한 나머지 그길로 엄마는 막내 여동생을 데리고 이모네 집으로 떠나갔다. 다섯 살부터 계모 손에서 갖은 욕과 매로 불쌍하게 자란 엄마는 언니가 친정집 엄마 맞잡이인 셈이었다. "엄마, 가지마요……. 엄마……"하며 내가 옷자락을 붙잡아도 "너와 춘호는 아버지하구 살어…… 너네까지 데려가면 다 같이 굶어죽는다……"하며 사정없이 내 손을 뿌리쳤다. 목메어 부르며 산굽이 까지 따라가도 엄마는 뒤돌아 한번 보지 않고 총총히 떠나갔다. 엄마 손에 끌려가는 여동생은 자꾸 뒤돌아보며 "언니, 언니, 빨리 따라와……"하며 손을 흔들어대며 안 가려고 발버둥질하는 것이었다. 엄마가 산굽이를 지나가니 표연히 내 눈앞에서 사라졌다.

좀만 더 가면 산기슭엔 온통 무덤천지였다. 더 이상 따라가도 소용없었다. 엄마가 떠나버린 산굽이에 우두커니 서 있노라니 외딴섬에 홀로 버려진 느낌이었다.

시골의 저녁노을은 빨리도 사라지고 어둠이 깃들기 시작했다. 난데없이 까욱…… 까욱…… 까마귀 떼가 날아와 울어대며 내 마음의 처량함을 더해주었다. 뒤이어 온 하늘에서 시꺼먼 구름이 몰려오더니 바람이 일기 시작하였다. 산기슭의 무성한 나무들이 바람에 머리를 풀어헤친 미친년처럼 좌우로 사정없이 흔들리며 당장 나를 삼켜 버릴 것만 같았다. 또 시꺼먼 나무숲에서 당장이라도 누가 뛰쳐나올 것만 같았다. 더럭 겁이 난 나는 더 이상 소리도 못내고 멍하니 서 있다가 종 주먹을 쥐고 줄달음쳐 집으로 돌아왔다.

엄마가 없는 집은 초상난 집 같았다. 더욱이 여동생이 두고 간 빨간 목도리를 볼 때마다 눈물이 왈칵 쏟아졌다. 엄마가 없는 나날 썰렁한 집에서 동생을 돌보며 학교 다니기란 말이 아니었다. 남동생을 챙겨주고 장판 닦고 시냇물을 길어오고 비 오면 부엌에 물이 올라오는데 그것을 퍼내는 것은 내 몫이었다. 아버지가 탄광에 가서 밤일을 할 때면 동생과 둘이 긴긴밤을 지새워야만 했다. 잠자려고 불 끄고 드러누워 밝은 달빛이 창문을 엿 볼 때면 엄마생각이 더 간절해서 늘 베개를 적시곤 했다. 허나 종이로 덕지덕지 붙인 천정에서는 쥐새끼들이 머가 그리 좋은지 무리지어 짹짹거리며 조용한 집에 소란을 피워댔다. "저 쥐새끼들은 엄마가 있을 테지? 저리 좋아하는걸 보니……."

쥐새끼들이 당장 내려와 목덜미를 물것 같아 무서우면서도 한편 아무 고민도 없고 흥이 나서 뛰노는 쥐새끼들이 부러웠다. 눈물이 또 소리 없이 흘러내린다. 밝은 달님도 내 모습이 가증스러워 보이는지 구름 속으로 살며시 숨어버린다.

원체 공부를 잘하고 성격이 밝던 나는 점점 눈에 초점을 잃어갔다. 엄마가 떠나간 몇 달 뒤, 어느 날 저녁, 아버지는 나 보고 엄마 생각이 안 나는가 물으셨다. 나는 그동안 참았던 설움에 눈물이 방울방울 떨어졌다. 엄마를 쫓은 장본인은 아버지라고 생각했기에 그동안 많이도 미워했고 담벽을 쌓고 살아왔던 나였다. "너한테 참 미안하다. 오늘 교장선생님이 아버질 찾아왔더라. 네가 공부성적이 형편없이 내려가고 시간에 근본 집중 못하고 뭘 고민하는 것 같다고 하더구나. 아버지더러 애들을 보더라도 자존심 버리고 엄말 데려 오라더구나. 네가 아버지를 미워하는 거 안다. 사실 아버지도 힘들어, 불쌍하게 자란 너네 엄마를 잘해 줘야하는데……. 아버지가 너무 했다……. 네가 날 대신해서 엄마에게 오라고 편지를 쓰면 안 되겠니?" 그 말에 나는 놀랐다. "예? 엄마를 오라 해람까?" 나는 눈물을 훔치고 넘 기뻐서 활짝 웃었다. "응, 그래……. 너 아버지가 엄말 오란다고 나대신 편지 쓸 수 있겠니……?" 나는 인즘 "됨다!!"하고 대답했다. 무뚝뚝한 아버지가 엄마를 얼리는 재간이 없었던 것이다. "내가 일이 있어서 마실갔다 오겠으니 그동안 편지 써놓아라 응? 내일 아버지가 너 대신 편지 부칠께……."

나는 즉시 네모 칸 필기장을 꺼내서 또박또박 써내려가기 시작했다.

보고 싶은 엄마에게

엄마, 그동안 잘 보내셨습니까? 우린 모두 잘 보내고 있습니다. 리화는 아무 탈 없는지요? 넘 보고 싶습니다. 아버지도 엄마를 무척 그리워하고 있습니다. 춘호와 나는 이제부터 돈을 아껴 쓰고 먹고 싶은 것도 참을 수 있습니다. 사달라고 떼를 쓰지 않겠습니다. 아버지도 더 열심히 일하겠답니다. 그러노라면 우리도 빚을 벗고 잘 살날이 꼭 올 것입니다…….

편지를 쓰는 내내 흐느껴 울다가 나는 소르르 잠들어버렸다. 어느 때쯤 됐을까, 잠결에 인기척 소리가 들리는듯해서 눈을 떠보니 아버지가 쓰다만 편지를 들고 있었는데 눈귀에 뭔가 반짝이는 것이 보였다. 그 순간 무뚝뚝하고 무섭게만 느껴지던 아버지도 눈물이 있는 따뜻한 사람이라는 것을 처음으로 알았다. 나는 다시 눈을 감아버렸다. 또다시 눈물샘이 솟아올랐다…….

열흘이 지난 어느 날, 반주임 선생님이 나한테 편지가 왔다고 교무실로 왔다가라란다.

긍정코 엄마한테서 온 편지라고 생각하고 날듯이 기뻤다. 나는 학교 뒷마당의 구석진 곳에 가서 속지부터 뽑았다.

옥화야, 그동안 무사히 지냈니?

엄마가 너희들을 두고 온 게 항상 맘에 걸린다. 네가 쓴 편지를 받았다. 니 마음은 이해하는데 난 너 네 아버지가 무섭고 싫다. 내가 맞아죽으러 가겠니? 엄마를 자꾸 오라고 하면 아예 자살하고 말겠다…….

"자살……?" 여기까지 읽고 더 읽어 내려갈 수 없었다. 그것보다 더 큰 일이 어디 있으랴. 그 나이에도 자살이란 무엇을 뜻하는지 알고도 남음이 있는지라 터져 나오는 울음을 참을 수가 없었다. 이렇게 영~ 영 엄마 없는 애가 될 걸 생각하니 눈앞이 새까매났다. 학교 구석진 담벽에서 소리도 못 내고 흐느껴 울고 난 나는 교실로 들어갈 생각이 없었다.

　나는 두만강가로 줄달음쳐 갔다. 내가 늘 엎디어 공부하던 그 넙적한 돌 위에 앉아 하염없이 울고 또 울었다. 어른들은 대공무사한줄 알았는데 애들처럼 자존심 대결하며 꼬치꼬치 캐는 것이 죽도록 싫었다. 자식들 생각은 도무지 안하는지……. 사품 치며 흐르는 강물에 뛰어들어 나의 모든 고뇌를 씻어 버리고 싶었다. 어린 나이에 감당하기엔 너무나 큰 충격이었던 것이다. 언뜻 눈앞에는 소학교 1학년생인 남동생이 떠올랐다. 누나…… 하고 뒤에서 방불히 부르는 것 같았다. 얼른 고개를 돌렸다. 뒤돌아봐도 동생의 그림자는 보이지 않았다. "안 돼! 내가 죽음 안 돼!"

　동생을 위해서라도 살아야한다.

　넓은 돌 바위에 앉아 흐르는 강물 소리에 내 울음을 희석해서 한껏 실어 보내고 나니 마음이 한결 가벼워졌다. 나는 엄마가 보내온 편지를 올올이 찢어서 강물에 흘러 보냈다. 아버지가 안 보는 게 나을 거라고 생각했던 것이다. 나는 돌 바위 위에 엎디어 엄마한테 편지를 써내려갔다. "엄마, 돌아 와줘요, 넘 보고 싶습니다. 엄마, 꼭 올 거라 믿습니다……." 나는 눈물방울로 얼룩진 편지를 종이배로 고이 접어서 두만강에 띄워 보냈다. 엄마가 있는 곳까지 제발 가라앉지 말고 가주기를 바라면서…….

　이튿날 아버지는 나보고 "옥화야, 앞 집 한어선생님이 그러는 게 너한테 편지가 왔다던데 내 좀 보자. 엄마한테서 온 편지지……"라고 손을 내미셨다. 가슴이 철렁했다. 그 와중에도 두뇌회전이 빨라 나는 인차 책갈피 속에 넣었었는데 체육시간 보고 들어 온 게 편지가 없어졌더라고 둘러 붙였다. 자존심이 강하신 아버지는 뜻밖에 "아무래도 내가 너네 엄마를 데리러 가야겠다"라고 하셨다. 나는 어떻게 말해서 아버지 마음을 돌려세울지 막연했다. 아버지가 찾으러 가시면 엄마는 꼭 도망치지 않으면 자살 할 텐데……. 단가마 위에 올라선 개미처럼 안절부절 못했다. 나는 얼결에 "엄마가 이제 며칠 뒤 온다고 했씀다. 우릴 기다리랍다……"라고 슬쩍 거짓말을 했다.

그래도 아버진 "너 에미 시집와서 고생만 했는데 내가 넘 했다. 내일 데리러 갈 테니 그동안 동생을 잘 돌보아라. 빨라야 이틀이 걸릴 거다……"하며 친척처럼 사이좋게 보내고 있는 명근 아재집에 나와 남동생을 맡기고 푸름한 새벽에 첫 버스 타고 떠나셨다.

떠나가신 바로 그날 저녁, 근심 속에서 어렴풋이 잠이 들었는데 밤중에 "옥화야, 너 네 엄마 왔다"라고 명근 아재가 날 부르는 것 같았다. 엄마란 소리에 반사적으로 몸을 일으켜 정지와 윗방사이 문을 여니 아닌 게 아니라 꿈인지 생신지 진짜로 엄마가 눈앞에 나타났다. 나는 엎어질듯 뛰어가 엄마…… 하고 품에 안겨 실성할 듯 울어댔다…….

"사랑해서 미안해…… 좋아해서 미안해……" 경쾌한 핸드폰 신호음이 울렸다. "너 어디야?, 인젠 돌아 안 갈래?……." 같이 온 언니가 날 부른다.

떠나기에 앞서 나의 동년을 지켜주고 보듬어주고 달래준 두만강을 애정 어린 눈으로 다시 한 번 뒤돌아보았다. 푸른 산을 배경으로 도도히 흐르는 그 강물위에 나의 부모에 대한 경모의 마음을 담아 종이배를 띄워 보냈다. 언젠가는 또 기적이 일어 날거라는 기대를 하면서. 쪽박 차고 두만강을 건너 허위허위 넘어온 이 땅위에서 2세, 3세, 4세, 아니 그 후세들이 영원토록 배고픔과 모자람과 아픔이 없이 서로 사랑하면서 잘 살아주기를 바라는 마음이다. 또한 우리 이주민의 아팠던 추억도 싣고 멀리멀리 흘러가주길 속으로 빌고 빌었다.

이용길 약력

중국 룡정시 로투구진 출생, 연변아마공장
(로투구진)에 출근
1995부터 10년간 개인서점 경영, 현재 한국
에서 체류 중
재한동포문인협회 회원

새 싹

긴 겨울
눈 속에 묻혀
애환이 서린

여린 마음으로
버텨온

지난 시간들

움추린
몸짓 하나에
마음이 아련하다

햇빛에
노출된
환한 미소에

필까 말까
망설여지는
순간이다

자연

산과 물이
만들어가는
예술품이다

인간이 숨 쉴 수
있게 텃밭을
만들어 주고

움직일 수 있도록
우리 모두에게
공간을 부여한다

하늘과 땅이
하나 되어
새 생명을 잉태한다

힐링

무더위를 피해
시원한 계곡에서
몸과 마음 씻으면 좋겠어

바쁜 일상을 뒤로 한 채
오늘은 자연에

이 몸을 맡겨 두고 싶다

숲속의 시원한 공기로
내 몸을 정화하고
다시 태어나는 마음으로

일상으로 돌아와
또 하루를 시작하며
이렇게 살고 싶다

자기야 사랑해

오늘
처음으로 불러본다
자기야 사랑해

백년가약 맺은지 30년
허름한 초가집에서
신혼 생활을 시작했었지

젊은 나이에
당신은 타향에서
고된 일에 몸도 망가졌어

지나간 세월에
그리움에 젖어 흘린
땀방울 얼마더냐

사랑한다 수십 번
말해도 흘러간
청춘 어찌 보상할 수 있겠어

인제는 쉬면서 일해
삶의 여유도 있잖아
자기야 사랑해!

이정숙 약력

중국 용정시 출생, 전문대 졸업, 모기업 연구
소에서 근무.
한국에서 가사도우미로 일하다 학습지교사
로 근무. 재한동포문인협회 회원
칼럼, 수필 수십 편 발표

꽃차는 달린다

주차장 30cm 옆에 서있는 왕벚꽃나무는 내 흑마(黑馬)의 커다란 양산이다.
봄이면 봄마다 내 애마(愛馬)에 핑크빛 꽃비를 듬뿍 뿌려준다. 꽃필 때면 매
일 황홀한 눈길로 꽃나무를 한참 쳐다보고는 꽃단장한 차에 올라 와이퍼를
'쓱 쓱' 작동시킨다.

영동대교, 영동대로, 테헤란로, 강남대로, 삼성로, 선릉로, 도곡로, 논현로,
언주로, 압구정로를 주름잡는다. 우아한 목련, 노오란 개나리, 어디서나 줄느

런히 늘어선 만발한 벚꽃, 온갖 꽃나무, 울긋불긋 철쭉……. 모두 모두가 기가 막히게 아름다운 커다란 꽃다발들을 나에게 불쑥불쑥 내민다. 운전대만 잡아도 신나는 나에게 봄은 덤이다. 일터에 도착하기도 전에 넘치는 희열이 물밀 듯 밀려온다.

오늘도 오리발잎 은행나무, 키다리 플라타너스, 고대식물 메타세쿼이어, 느티나무, 이팝나무……. 모든 가로수들이 얇은 녹색 비단 면사포를 두르고, 나를 포옹하려는 듯 일제히 긴 팔을 나에게 뻗고 있다. 알록달록한 꽃 화단 위에 펼쳐진 아름다운 파아란 두 줄의 가로수! 자연보다 더 아름다울 수 있는 게 뭐더냐?! 나는 너에게 해준 게 없는데 너는 왜 나에게 황홀감을 안겨주고 또 안겨 주느냐?!

차선을 바꾸려고 30m 전부터 방향지시등을 켜고 달리는데 저 멀리 뒤떨어졌던 차가 탱크처럼 거침없이 달려든다. "엄청 바쁘시군요. 나 당신보다 더 바쁘지만 얼른 가세요." 혼잣말을 하면서 찍소리 않고 자기 차선으로 도로 들어온다. 이순(耳順)이 되니, 역지사지(易地思之)하고, 재상(宰相)도 아니면서 두리능탱선(肚里能撑船)한다고 스스로 으스댄다.

대로로 진입하려고 골목길에서 방향지시등을 켜고 대기하는데, 잘나고 웅장한 포르세가 속도를 줄인다. 대로에 들어서서 비상등으로 "고맙습니다. 고맙습니다." 세 번 깜박였다. 세상에는 왜 고마운 일 밖에 없을까?! 그러게 오늘도 숨 쉬고 있고, 달리고 있잖아!

아주 얌전하고 세련된 인텔리 어머니를 보고 아이 왈 "우리 엄마는 차를 몰고 길에 들어서면 욕해요." 주책없고, 눈치 무디고, 물정 모르는 내가 그만 실수했다. "저는 지금껏 단 한 번도 차를 몰면서 성내거나 화를 낸 적 없는데요."

"정말(Really)?"

거기에 한 술 더 떠서 "저는 종래로 클랙슨도 안 눌러요. 때론 뒤차가 내 앞 차에 경적을 울려줘요."

"정말(Really)?"

내 차의 경적이 돼지 멱따는 소리여서 바꾸라는 수리공의 말씀에 히죽 웃어 넘겼다. 속으로 "경적 울릴 일이 없는데요." 좁아터져 주차장이 된 도로위에 경적소리 요란해도 내 마음은 편하다.

나의 이 편한 마음, 이 행복한 마음을 아름다운 자연이 하사했다고, 아름다운 국제도시 서울을 조성한 모든 사람들이 주셨다고 감히 고백한다.

오늘도 내 꽃차는 즐거움을 싣고, 감사를 싣고 푸르른 서울의 꽃길을 달리고 또 달린다.

못난이 정숙이

"너는 누구니?"

"나? 못난 정수기, 고장 난 정수기!"

"만나는 스승마다의 손질로 업그레이드 시키고, 배로 작동시켜!"

오늘도 인지기능이 20년 떨어진 나에게 하는 자문자답이다.

"유전자에 선악이 없고, 우월과 열등이 없다"고 누가 말했더냐? 열등한 유전자에다 그것마저 변이를 일으켰는지 내가 보아도 못났다. "귀 큰 거지는 있어도 코 큰 거지는 없다"는데 하필이면 납작코에, 거적눈에, 툭 튀어나온 입에, 사각턱까지. 거기까지면 괜찮은데 머리는 태생인지 태어나자마자 고장이 났는지 작동을 멈추었다. 자동(自動, automatic)이 고장 나서, 60평생 수동(手動)으로만 살았다. 돌아다보니 아이러니하게도 손발 고생시키고, 나를 낮춘 덕에 즐거움(樂)도 많이 복(福)도 많이 받았다.

공산당원, 공무원 부모의 슬하 다섯 형제자매 중, 나 하나만 빼고 모두가 다 잘 나가는 중공당원들이었다. 부모님의 우월한 유전자를 물려받은 그들은 사회에서나 가정에서나 이래저래 대우(待遇)도 받았건만 나만이 차별받는 아이였다. 그래서인지 오늘까지 언제 어디서나 대접 좀 받으면 황송해서 몸 둘 바를 모른다. 그저 다소곳이 남을 섬기고 모시는 일이 편하다.

명절, 큰일에 모이면 할 줄 아는 건 음식장만과 설거지뿐이라서 머리 안 쓰는 주방이 좋았다. 하여 지금까지 포커, 마작 등 할 줄 아는 게 없는 바보이다. 덕분에 한국의 가사도우미 생활에서 가사 일이 부담스럽거나 싫지 않았고, 되레 정리정돈 된 주방에서 기쁨을 맛보았다. 오늘도 주방은 내 몸을 움직여 건강하게 하고, 내 돈을 떼어가 속상하게 한 적은 없다. 머리가 돌지 않고 못났음으로 하여 받은 훈장이렸다.

잘난 남편이 지나가다 만난 여인을 점심에 집에 청하니 상다리 부러지게 차려주고 부랴부랴 출근했다. 갑자기 피치 못할 사정이 생겨 집에 와보니…….31세에 홧김에 이혼하고, 어린자식을 홀로 키우며 온갖 고생을 다했지만 20

년이 지나서야 나의 잘못을 알았다. 바람 한 번 피웠다고 혼인을 칼로 자른 건 그 누구에게도 이로울 것 없었다.

1999년 한국행을 결심했을 때 "불법으로 한국에 가면 언제든지 잡혀오니 남들이 모두 하는 대로 결혼으로 가면 안전하단다. 어차피 10여년 혼자 사는데 좋은 사람도 만날 겸……." 그때도 고장 난 정수기라 정상 작동될 리가 없었다. 진정한 사랑만이 결혼으로 이어지는 줄 알았다. "사노라면 정도 들겠지"라는 말 들어본 적도 없었고, 편하게 사는 법도, 몸값 올리는 방법도 몰랐다.

개고생이 팔자인 줄 아는 똥고집으로 한국에 와서 식당에서 일하게 되었는데 3명은 모두 남편이 있었지만 위장결혼으로 와서 국적도 가지고 맘 편하게 잘만 살고 있었다. 나 혼자만이 오후의 짧은 휴식시간에도 창밖을 내다보며 시시각각 도망갈 준비를 하고 있었다. 고장 난 머리라 할 수 있는 건 오로지 죽기 살기로 일하는 것뿐이었다.

오늘에 와서 생각해 보니 "왜 그렇게 살았지?!" 나도 이해가 되지 않는다. 20년 전에 떠나간 버스에 손짓 한 번 해보고는 피식 웃는다. 산전수전으로 20mm 두꺼워진 심신(心身)은 오늘에 와서 어떠한 일에도 상처받을 일이 없게 한다. 얼마나 다행이고 편한지 알지 못하면 논하지 마시라!

한국에 와보니 한국 사람은 세련돼 잘났고, 중국 사람은 근력이 없고, 운전면허증 없고, 컴퓨터를 못하고, 영어를 몰라도 허물이 아니었다. 중국의 좋은 직장에서 날았고 뛰었단다. 자랑도 많고 할 말도 끝이 없었다. 나? 입도 벙긋 못했다. 다른 세상인 한국에서 나에게는 자랑할 것도, 내놓을 것도 아무것도 없었다.

노동자, 농민, 여러 일들로 뼈가 굳어진 자매들이 무거운 물건들을 척척 들어 올릴 때면 더없이 존경스러웠고, 부러웠고, 그들처럼 할 수 없는 것이 한스러웠다. 흰 가운을 입고 유리 삼각 플라스크나 흔들던 일은 꽁꽁 감추고, 근력을 키웠고 그이들을 스승으로 모시고 더욱 이를 악물고 일했다.

오픈식당의 멤버로 하루 천여 그릇되는 밥을 짓고 밥 한 알 식기 뚜껑에 묻지 않게 예쁘게 고실고실 담다보면, 밤새도록 저리고 아픈 팔로 잠 못 들고 돌아눕지도 못했다. 그저 혼곤히 잠든 합숙하는 자매들을 보면서 천하장사는 못되어도 힘장사는 되리라 결심했다. 오늘까지 "무거운 것들 이리와 봐! 내가 너를 번쩍 들어 옮길 테니!" 하고 속으로 외친다. 나를 뒷걸음치게 하는 일은 없다.

물불을 가리지 않고 우직하게 일하다가 식당에서 팔을 다쳐 가사도우미로 일하게 되었다. 말 못하는 아기에게 계속 말을 가르쳐주다 내가 말이 트였고, 유아들에게 책을 읽어주다가 내가 글을 깨쳤다. 나의 무지를 알았기에 길바닥의 전단지도 주어 읽었고, 길거리의 간판들을 나의 교재로 삼았다.

못난 내가 사회와 사람들에게 피해를 주지 않는 것은 오로지 배우고 악착같이 일하는 것뿐이었다. 우연히 알게 된 한자공인자격증은 주인집 애를 데리고 자면서 자습한지 아홉 달도 되지 않아 4급, 3급, 2급, 1급을 평균 96점으로 모두 합격했다. 한자한문학습지도사, 독서지도사, HSK6급 등 열손가락이 모자라게 자격증들을 따냈다.

학습지회사에 입사했는데 모두들 젊고 예쁘고 스펙이 빵빵했다. 나보다 못한 사람 찾아보려고 기웃거렸지만 모두들 10배는 우월했다. 모든 사생(師生)들이 나의 스승이었다. 배우고 또 배우고 성실로, 사랑으로 한 개의 단지에서 76구좌를 148구좌로 만들었다. 그야말로 강남의 기적을 만들었다. 만나는 모

든 사람마다를 우러르고, 선생님으로 모시고 배웠다. 그랬더니 하루 18시간
도 더 되는 고된 일의 대가로 2만3,000원을 받던 데로부터, 어느덧 한 시간 8
만, 2시간 10만원의 가치가 있는 일을 하기도 했다.

세상없는 신사도, 요조숙녀도 운전대만 잡으면 악마로 변신한다고 한다. 나
는 매일이다시피 하루 몇 시간은 운전대를 잡고 보낸다. 서울의 차도(車道)엔
차도 많고 천층만층 구만 층의 사람도 많은 만큼 별의별 일을 다 겪게 마련이
다. 그래도 단 한 번도 화가 난적이 없다. 믿거나 말거나 사실이다. 다 나보다
잘 난 사람들인데 어찌 감히, 누구에게 화를 낸단 말인가? 한국에서 가장 많
이 사용한 두 가지 언어는 "죄송합니다! 감사합니다!" 핸들만 잡으면 무조건
양보, 양보 받으면 무조건 비상등 세 번 깜빡인다.

잘났는데 그만한 대접 못 받으면 불만도 많으련만, 못났고 고장 난 정수기
(淨水器). 나에겐 대한민국의 모든 사람, 풀 한포기, 나무 한 그루, 꽃 한 송이
마저도 고마움의 존재이고, 허리 굽혀 절하고 싶은 존재이다. 오늘도 "나보다
더 못난 사람 있으면 나와 봐!" 세상천지 다 둘러보고 보아도, 나 혼자만이
고장 나서 뒤처져 있고 못났다. 다시 들메끈을 고쳐 신고 조이고, 뛰고 또 뛰
어야지!

최상의 선은 물과 같다. 물은 낮은 데로만 흐른다(上善若水, 상선약수).

물은 만물을 이롭게 하지만 다투지 아니한다(水, 善利萬物而不爭, 수, 선리
만물이부쟁).

이춘화 약력

중국 흑룡강성 하얼빈시 출생, 오상현중학교
졸업. 1982년 연변대학 졸업
할빈시 조선족제1중학교 교사, 현재 정년퇴직
흑룡강성 작가협회 회원, 중국 조선족작가협
회 회원, 재한동포문인협회 회원.
소설, 수필, 시 발표 및 수상 다수

찰랑

찰랑-

마음에 파문이 인다

무엇이지?

다만 진동으로

무게를 느끼고 있다.

이름 모를 감각 조각들
하나하나 꿰어놓고
딱지 붙이려 한다

허나…힘들다

그간의 몸부림 짓거리
여의도의 빗속에서도
햇빛과 윙크했었지…

바뀌는 강가를 읽으며
그렇게 시냇물은
졸졸- 흐르고 있다

참다왔니?
긴 침묵…
삶에는 구경꾼이 없다.

노크

똑 똑-
미세한 떨림

열릴까?
어떤 감각, 인연이 될까?
우린 수없이
누군가와 예약 없이
노크하고 있다.

얼기설기
보이지 않는 그물망을
오늘도 그리고 있다

담벽도 있고
빈자리도 있고
아픔도 있지

인간은 태고로부터
수없이 이 땅에 노크하고
우주에 도전하며
오늘을 얻었다

별들을 헤아리는 밤이면
자리 못 찾는 바람이
잠 못드는 나에게
세상소식 전해주지

똑-똑
노크에도 차원이 있다

여행길

퇴직 후의 긴 '공백기'를 걸어가야 할 내 삶이, 앞이 환히 보이는 삶이 싱거워 난 정년퇴직 후 한국행을 택했다. 내 마음을 줄 당기마냥 끄잡아 당기는 인력 그 끝에는 항상 딸애가 있었다. 서울대에서 4년째 학부 공부하고 있는 딸애. 그간 그리움에 목말라있었던 나였었다.

그렇게 시작한 한국에서의 나의 생활을. 생각을 바꾸어 기분 좋게 장기여행'이란 이름표를 달아주었다.

그 전에 나의 한국에 대한 인식에는 구체적인 이야기가 별로 없어 빈 것이었다.

단 두 번의 한국행이 이루어진 뒤인지라 수박 겉핥기식이었다.

소설 일부 서적, 드라마 영화 그리고 사람들의 한담, 그 외에는 구체적인 그 무엇이 없었다.

그 전에 중국에서도 한국 사람들은 만나보았었다. 남편이 한국 분들과 같이 손잡고 일하는 연고로 20세기 90년대부터……그나마 타지인 하얼빈에 있는 나에게는 단편 적이었다. 그리고 여기 왔을 때 친절했던 한국인들도 기억하고 있었다.

사람을 실제로 만나고 친분 맺고 해야 그 나라의 문화를 느낄 수가 있다. 한국인들 그리고 한국에서 일하고 사는 교포들은 어떤 생각과 행동방식, 가짐으로 일하며 살아가고 있는지?

여러 가지 궁금증을 뒷받침 해주는 깊이 있는 것들 구체적 이야기는 비어있다. 그래서 많은 장소에서 이야기를 주도해가지는 않고 보고 듣는 것이 주로였다.

난 한국 와서 무엇을 할까 고민도 했지만 쉽사리 알바 일을 택했다. 그래 대부분 교포들과의 공감대를 찾아야겠다. 또 나에게는 이런 생활이 부족해서 하고 싶었다. 난 이런저런 음식을 먹어보듯 내가 안 해본 일, 할 수 있는 일들을 해보기로 정했다.

난 누구지? 알바 일꾼! 이것이면 다. 난 그저 일하고 듣는 것에만 열중했다. 여기저기 다니다나니 피곤한 것도 있지만 까다로운 곳에서 일시키는 "박사"들, 힘든 일만 시키는 원주민들 덕분에- 때론 교포들이 더 까다롭게 굴었다. 혹시 일 빼앗길까봐 걱정이라도 하는 건지…… 아니면 까다로운 시어머니 밑에서 배운 그대로 시어미질 하는 건지-서운한 감각이 아직도 남아 있다. 그 덕분에 일당으로 일 다니는 사람들의 고충도 알게 되었다.

입을 다물고 일만 하다나니 간혹 돈 버는 기계만으로 착각될 때가 많았다.

그도 그럴 것이 개인 식당으로 일 가면 하루 12시간 붙어있고 차타고 오가는 시간까지 합치면 자신만의 시간이 없는 것이…… 일할 때는 머리를 하얗게 비우고 일에만 열중해야 하니 정말 기계 같았다.

다만 마음이 편해서 좋았다. 식사 대접도 잘 받고, 육체적으로 힘들지만 않으면 일은 할 만 하였다.

그러나 줄곧 일 하긴 체질적으로 힘들어 10시간 소요하는 직원식당, 백화점 일도 했었고 반나절 일도 했었다. 그런데 몸이 반항-항기를 들기 시작했다.

손가락마디가 굵어지고 새로 나오는 엄지발톱이 푹 파여 멍이 생긴 것처럼 그 부분은 검은색을 입고 나오고 팔목을 너무 써서 계속 아파나는 바람에……. 난 그 일에 드문드문 나가면서 다른 일이 없나 알아보기도 하고 여기저기 기웃거리기도 해보았다.

그래서 가방 판매하는 일도 몇 달 했었다. 처음에는 식당일과 비교하면서 흥얼흥얼거렸다. 근데 혼자서 매장을 관리해야 하고 판매량 재고량 매일 체크하고 책임져야 하니 스트레스가 뒤따랐다. 같이 일하는 상대가 없어 단지 주인을 위해 돈벌어주는 기계란 감각도 들였다. 별다른 의의를 부여하기 힘들어……그 일도 중국에 들어가야 하는 계기로 끝냈다.

그리고 다시 들어 와서는 많이 쉬고 일은 소비를 감당할 만큼만 하기로 결정하였다. 건강을 지키자는 차원에서, 그것이 이 나이의 내 몸이 감당할 수 있는 한계임을 스스로 판단하였다.

고정적인 일이 찾아올 때도 있었지만 다 외면했다. 자유적인 삶이 좋아서 '감옥살이'를 하고 싶지 않다는 이유로 아예 생각자체를 차단해버렸다.

이런 원인으로 나는 '장기여행'이라는 멋있는 이름을 자신이 일하고 사는 전 과정에 붙일 수 있었다. 그 간에 나는 한국이 '알바천국'이라 자칭하는 이유도 좀 알만하겠고 덕분에 좀 상처를 받아도 잘 인연을 끊어버리고 물러서던 심리상태에서 벗어날 수 있었다. 참, 오늘의 태양은 늘 새로웠다. 어제의 힘든 환경도 지나치면 밑거름이 되어 자신을 부수고 또 만들고…… 더 단단해짐을 느낄 수가 있었다.

그간 일본 여행도 제주도, 강화도 부산, 전라남도, 북도 등 지방 여행도 다녀왔었다. 허나 곳 구경도 좋지만 삶의 여행이 더 의의 있고 재미있는 것 같다.

그 나라의 원주민이 되다시피 살고 일하고 해야만 한 나라의 문화를 나름 좀 깊이 있게 알 수가 있는 것이다. 아직도 난 담 밖에서 빙빙 돌면서 조금씩 들어가고 있는 느낌이다.

나의 한국행은 계속되고 있다. 난 앞으로 무엇을 만나고 어떤 결실을 맺고 싶은지……? 그저 수의적으로 방목하는 목민마냥 그렇게 살고 싶다. 한국이 나를 어떻게 만들까? 어떻게 영향 줄지는 아직 미지수지만 기대도 생긴다.

한국에서 대학 4년, 대학원 공부 2년을 거쳐 중국 하얼빈에 있을 때는 입만 열면 중국어여서 처음 대학 강의를 들을 때 교수님들의 한국어로 하는 수업에 적응하기 힘들어 고민이 많았던 딸애가 지금은 입만 열면 한국어이고 여러 면으로 자신감도 상승하고 평온해서 원주민이 다 되어가는 감각이지만 아직도 길은 멀고멀었다. 그만큼 도전성이 많은 인생이라 나름 의의 있는 것이다.

임갑용 약력

중국 요녕성 태생. 〈흑룡강 신문〉 1984년 소
설부문 대상 수상
2010년 재외동포재단 〈문학의 창〉 소설부문
우수상 수상
2015년11월 〈문학바탕〉 시 부문 신인문학
상 당선
한국문단 등단, 재한동포문인협회 이사

첫눈

하늘에 보낸 엽서

첫눈이 되어 내린다

첫눈에 반해 버린

동정남童貞男의 사연도 있고

첫술에 배가 부른
동정녀童貞女의 사연도 있다

첫 돌 아기
첫눈 위에
첫걸음마를 찍는다

첫사랑이 내린다
하얀 순결만 내려 쌓인다

진맥

유혹은 버리고 시련과 뚝심만 가졌습니다.
꽃들이 꿈벅꿈벅 추파를 보낼 때
피의 농도를 재었습니다

천둥 울고 번개가 칠 때

심장의 박동을 세었습니다
바다를 뒤집는 태풍이 불어올 때
파도의 높이와 돛을 견주었습니다

천축여행 고행의 순례 길에서
혜초의 행적을 뒤져 보았습니다
무변의 고해에서 고개 돌려
언덕을 바라 본적 있었는지를
나의 맥박이 무혼 맥과 행시行屍가 아닌지를
짚어 보았습니다

별들이 눈을 뜬 불야성 속에
달은 유유히 천축을 향해 노를 젓습니다
별들이 있어 달은 외롭지 않습니다

약손

어머님 손맛을 새김질 합니다
뱃속의 울혈은

어머님 손맛이 약이었습니다
어머님 손은 약손이고
내 배는 가시배라 하셨습니다

주문을 외우시며
나의 배를 문질러 주시면
금방 나아졌습니다.
어젯밤에도 어머님은
저의 건강문진을 다녀가셨습니다

아플 때만
문자를 보내 달라시며
하늘로 되돌아 가셨습니다
그 사랑에
목이 메여 소쩍새도 울고
나도 울었습니다

모닥불(시조)

햇빛을 머금은 달
횃불로 피어나고

별들과
오구작작
밤하늘을 수놓네

모여서
어둠 밝히는
거룩한 영령들아

장경매 약력

중국 룡정시로투구제2중학 졸업
1979년 연변문학 '직장에서 쓴 시' 발표.
1982년 '아 어머니 알만해요' 텔레비전 매주
일기 발표.
제1회 동포문학상, 제4회 해란강여울소리
가사상
연변작가협회 회원, 재한동포문인협회 회원

쇠솥

너덜너덜한 가난을 걸어 매던
아홉식솔 맏며느리 우리 엄마
입안에 군침 돌리던 손 냄새
슝늉향기를 타고
오늘도 내 코밑으로 달려온다

노르스름한 누룽지 화장하고

우리에게 간식을 배급하던 쇠가마

전기밥솥이 아무리 좋다 해도
너른 엄마맘 만큼
누룽지 한바닥이 일어나는
그때 엄마 쇠가마 향기
쟁반에 밥을 태우며
엄마 긁어 주던 누룽지 향기
찾는다

돌

태초에
바람에 뜯기 우고
우뢰에 흔들리며
빗물에 할퀴어
조각으로 찢겨나간
지구의 분신이다
억만년 삭아
푸석푸석 떨어져
각질로 살아 와도

모체와 같이 뒹굴어서 외롭지 않았다

돌고 돌며
우주 밖으로 뿌리쳐도
이탈을 거부한 것은
지심에 태 뿌리 있기 때문일 거다

손

여기로 오기까지
이 손의 피멍이 필요했을까
세상에 내놓기 부끄러워 주춤했던 손

가족을 살찌우려고
행복을 끌어 모으다가
흉하게 변형된 손
설음 반죽이 된 인생 사연이
그대로 얼기설기 엉켜
손금은 눈에서 문자로 읽혀 주고
솔피(松皮)같은 손등은
묵언으로 귀가에 들려준다

정련 약력

중국 흑룡강성 상지시 조선족중학교 졸업,
2002년 흑룡강성 문과수석, 북경대학 경제
학원 국제경제무역학과 졸업
우리에프앤아이(우리금융그룹 자회사, 현재
대신에프앤아이) 투자팀, 동양증권(현재 유
안타증권) IB부문 기업금융업무, 유안타증권
기획팀·비서팀 팀장(현재), 중국 변호사

문화대혁명, 내 기억 속의 중국

대학 때 중국 국립극단이 공연한 연극 크루서블(The Crucible, 薩勒姆的女
巫)을 보면서, "아마도, 이것이 문화대혁명이었을 거야"라는 생각을 했다. 누
군가를 마녀라고 적발하지 않으면, 내가 마녀라고 잡혀버리는 그런 세상.

그 중에 우리 학교 학생들에게 기립박수를 받은 명대사가 있었다.

"하느님이여, 당신은 죽었는가(上帝啊，你死了吗)?"

내가 겪어보지 못한 '문화대혁명'이라고 이름 지어 부르는 10년의 시간에는 드라마나 소설을 통하여 크게 부각되었던 세 가지 모습이 있다.

첫째, 도시청년들의 농촌 생산 활동 체험을 위한 무작정 농촌 투입.

두 번째, 학교의 대 반란. 학생이 선생님 목에 비판 팻말을 걸고, 후진 유교 사상을 숙청하기 위한 사상해방운동을 표방한 선생님들에 대한 무차별 공격과 횡포.

세 번째, 마녀사냥. 지주와 자본주의를 숙청한다는 구호를 만들어 족보를 씨의 끝까지 들춰내는 철저한 고발과 괴롭힘.

물론, 이를 꿰맨 실처럼 개인숭배를 만들어 절대 정의와 신의 절대 가치 같은 정서를 만들어 냈다.

통신이 발달하지 못한 과거에, 넓은 땅에서 도시청년의 무더기 '하향(도시청년들의 농촌 강제 이주)'이 이산가족과 막장드라마 같은 복잡한 혈연관계와 여러 인생의 역전들을 만들어냈다. 중국에서는 상당히 많은 드라마와 소설이 이 10년의 시기 또는 이 10년의 시기 때문에 만들어진 가족 등 여러 가지 이야기를 다룬다.

지금의 중국 역사는 그 문화대혁명의 시기를 '10년 동란'이라고 표현한다. 그리고 '10년 동란'이기에 모든 것이 용서되고 모든 것이 덮이고 모든 것은 다시 시작할 수 있는 것으로 되어 버렸다.

내가 좋아하는 위화 작가의 '인생'이라는 소설이 있다. 궁리 주연의 영화로도 만들어졌다. 한 평범한 중국 도시 주민의 수십 년의 생활상을 그린 책이다. 장예모가 연출한 작품으로 칸에서 상까지 받았지만 중국 내에서는 방송

심의를 통과하지 못한 금지 영화였다.

'인생'이라는 소설에서 문화대혁명의 모습이 짧게 묘사된다. 학교들에서는 선생님들을 투옥 시키고, 때리고 괴롭히고 병원에서마저도 교수님들을 괴롭혀 감금시킨다. 그리고 굶긴다. 마침 이때 주인공의 딸이 아이를 낳게 된다. 병원에는 레지던트들만 득실거렸는데 어떻게든 아이는 받았으나 산후 출혈이 멈추지 않아 경험 없는 이 아이들이 당황하며 어쩔 줄을 모른다. 산모의 생명마저 위험하게 되자, 아이들은 감옥에 찾아가 산부인과 교수님을 모셔 온다. 교수님은 너무 허기가 져서 정신을 못 차리고 있었고, 주인공은 딸을 살릴 마음에 빵을 잔뜩 사서 교수님께 갖다 드린다. 너무 오랜만에 음식을 본 교수님은 미친 듯이 빵을 입에 쑤셔 넣기 시작했는데, 마른 빵이 목이 메어 버린다. 너무 급히 많은 빵을 쑤셔 넣고 목이 메어 물까지 마셔버린 교수님도 뜻하지 않게 중태에 빠지게 되고, 그러는 동안 딸은 죽는다.

처음 위화의 소설을 읽으면서 예리한 필법과 사회에 대한 예리한 해독에 감탄하면서도, 너무 신랄하고 부정적이고 너무 특정 사회의 모습에 집착한다고 생각했었는데, 작품들을 더 많이 읽으면서 세상이 어떻게 돌아가더라도 사람들의 가장 순수한 사랑, 정의감 이런 것을 내려놓지 못하고 그런 것들로 꾸역꾸역 살아가는 '성실'하고 '아름다운' 사람들을 묘사하고 있음을 느꼈다.

위화의 다른 소설, '형제'에서는 문화대혁명에 대한 묘사가 조금 더 길다.

각자 아들 한명씩 있는 남녀가 재혼을 하여 훈훈하고 조용하게 같이 잘 살고 있다가 아내가 몸이 안 좋아 먼 상해의 병원에서 입원을 하게 된다. 상당 기간 입원 생활을 하고 있을 동안, 남편이 뻔한 마녀사냥의 모함으로 갖은 모욕과 고통에 시달리게 된다. 졸지에 의붓아들의 철 없는 말 한마디 때문에 동내 창고에 감금을 당하고 구타를 당한다. 드디어 아내가 퇴원할 시간이 다

온다. 지금처럼 휴대폰이 있을 시기도 아니다 보니, 아내는 남편에게 무슨 일이 있는지도 전혀 모르고 있었고 돌아올 때 남편이 상해에 마중 올 거라는 약속 하나만 안고 기다린다. 남편은 이 상황을 해명하고 풀려나갈 방법을 도무지 찾을 수 없는 것을 알고 있기에, 퇴원하는 아내를 마중하겠다는 약속 하나라도 지키겠다는 마음으로 창고를 탈출하여 상해로 가려고 한다. 겨우 겨우 기차역까지 갔는데, 쫓아온 학생들에게 잡힌다. 학생들은 선생님이었던 주인공을 가차 없이 때리고 밟고 또 때리고 또 밟는다. 남편은 끝내 기차역 앞 모래바닥에서 쓰러져, 피와 모래 범벅이 되어 죽게 된다.

어린 두 아들은 엄마가 퇴원한다고, 곧 올 거라고 기차역에 룰루랄라 마중을 나왔다가 구타를 당한 남자의 시체를 본다. 하지만 못 알아본다. 주변 사람들이 웅성거리는 소리 속에서 아빠의 이름을 듣는다. 아이들이 달려가서 얼굴을 살펴본다. 그리고 두 아이가 무너져서 세상을 다 잃은 것처럼 운다.

출장 중의 어느 한 주말, 내가 묵던 호텔의 스타벅스에서 이 대목을 읽다가 엉엉 울어버렸다.

문화대혁명이라는 것을 나는 겪어보지 못했기에 책, 영화, 어른들의 이야기를 통해서 아는 것이 다다. 아마도 크루서블(薩勒姆的女巫)에서의 마녀사냥처럼, 버릴 수밖에 없는 학업, 도시생활, 꿈, 가족, 사랑과 나의 또 다른 내면의 전쟁인 것 같다. 언젠가 당할 것 같은 불안감, 생존을 위한 훼방과 나 스스로의 타락, 그리고 그렇게 추락시킨 사람들에 대한 밑도 끝도 없는 죄책감. 살긴 살아야 하겠는데, 이게 사람이 사는 것이 맞는 건지.

중요한 것은 중국 사람들은 그런 시간을 겪었고 그런 아픔을 겪었다. 그것도, 너무 길었던 전쟁과 굶주림과 모욕과 비굴함을 겨우 뒤로 할까 했던 시간에 이런 것을 겪었다.

왜 중국에 이런 시간이 찾아오고, 왜 중국의 그 당시의 지도층은 이런 일들을 벌였는지에 대하여 참 다양한 많은 설들이 있다. 어렸을 때는 그냥 새로운 정권이 생겼고 나라 경영에 어려운 시간을 겪으면서 '분서갱유'식의 정권 다지기가 아닐까 막연하게 생각했다. 그러다가 우연히 헨리 키신저의 '중국 이야기'를 읽게 되면서 좀 다른 생각이 들기 시작하였다. 딱히 책이 계기가 되었다기보다, 내 나이가 한 살 한 살 차면서 나의 생업을 떠나 세상 돌아가는 법과 사람들이 생각하는 법에 관심을 가지기 시작하면서, 조금 더 그 때 사람들의 생각에 대한 상상을 할 사회학적 '기본' 같은 것에 눈을 뜨기 시작했기 때문이 아닐까 싶다.

'중국 이야기'의 문화대혁명 서막기에 대한 묘사에서 이런 이야기가 나온다. 모택동은 정서적 믿음과 철학이 세상을 바꿀 것이라고 생각했다고 한다. 어디서부터 뭘 이야기해야 할까 싶을 만큼 내 머리 속에는 지진이 일어나기 시작했다.

이 이야기를 정리하기 위하여서는 중국 내전 승리 전의 중국 공산당의 핵심 가치와 철학부터 이해를 하여야 할 것 같다. 여담이지만 내가 중국 사법고시 공부를 경제학 전공자로서 해나갈 때 가장 어려웠던 부분이 헌법과 법철학이라는 영역이었다. 그만큼 핵심 철학과 현실 사이의 괴리가 컸고 그에 대한 해석과 합리화가 위의 두 과목의 핵심 과제였기 때문이었다. 그만큼, 항일전쟁과 내전을 겪으면서 중국의 수억 인구를 설득하고 이끌었던 중국 공산당의 철학은, 그 어떤 종교보다 더 확고하게 이상적이고 '성선설'의 극단 가정과 시스템을 조장한 막연한 '더 나은 세상'에 대한 동경 같은 것이었다. 세상에 '내 것'이라는 것이 없이 살아온 수많은 소작농들과 비자발적으로 생겨난 대형 중공업 도시와 기업들의 또 '내 것'이 없이 살아온 수 많은 사람들에게 현실적인 희망이 되었을 수도 있겠고 희망고문일 수도 있었겠지만, 최소한 그 때의 '공산당'은 '선동'만을 위한 철학을 창제하지는 않았을 것이라고, 진심으로 더 나은 세상을 만들고 싶었을 것이라고, 나를 포함한 많은 사람들이 믿고 있을 것이다.

지금 우리가 바로 보고 있는 선거 공략과 선거 후의 정책과 또 그런 정책들의 효과나 현실이 모두 별개인 것처럼, '내 것'을 한번 만들어보고 싶은 마음을 모아 나라를 만들었을지 모르겠지만, 막상 나라가 만들어지고 나서 그 나라의 먹고 사는 문제를 해결하기 위한 경제 체제의 확립은 아주 다른 이야기였을 것이다.

우리는 문화대혁명의 종말로 알고 있는 많은 사건 뒤에, 지금의 강해지는 중국을 만들어낸 사람으로 등소평을 알고 있고, 유명한 '흑묘백묘(黑猫白猫)'의 이야기를 다 알고 있다. 하지만, 조금만 더 생각하면 알게 될 것은, 등소평은 문화대혁명을 겪고 나서야 비로소 경제를 성장시키고 사람들을 먹여 살리는 일에 대하여 고민하게 되었을까 하는 내용이다.

'중화인민공화국' 건국 직후 얼마 지나지 않아 '대약진'과 대규모 재해와 고립된 국내외 환경 때문에, 중국 경제는 파탄에 이르렀고 모택동은 그런 정책과 환경이 잘못된 것이라고 단 한 번도 인정하지 않으면서 사람들의 이념과 철학으로 나라를 바꿔나갈 것을 계속 고집했다고 한다. 나는 이 또한 진정한 그의 이념이자 그의 선의의 노력이라고 생각한다. 모택동은 철학가 이자 군사가, 심지어 문학가였을지 모르겠지만 최소한 그는 경제학을 이해하지 못하였고 그는 성공적인 정치가는 아니었다는 생각을 해본다.

2차 산업혁명에 의하여 세상이 격변하고 있을 시기에 모택동이 진정 기존의 철학을 고집하는 '옛날 사람'이었다면, 경제가 파탄이 나고 구소련에서 사회주의 철학에 대한 권위가 흔들리면서 현실적으로 중국을 잘 먹고 잘 살게 하는 법에 대하여 관심을 가진 사람들이 새로운 시도를 하기 시작했을 것이다. 등소평의 흑묘 백묘는 그 때, 심지어 그 이전에 태동을 한 생각이었을 것이다. 이것을 '당내 갈등'이라고 표현하거나 정책적인 방황이라고도 할 수 있겠지만, 철학과 현실과 꿈꾸었던 새로운 체제에서마저도 '내 것'이 없고 굶고 있는 사람들이 분명, '나아진 것이 아무 것도 없어'라는 생각들과 말들을 하지 않았을까.

나는 '문화대혁명'이 누구의 어떤 의도로 어떤 사람이 진행을 해나가며 그 합리성을 조장했는 지에 대하여는 아는 것이 거의 없다.

'신 중국'이 표방한 구 공산당의 철학과 그 전의 철학의 충돌이었다면, 모든 것은 합리적이다.

새 철학을 주장하면서 '말'을 하는 '문인'들을 시골로 내려 보내 사회 구성과 발전의 축이라고 생각하던 '기층 농민', 바닥 서민의 생활을 체험하라고 한 것도, 그런 문화와 철학을 가르치는 스승님들을 내몰고 구태의연한 유학을 청산한다고 만들어 낸 것도 3대를 뒤져 '가진 것'이 있었던 사람들을 잡아서 괴롭힌 것도 그냥 어떤 것이 이 새 시대의 '참 것'인지에 대하여 방황하는 사람들이 그 어떤 합리적인 자신의 입지와 자존감과 '미래'를 찾아가는 행동일 수도 있었을 것 같다. 그것이 그렇게 격하고 '인도적'이지 않을 만큼 폭풍 같았던 것은 그만큼, 모두가 방황하고 불안하고 내가 누구인지 내가 갈 길은 무엇인지 나의 가치는 어디에 있는지 몰랐었기 때문이 아닐까.

나는 이런 것을 겪어본 적이 없다.

내가 이해하는 인성, 인격, 따뜻함 이런 것은 지금처럼 그래도 대부분은 먹고 살만하고 대부분은 교육을 받으면서 대부분은 스스로의 가치관에 대하여 고민을 할 수 있고 해야 하는 사회보편적인 선과 사회 보편적인 가치관이 인정받는 시기의 인성, 인격과 따뜻함이다. 위화 작가의 책을 처음 읽으면서 거부감이 들었던 것도 지금과 다른 그때의 그런 시대상에 대한 이해가 얕팍하기 그지없기 때문이 아닐까 생각해봤다.

한국에 위화의 대부분의 소설이 한국어로 번역되어 출간돼 있다는 사실을 알게 된 후 많은 동료들에게 위화의 소설을 추천하게 되었다. 그 당시의 중국의 '무식한' 모습을 보여주고 싶어서가 아니라, 중국 사람들이 외국 사람들이 상상하기 어려울 만큼의 야만적이고 불투명하고 비 합리적인 시기를 그것도 나 스스로도 뭐가 옳은 것인지 잘 모를 법한 격변기를 겪었다는 사실을 알려주고 싶었고, 그들은 그런 시기를 그렇게 힘겹게 살면서도 나 한 몸을 야만적으로 무식하게 던져서라도 지키고자 했던 소중한 가치와 소중한 감정들이 있었다는 것을 자랑스럽게 보여주고 싶었던 것이다.

10년 동란, 대부분의 작품에서 마냥 어둡고 춥고 배고프고 무서운 세상처럼 그려지는 시간이다. 하지만, 사람들은 죽지 않았고 희망을 버리지 않았고 그 10년 동안도 많은 행복이 있었다. 사회라는 것이, 그리고 내 주변이라는 것이, 내 마음에 안 들고, 내가 어떻게 할 수 없게 되고, 나를 힘들게만 하고, 하더라도 행복이 없어지는 것은 결코 아니다. 위화의 다른 소설, '허삼관 매혈기'에서 느낀 것이다.

허삼관이라는 사람이, 동내 얼짱이랑 결혼을 하게 되고 자기 자식이 아닌 애랑 자기 자식인 애랑 키우게 된다. 때가 문화대혁명의 시기인지라, 똑같이 사회의 격변 속에서 애들의 성장과 생활고를 겪게 된다. 허삼관은 워낙 무식하고 순수한 사람으로 그려진다. 세상아 짖어라 하면서 변함없이 자신의 많은 소중한 것들에 웃음을 올인하면서 살아간다. '허삼관 매혈기'는 말 그대로 피를 파는 이야기이다. 무식할 만큼 진지하고 무식할 만큼 순수하게, 세상이 미쳐 날뛰고, 동내 사람들이 마누라와 아이들에게 뭐라고 하고 어떻게 하더라도 '아버지'라는 이름 하나로, 마지막 한 방울의 피마저도 팔고자 하는 그런 이야기이다.

마냥 모든 것을 다 알고, 마냥 살아온 모든 사람들을 본 것처럼 역사를 해석하고 역사를 논평하며 역사속 사람을 평가하지만, 그건 어디까지나 논평하는 사람의 입장에서의 해석과 이해일 뿐이다. 그 것이 아무리 목적이 따로 없고 순수한 것이라고 할지라도 그냥 주관적인 평가와 이해일 뿐이다. 게다가 수많은 목적을 가지고 예로부터의 당위인 것 마냥, 역사의 필요인 것 마냥 다양하게 흔하게 이용되기까지 하니 말이다.

지주에게 땅을 뺏기고 딸마저 빼앗기던 소작농도 문화대혁명의 혁명을 당하던, 목에 팻말을 걸고 날아오는 계란을 머리로 받던 그때의 중국인도, 그 시간이 그의 인생의 전부인 만큼, 그 시간의 모욕과 아픔만을 생각하지는 않았을 것이다. 우리가 동정하고 해석하고 발전시킬 만큼, 우리가 원한 그림뿐인 것은 절대 아니라는 것이다.

목에 팻말을 걸고 길에서 '투쟁(문화대혁명 시기에 마녀사냥 당하는 사람에게 목에 팻말을 걸고 길거리에서 모욕하고 체벌하며 지나가는 사람들이 조롱하게 하는 행동)'을 받고 있는 아내에게 도시락을 싸다 주는 허삼관이, 흰 밥만 있는 도시락을 보고 실망하는 아내에게 곱게 웃어 보이면서, 사실은 다른 사람들이 투쟁 당하는 년이 밥 잘 먹는다고 손가락질 할까봐, 반찬을 밑에다가 숨겼다고 한다. 그러면서 오가는 사람들에게 "얘는 죄가 많으니까 반찬 따위는 먹이면 안 되지, 암, 그렇구 말구" 한다. 그 순간 그들은 더 없이 따뜻하고 행복했을 것이다. 그리고 허삼관은 그 누구보다도 더 대단한 사랑을 하고 있었던 것이다.

이러 저러한 우리가 동정하고 우리고 해석하는 시대보다 우리는 얼마나 더 나아 있을까. 우리는 마냥 시대의 정의와 역사의 흐름을 달관한 사람들처럼 얼마나 잘난 척을 하면서 함부로 동정을 남발하고 있었던가. 우리는 허삼관만한 사랑을 한 적이 있을까. 먹고 살기 어렵고 목숨마저 받쳐야만 그런 절절한 사랑이 검증되는 것이 아니라, 세상 엿 같아도, 나도 덩달아 비참해 지더라도 순수한 '나'라는 인간이 이 세상에서 가장 바람직한 모습이, 가장 바람직한 낭만이 아닐까 싶다.

문화대혁명을 10년 동란이라고 해도 좋고 비열한 정치 싸움이었다고 해도 좋고 굶어 죽는 사람들이 쓰나미처럼 밀려오는 시대라고 해도 좋다. 그렇지만 내가 아는 중국 사람들은 그 시대를 살았고 그 시대에서도 그들은 그들 나름대로 행복했다. 이겨내는 것이란 그 시대를 벗어나거나 뒤엎는 것만은 아닐 수도 있다.

그리고 우리의 이해와 존중은, 건방진 동정은 아니어야 할 것이다.

전유재 약력

중국 소주 常熟理工学院 外国语学院 朝
鮮语专业 교수, 한국 숭실대학교 현대문학
박사졸업 재한동포문인협회 해외이사. 시,
수필, 칼럼 수십 편 발표

커피를 내리며

울적한 날에는
커피
내린다. 한잔의
올곧은 내려짐

가는 선
갈색의 중얼거림
창문 밖 빗줄기에
차단된 시야
커피잔에 떨군다
쓰거움을 갈아
젖어온 향이여, 어디까지
피어오르려나
폭풍주의보가 내려진 날에
나는
커피 내린다

그림자

내일은 흐리고 비가
온다네요, 그녀의
얼굴 너머가 흐렸다고
드는 느낌에 나도 흐려졌다
하늘은 더없이 맑았고
너무 높았다. 다가가지 못할

높이를 추락하려면 구름은
높게 흐려야 한다. 혼자
중얼거렸지만
우산 장만해야겠군요
한참 만에 나는 겨우 대답했다
맑은 날은 너무 높아
하늘이 멀다. 햇빛은 너무 부시고
내일 올 비처럼
후회가 먼저 내리려는 그때
나는 내가 말을 할 줄 안다는 사실을
탓했다
작열의 태양이 남긴
스스로와 상대의 늘어지는 그림자를
말을 잃은 채 우리는
언제까지라도 바라보았다

감기

잠깐 잠이 드는 사이
길섶에는 백열등같은 불이 피어오르고
어디까지 가야 할지 모를
길에서 나는 언제부터인가 걷고 있는 것이다

놀라서 깨어나 보면 천정에 형광등이 매달려 우두커니 나를 보고 있다 그건 눈에 자꾸 빠져 울렁거리다가 주르르 흘러내린 것 같은데 어느새 또 기어 올라가 달려있었다 근심스레 나를 쳐다보던 사람이 머리맡에 앉더니 이마에 손을 얹어본다

곧 상반신을 비스듬히 일으켜 약을 입에 넣어준다 눈으로 새어나간 염분보다 더 많은 가득한 물을 입가에 대기도 하였다 그리고는 말이 없이

나를 보며 끄덕끄덕 한다

눈을 매우 문지르고 찬찬히 그를 쳐다보았다 놀랍게도 그는 미래의 나였다 그후 부터 나는 감기 걸린 사람과 모두 친구가 되었다

그해 서울

그들은 만나서 좋아한다
가볍게 악수하거나 포옹이 진할 수도 있다 잔잔한 농담이 만남
의 첫 장면을 열어젖히기도 한다. 혹은

만나기 전부터
눈물이 앞을 가리기도 하는데 정작 얼굴을 마주할 그 즈음에 미
리 와 있던 그가 자리를 뜨려고 한다. 도저히

더 머무를 수가 없었어
이전의 모든 기억을 무너뜨리는 재회에 나를 내세울 용기가 아
직 없단 말이야. 혹은 이후의 그 언제까지라도

그들은 그래서 만나지 못한다 글 속에서 말이다
어디까지가 실제로 일어나야 할 이야기인지 일어난 것인지 일
어날 것인지를 결정해야만 한다 그는 그만 눈물을 보이고 말았
다 재회의 장을 끝내는 마련하지 못한채

마감 줄을 적어 내려간다

그해 서울이라고

전향미 약력

중국 장춘중의학원 졸업, 천진서 번역회사
운영, 청도 모 병원 출근청도조선족작가협회
회원, 연변작가협회 회원, 재한동포문인협회
회원
수필, 칼럼 다수 발표

산을 읽는다

산(山)을 읽는다.

약초 냄새 슬슬 풍기는 '본초강목'을 손가락에 침 묻혀가며 한장 한장 읽어
가는 느낌이다.

오장육부 이리 왈, 음양오행 저리 왈, 혀가 밸밸 꼬인다. 읽을수록 알듯 말
듯, 알쏭달쏭하지만, 그 신비로움에 흠뻑 취한다.

감초, 익모초, 오미자……. 풍성한 그림이 눈을 가득 채운다. 중약재의 종류
와 규모는 참으로 방대하고 어마어마하다. 읽으며, 느끼며, 향긋한 약초 향에

푹 젖는다.

광주리 둘러메고 하루에도 몇 번씩 산을 오르내렸다는 이시진. 약초 채집과 연구에 혼신을 불태운 그의 모습이 본초강목 페이지마다 살아 숨 쉬고, 산속 곳곳에서 어른거린다.

나에게로 오라. 병들어 있는 자들이여. 산이 부른다. 본초강목 뚜껑이 열린다. 나는 의사선생님 왕진가방 같은 가방을 둘러메고, 생각을 한 아름씩 주워 담으며, 이시진 발자취를 따라 산을 누빈다.

바짝 말라비틀어진 낙엽이 발길에 채이고 밟히어 바락 바락 짜증을 내고, 내딛는 걸음걸음마다 온갖 잡념들이 발뒤축을 물고 늘어진다. 두서없이 불쑥불쑥 나타났다 사라지는 산만한 생각들은 머릿속을 종횡무진으로 휘젓는다. 멋대로 분출하는 칠정이라는 감정은 진드기처럼 달라붙어 산에까지 동행을 꿈꾼다.

이제 나는 그것들을 모조리 싸잡아서 진찰대 위에 올려놓고 중의 진단법을 통해 변증을 하고, '본초강목'의 처방을 들이댄다.

풀, 나무, 꽃, 그리고 소리, 냄새, 색깔……. 산에 있는 모든 것이 처방에 쓰이는 좋은 약초이다. 온 산에 무진장하게 널려있다. 바람에 살랑살랑 꼬리치는 갈대, 소녀의 볼처럼 빨갛게 달아오른 진달래, 노랗게 물든 산수유, 계곡을 지키고 서있는 황백 나무……. 본초강목에 정히 수록되어 있는 약재들이다. 어디 그뿐인가. 구수한 흙냄새와 상큼한 풀내음, 싱그러운 물 냄새는 폐부 깊숙이 습베 들면서 기분 치료에 주된 약효를 내는 군약(君药)이다. 들쑥날쑥한 기분을 다스리고 잡념을 없애주며 행복감을 회복시켜 준다.

새싹 돋아나는 소리, 바짓가랑이 풀 스치는 소리, 계곡물 흐르는 소리, 떡갈나무 잎 위에 이슬방울 굴러가는 소리……. 맑은 소리가 십이경락을 따라 전신 곳곳으로 흘러가면, 축 처져있던 내장 장기들이 활력을 되찾고 세포 하나하나가 다시 살아나듯 탱글탱글해진다. 오관구규(五官九窍)를 활짝 열고, 산이 내는 온갖 소리에 집중해보자. 혼란스러운 마음이 정화되고 정서가 차분해진다.

이렇듯 산이 품고 있는 천연약재를 사용하여 본초강목의 처방에 따라 달여 먹고 우려먹으면 육체의 병고와 정신의 때가 말끔히 씻어진다. 산이 지닌 거대한 치유력은 얼마나 놀라운가. 산에는 행복물질이 넘치고 넘쳐난다. 어깨에 짊어진 가방에 행복물질을 그득그득 채워 넣으며 말없이 산길을 걸으면 일상 속에서 몸에 굳혀진 산만한 생각이 사르르 잦아들고 칠정 병은 스스로 꼬리를 내린다.

아프면 산으로 가자. 산이 읽힌다. 중약 냄새 푹푹 풍기는 '본초강목'을 침 발라가며 스윽 슥 넘겨 읽는 느낌이다.

그 느낌이 좋아서 오늘도 나는 열심히 산을 읽는다.

하얀 세상에서 줍는 추억 한 조각

눈이 내린다. 하얀색의 눈이 내린다. 하늘에서 땅으로 펑펑 내리며 들판을 덮고 아스팔트길을 덮고 쓰레기 더미를 덮는다. 세상은 삽시간에 흰옷으로 갈아입는다.

와. 하얀 세상이다. 벌건 얼굴도 하얗고 까만 머리칼도 하얗다.

하얀 세상을 바라보는 내 마음도 하얗게 물들어간다.

진료소 앞 소나무가 하얀 가운을 입고 하얀 미소를 띠고 서있다. 치렁치렁 늘어진 가지에 백설이 소복이 얹혀 눈이 부시다.

그 소나무 뒤에서 눈처럼 차갑고 하얀 처녀 선생님이 살포시 얼굴을 내밀며 추억을 피워 올린다.

의학원을 갓 졸업한 처녀, 이름이 냉정이었다. 차가울 냉(冷)에 조용할 정(靜). 이름 두자에 미안하지 않을 만큼 차고 조용한 처녀애였으므로 내 추억의 신경을 단단히 잡고 있는지도 모른다.

중의를 배운 내가 길림화공병원에서 서의 연수를 하고 있을 무렵 그녀를 만났다. 시골병원에서 보낸 중의 의사를 어느 과에서도 받으려 하지 않는 작은 소동이 있었다. 이를 앙다물고 밤낮을 가리지 않고 배움의 시간을 채워 나갔다. 심전도실에서 심전도 보는 법을 익히고 심혈관내과에 배치되어 갔을 때 길림의학원을 졸업한 그녀가 하얀 가운을 입고 앉아 있었다. 나는 나보다 어린 그를 냉 선생님이라 불렀다. 낮에는 청진기를 목에 걸고 공책을 들고 의사들 엉덩이를 바지런히 따라다녔고, 여의사들이 야간근무를 서는 날이면 어김없이 남아서 함께 당직을 섰다.

냉정은 냉정한 여자였다. 내가 야간근무를 함께 하는 걸 별로 탐탁치 않아했고, 병실에서 호출이 와서 따라붙으면 침대에서 계속 누워 자고 있으라는 말까지 서슴지 않았다. 그럴 때마다 너희들 서의들이 우리 중의를 개무시하는구나 벼르면서 악착같이 따라붙곤 했다.

그날은 비가 왔었던 거 같다. 음침한 밤으로 기억된다. 귀빈병실에 장기입원중인 할아버지가 돌아가셨다. 냉 선생님이 심폐소생술을 하고 적극적으로 응급처치에 임했지만 생명이 떠나는 길을 막아내지 못하였다. 아들딸 대여섯 명이 비보를 듣고 빗속을 헤치며 밤길을 달려왔다.

참담한 표정으로 낙담하던 냉 선생님의 그 모습을 나는 왜 큰 눈을 더 크게 뜨고 그렇게도 집요하게 관찰했을까? 고참 의사들이 저녁당직을 설 때는 두 번이나 구급에 성공했는데, 이번에는 왜 실패한 거지? 의술이 부족해서 일까? 그녀의 비참한 얼굴에서 떨어지는 눈물도 놓치지 않고 똑똑히 지켜봤다.

석 달 후 신장내과에 배치되어 진료기록을 쓰고 있는데 밖에서 나를 찾는 이가 있다고 했다. 냉 선생님이 신랑을 면회 온 새 각시처럼 수줍게 웃으며 서 있었다.

"언니, 우리 병원에서 많이 배우길 바래요."

수첩을 선물로 품에 안겨주고는 쑥스러운 듯 종종걸음을 치며 가버렸다.

그날의 뒷모습 그리고 수첩에 적힌 격려의 메시지는 지금도 눈꽃이 되어 추억 밭에 하얗게 내리곤 한다.

중의를 무시한 것이 아니었다. 갈 길은 멀고 진료경험에 미숙한 자신에게서 털끝만한 것이라도 얻으려 날뛰는 나의 열정이 부담스러웠고, 미주알고주알 물음에 대답이 궁색할 때는 스스로 화가 나고 속상했으리라.

지금쯤 그 차가운 여자는 노련한 주임의사가 되어 의술과 인술을 베푸는 백의천사다운 삶을 살고 있을 것이다.

오늘같이 눈이 내릴 때면, 온 세상이 하얗게 물들 때면 백설을 이고 지고 당당히 서있는 소나무 뒤로 하얀 의사 가운을 입은 그녀가 보인다. 할아버지 환자를 떠나보내던 밤, 좌절과 무기력함으로 흔들리던 눈빛이 유난히 내 가슴을 찔렀던 냉정이라는 의사 선생님이 떠오른다.

생명이 떠나는 길에서 보였던 그녀의 눈물에는 명주이불처럼 두껍게 쌓인 포근한 눈꽃이 아롱져 있었다.

하얀 세상을 바라보는 내 마음에서 줍는 추억 한 조각이다.

조원기 약력

중국 길림시 영길현 출생, 재한동포문인협회
회원
수기, 수필 다수 발표

나의 인생에서 가장 통쾌했던 일

서울 남산 뒤편 중턱에 자리 잡고 있던 옛 안기부 5층 건물 청사가 1996년
8월 4일 오전 7시 반 전 국민이 생방송으로 지켜보는 가운데 '쾅쾅쾅' 하는
소리와 함께 역사 속으로 사라졌다.

당시 일반 국민들 인상 속의 안기부는 1990년대까지만 해도 "남산에서 왔
습니다"라는 말만 들어도 벌벌 떨 정도로 두려운 존재였다고 한다.

날씨도 화창한 7월 중순의 어느 하루, 내가 몸담고 일하던 청무라는 철거회
사에 아침 출근을 했는데 내가 가장 존경하고 또한 나를 가장 신뢰해주는 철

거업종에서 위망 높은 이 사장이 나를 불러 정중하게 이렇게 말했다. "오늘부터 우리 포클레인이 남산안기부 건물청사 철거 작업하러 가야 하니 빨리 장비를 챙기세요." "예? 안기부 건물 철거하러 간다고요?"

내 귀를 의심할 정도였다. 그도 그럴 것이 평소에 같이 일하는 한국동료들과 친구들의 입에서 그렇게 많이 듣던 이야기와 김영삼 대통령 후보선거 유세 때도 대통령이 되면 남산 안기부 건물을 철거해서 공원으로 만들겠다는 약속도 했다던데……. 이렇게 대한민국의 대단한 화제 거리인 안기부 건물을 우리 회사에서 우리가 직접 철거한다? 믿어지지 않을 일이었다.

포클레인을 싣고 남산 안기부를 향하는 차안에서 설레는 나의 심정은 좀처럼 가라앉지를 않는다. 안기부? 안기부라……!? 그 안기부가 어떻게 생기었기에 그 많은 사람들의 구설수에 올랐을까?

궁금증이 계속되는 가운데 운송차가 드디어 남산 중턱 안기부 청사에 도착하였다. 차에서 내린 나는 주위를 둘러보았다. 양쪽에 건물이 있고 중앙에 안기부 본관 5층 청사가 있는데 기사 말이 앞쪽에 있는 큰 마당 밑은 모두 지하실이라고 한다. 서둘러 운송차에서 포클레인을 몰고 땅바닥에 내려선 나는 장비를 본관 건물 한편에 세워놓고 우선 현장을 둘러보기로 하고 계단을 따라 5층 옥상까지 올라갔다. 남산 중턱 수림 속 아늑한 곳에 자리 잡고 있는 이 안기부 건물 주위 환경은 매일 오염된 혼탁한 공기 속에서 한시도 조용할 새 없이 돈벌이에 미쳐 뺑뺑이를 돌던 나에게 너무나 맑고 은은하고 상쾌한 것 같은 기분이 들게 해 자리를 뜨기 싫었다. 아쉬움을 뒤로 한 채 나는 층층을 내려오면서 사방을 둘러보았다. 건물 외곽과 기둥만 남겨두고 간벽 창문 대문을 포함한 모든 내부 시설물을 하나도 남김없이 모조리 짓부숴 포대에 담을 수 있도록 하라는 작업지시를 받았기에, 나는 이 속의 모든 물건과 시설물들을 포클레인으로 짓부숴 버릴 생각을 하니 못내 아쉬운 심정이 들기도 했다.

나는 곧 지상 5층을 다 돌고 희미한 불빛 속에 잠겨 있는 넓은 지하실로 내려갔다. 왠지 을씨년스러운 생각이 들면서 온몸에 오싹 소름이 끼쳤다. 더 지체하기 싫어서 얼른 밖에 나와 건물 뒤편 쓰레기 소각장으로 갔다. 거기서 한창 안기부를 둘러싸고 있는 지하벙커 철거작업을 하고 있는 작업인부 몇 명을 만났다. 그들의 말에 따르면 이 앞에 있는 둥그런 쓰레기 소각장은 죽은 사람과 쓰레기를 없애는 곳이라고 한다. 말만 들어도 기분이 섬뜩한 곳이었다. 이야기를 듣는 와중에 대형 크레인이 와서 내가 운전하는 포클레인을 5층 옥상 위에 올려놓는 것으로 모든 작업준비는 끝났다. 드디어 대한민국의 국민들의 입살에 수없이 오르내리던 남산 안기부 청사철거 작업이 나의 운전 시작으로 쾅쾅쾅 하는 굉음과 함께 시작되었다.

건물 옥상 중앙바닥에 큰 구멍을 낸 후 장비가 5층 건물 안에 내려섰다. 운전석에서 마주보이는 번쩍거리는 큰 유리정문 앞까지 장비를 몰고 간 나는 추호의 주저도 없이 장비를 휘둘렀다. 와장창, 와장창 하는 소리와 함께 그 번들거리는 정문 문짝이 풍비박산이 되어 땅바닥에 흩어져 버렸다. 아마 힘든 타향생활에 쌓인 스트레스 때문인지 영문 모를 흥분에 와장창 퉁탕 하고 창문이고 문짝이고 간벽이고 사무실, 부장실, 과장실, 화장실 할 것 없이 닥치는 대로 박살을 내고 짓부수기 시작했다. 세상에 태어나 이렇게 인정사정없이 통쾌하게 짓부수는 일은 평생 처음, 그렇게도 마음이 통쾌할 수가 없었다. 근처에서 지켜보고 있던 현장 감독관이 잠깐 숨 돌릴 시간에 옆에 와서 웃으며 하는 농담을 했다. "아저씨 참 통쾌하게 짓부수네요. 이참에 평생 쌓였던 스트레스 한방에 다 날려버리는 거 아니에요? 흐흐흐……." 듣고 보니 참 맞는 말이다. 젊은 시절 체제가 다른 고국의 광복을 위해 젊음을 바친 아버지의 역사문제로 창창한 젊은 앞날을 다 접고 20세 중반부터 대중 앞에서 밤낮없이 뛰어다니며 사업하느라 쌓인 노고에다 부모와 가정을 위해 20여년이나 고향을 떠나 고국 땅에 와서 돈벌이를 한다고 쌓인 스트레스를 이 사장님의 배려로 만져보지도 못했던 포클레인 기사가 되어 이렇게 온 국민의 화두에 오른 안기부 건물 청사 내부를 휘젓고 다니며 닥치는 대로 아까움 없이 마구 박살내고 짓부수면서 평생 쌓였던 스트레스를 한방에 다 날려버리고 있잖은 가. 참 생각할수록 통쾌한 작업이었다.

한창 신나게 일하고 있는데 한 무리의 사람들이 촬영 장비를 들고 내가 일하고 있는 현장에 왔다. 한 분이 장비 옆에 와서 웃으면서 "시청에서 나왔는데요. 철거작업을 촬영해서 재료로 남겨야 하니 폼 좀 잡아서 운전해주세요" 하고 말했다. 그리고 다들 갖고 온 장비를 설치하느라 분주히 서둘렀다. 촬영한다고 하니 나도 장비를 세우고 옷매무시를 단정히 하고 안전모자도 재확인하고 장갑도 새것으로 바꾸어 끼고 다시금 작업을 시작했다. 좀 있더니 큰 조명등 두 개가 양쪽에서 내가 작업하고 있는 현장을 대낮같이 비추고 한쪽에선 쾅쾅쾅 하는 간벽을 부수고 있는 나를 영화 찍듯이 촬영하고 있었다. 긴장감에 곁눈 한번 팔지 않고 열심히 부숴댔다. 시간이 얼마나 지났는지…… 드디어 조명등도 꺼지고 한 분이 곁에 와서 "수고 하셨습니다. 감사합니다"라고 인사를 하고는 아래로 철수를 했다. 긴장 속에서 운전하느라 나는 등골에 땀이 흥건했다. 장비를 세우고 잠깐 쉬려고 앉았는데 내 뒤를 따라 다니며 짓부순 폐기물 처리 용역 인부 몇 명이 나를 둘러싸고 "아저씨 참 대단합니다. 대한민국 남산 안기부 건물 철거 역사기록에 남겠네요"하고 칭찬을 했다. 가만히 생각해 보니 너무나도 평범한 한 사람으로 이 조원기가 고국 땅에 와서 이렇게 엄청난 국민들의 여론 중심에 서있는 안기부 건물 청사 내부를 5층 꼭대기에서부터 맨 아래 밑층까지 몽땅 집적 때려 부순다고 하니 한없는 자부심과 용기가 솟구쳤다. 그 힘으로 더 쉴 생각도 없이 벌떡 일어선 나는 '쾅쾅쾅' 하고 또 일을 시작했다. 그리하여 나는 한숨도 쉬지 않고 5층에서 4층, 3층, 2층, 1층으로 치고 박고 때려 부수고 짓부수며 열심히 일한 결과 위층의 지시대로 건물 폭파 시한 전에 깨끗이 작업 마무리를 지었다.

이튿날 엉성하게 남은 건물 기둥에 구멍을 뚫고 폭약을 장착하는 폭파기술자들과의 대화에서 나는 하루 밤 지나면 이 건물은 폭파되어 없어지고 앞으로 이 자리는 시민공원으로 탈바꿈한다는 말을 들었다.

과연, 1996년 8월 4일 오전 전 국민이 지켜보는 생방송에서 천지를 진동하는 쾅쾅쾅 하는 폭파 소리와 함께 언론 중심에 있던 안기부 청사가 몇 초 만에 건물 잔해더미로 변해 역사 속으로 사라졌다. 방송은 끝이 나고 건물도 역사 속으로 사라졌지만, 그 당시 전 국민의 관심사이고 언론의 중심이었던 안기부! 그런 안기부 건물청사 내부 철거현장에서 때려 부수고 짓부수며 통쾌한 작업을 벌였던 그때 그 시각의 정경들은 나의 인상에서 지울 수 없는 감개무량한 한 페이지의 추억으로 생생하게 남아 있다.

영원히 잊혀 지지 않는 그날의 그 순간

삼라만상이 고요한 이 밤, 지나온 20여 년의 잊을 수 없는 추억의 한국생활과 지나온 과거가 오늘도 나의 눈앞에 주마등처럼 떠오른다. 중국 길림성 영길현 쌍하진에서 태어난 나의 파란만장한 인생은 한국 경상북도 영양군 일월면이 고향인 아버지로부터 시작된다.

아버지는 젊은 나이에 일제의 탄압이 싫어서 고향을 떠나 만주 땅, 현재 나의 고향인 쌍하진에 정착해서 당시 항일투사인 홍범도 장군의 항일구국 사상의 영향을 받아 해방 전 우리 조선족들이 엄청 많이 집결해 사는 영길현 쌍하진에서 한국교민 청년들로 조직된 '한교청년단'이란 비밀조직에서 단장으로 활동했다.

해방 후, 중국 사회주의 체제에서 한국이라는 자본주의 국가를 위해 일했다는 아버지의 역사는 젊은 시절 나의 꿈을 완전히 박산 냈다. 전쟁영화를 무척 좋아했던 나는 군대에 가서 권총을 휘두르는 장교가 되는 것이 소원이었다. 나이가 되어 군 입대 신체검사에서 모든 항목이 다 합격이 돼 들뜬 마음으로 입대 날만 기다리는데 당시 민병 연장이었던 김씨가 찾아와서 "아버지 역사 문제로 정치심사에서 떨어졌다"고 통보를 했다. 기막힌 충격을 받은 나는 몇 날며칠 밥도 제대로 안 먹고 밖으로 떠돌아다니다가 마음을 다잡아먹고 열심히 일했다.

그리하여 사람들의 칭찬과 격려를 한 몸으로 받으며 즐겁게 생활하던 중, 꿈에도 상상 못했던 일이 찾아왔다. 보잘 것 없는 이 농촌 조선족 청년이 몇천 명이나 되는 쌍하진 젊은이들 중 단 한명에 할당된 자리인 길림시에서 가장 유명한 대기업중의 하나인 '길림시철합금공장(吉林市铁合金厂)'에 추천된 것이다.

기쁨과 설레는 마음으로 이불짐과 보따리를 다 싸놓고 입사통지만을 고대하고 있는데 날아온 청천벽력 같은 소식, "아버지 역사문제로 탈락되었소"이다. 대한민국을 위해 젊음을 바친 아버지의 과거가 또 나의 창창한 앞날을 가로막아 버린 것이다. 엄청난 충격을 받고 집 뒤 높은 강둑에 하염없이 앉아있는 나의 모습을 먼발치에서 바라보던 당시 아버지의 심정은 또 어떠했을까. 반나절이나 강둑에 앉아서 다짐한 결심, "모든 것을 잊고 나는 앞으로 이 바닥에서 가장 강인한 남자로 살아가리라!" 결국 이 한 결심이 나의 평생을 좌우했다. 어린 청년시절에도 세상 겁내는 것이 없었고 특히 의리를 앞세우는 나는 항상 약자의 편에 서서 일을 봐주고 생활하였기에 친구들과 동네 사람들의 호평을 받았다. 그래서 스무 살 중반에 군중들의 선거로 촌의 대장이 되었고, 한국 나오기 직전까지도 우리 지방에서 가장 잘나가는 기업의 사장으로 있다가 동생의 끈질긴 권유로 모든 짐을 내려놓고 한국행을 하게 되었다. 낯설고 물 설은 한국 땅에서 모든 것이 생소하지만 최선을 다해 일한 덕분에 동료들과 사장님의 두터운 신임과 칭찬을 받으며 일하게 되었다. 그 후로 대한민국의 가장 큰 철거 공사인 청계천 철거공사는 첫날부터 마지막 날까지, 동대문운동장 철거공사, 잠실대교 확장공사, 양화대교, 천호대교 등 수많은 철거 현장에서 피와 땀을 흘렸고 아찔한 죽을 고비도 몇 번이나 넘겼다. 동대문운동장 사거리 청계천 바닥 공사현장에서는 갈비뼈가 골절되어 119구급차에 실려 입원생활도 했다. 또 김영삼 대통령 취임 후 국민들이 저주하는 안기부, 서울 남산 뒤편에 자리 잡고 있는 안기부 본관 5층 역사건물 폭파작업을 위해 제일 위층에서부터 지층까지 기둥만 남겨두고 모든 건물 내부를 짓부수는 작업을 당시 포클레인 기사인 내가 처음부터 마지막까지 마무리를 지었다. 대한민국 역사 속으로 사라지는 건물이라 하여 서울시청에서 직접 사람들이 나와서 영화 촬영하듯이 조명등을 켜놓고 포클레인 작업 상황을 촬영해 갔는데 그때 그 기억이 너무나도 생생하다.

수많은 작업현장에서 지금까지도 영원히 잊혀 지지 않는, 생각만 해도 오싹한 기분이 드는 한 현장사고가 하나 있었다. 김영삼 대통령이 살던 상도동 사거리에서 멀지 않은 길옆 5층 빌라건물 1층 내부 철거현장이었다. 2, 3, 4, 5층은 주민들이 살고 있었고 1층은 가게였다. 현장에 투입된 직원 5명과 용역업체에서 온 인부 10여 명이 시뿌연 먼지 속에서 삽질하는 사람, 산소절단 작업하는 사람, 폐기물 나르는 사람 등등 땀을 흘리며 열심히들 작업을 하고 있었다. 오후 세시쯤 갑자기 뽀얀 먼지 속에서 비명소리에 가까운 치 떨리는 부르짖음 소리가 들렸다. "가스통에 불붙었다. 가스통이 폭발한다. 빨리, 빨리 달아나라!" 모두들 자지러질 듯한 비명소리에 깜짝 놀라 흠칫했다. 건물 중심 기둥 밑 화염 속에 휩싸인 가스통을 보는 순간 일꾼들은 너나할 것 없이 모두 공구들을 팽개치고 대문을 향해 죽기 살기로 뛰어나갔다. 오가는 차량을 아랑곳하지 않고 길 너머까지 정신없이 달려 나갔다.

나도 쓰던 삽을 집어 던지고 대문 밖까지 뛰쳐나갔었는데, 영문도 모르고 앞에 지나가는 할머니를 보는 순간 점심에 3층 베란다에서 빨래를 너는 할머니와 재롱떨던 손녀가 뇌리를 스쳤다. "아, 저거 폭발하면 건물 다 무너지고, 사람들 다 죽는다! 안 돼, 안 돼! 폭발을 막아야 돼." 더 생각할 겨를도 없이 나는 돌아섰다. 그리고 죽음의 현장에서 뛰쳐나오는 사람들을 맞받아 불 뿜고 있는 불길에 휩싸인 폭발직전의 가스통을 향해 뛰어 들어 갔다.

순식간에 벌어진 일이었다. 시뻘건 집안 먼지 속 기둥 밑에 있는 두 개의 가스통 중 누워있는 가스통에서 뿜어 나오는 거센 불길이 서있는 가스통을 정면으로 달구고 있었다. 추호의 주저할 사이도 없이 서있는 가스통을 발길로 차서 옆으로 굴려놓고 화염에 싸인 불 뿜는 가스통을 밸브를 더듬어 쥐였다. 장갑 낀 손이 순식간에 불이 붙었지만 어떨 새도 없이 결사적으로 밸브를 움켜쥐고 확 틀었다. 한껏 열을 맡은 밸브는 잠겨 지지 않았고, 빤빤한 바닥에 누워있던 가스통은 두루루 구르고 있었다. 아차, 큰일 났다. 더 생각할 겨를 없이 나는 화염에 싸인, 뜨거운 폭팔 직전의 가스통을 가로타고 앉았다. 뜨거운 감각이 전신에 확 느껴졌다.

"아, 이제 나는 죽는구나!" 눈을 감으며 이를 악 물고 악 비명소리를 지르며 밸브를 확 틀었다. 팍, 불 꺼지는 소리! 내 귀에는 꽝 하는 소리로 들렸다. 시간이 얼마나 흘렀는지……. 죽을힘을 다해 길 건너까지 도망갔던 사람들, 먼발치에서 나의 사투하는 장면을 지켜보던 사람들이 불이 꺼지자 한참 있다가 "와……" 하고 함성을 지르며 뛰어 들어왔다. 반정신 나가 멍하니 앉아 있는 나에게 다들 엄지손가락을 치켜세우며 "야, 대단하다, 대단해! 정말 대단하다!"하고 나를 둘러싸고 칭찬을 했다. 나를 부축해서 어깨를 주물러 주는 사람, 팔을 만지며 등을 두드려 주는 사람……. 참 몸으로 느끼는 인간미였다. 사람들의 경의에 찬 눈빛을 뒤로 한 채 나는 한 동료직원의 부축을 받으며 현장에서 멀지 않은 약국에 들려 화상 연고로 처치를 했다. 가스 불에 덴 상처의 아픔을 도저히 참을 수가 없어 홀로 차문을 잠그고 평생 처음 소리 내어 울었다.

가스통에 불붙으면 폭발한다는 사실! 그 위력이 중형 폭탄과도 같다는 사실은 남녀노소 누구나 다 알고 있지만 그 위험천만했던 폭발 직전의 아슬아슬하고 급박했던 상황에서 나 자신의 갑작스러운 선택과 행동에 대해 지금도 생각하면 어떻게 그렇게 할 수 있었을까 하는 의문이 생겨난다. 생각할수록 가슴이 섬뜩해진다. 그러나 그 순간에 자신을 이겨나가는 경험을 했기에 영원한 추억으로 남을 것 같다. 짜릿한 이런 추억을 한번 갖는다는 것 또한 행운이 아닐까?

진만(陈漫, 천언만) 약력

필명 자군, 광동 연평 사람, 80년 이후에 태어났다. 대졸 학력이고 중국공산당 당원이다. 현재 하원시 연평현 광업본사 행정실 주임이고 중국 십대 민호 〈중국초근〉문학 잡지사 광동 편집센터 주임이며 광주청년작가협회회원이고 연평현 무상헌혈지원자 홍보대사이다. '중국초근' '하원일간신문' '하원석간신문' '구련풍' 등 각 신문잡지, 사이트 및 대중 위챗에 작품을 발표하고 있다.

도화원에 심취하다

그 붉고 아름다움은

자연스럽게 어우러지고

타고난 인연으로

투명하고 예쁘고 생기가 있는 꽃선녀는

시원한 바람과 봄비를 맞이하고

샘물이 퐁퐁 솟구친 소리와

매미와 새 소리를 들으면서

용맹스럽게 구련 산맥을 거닌다

여기 저기 꽃이 피고
휘돌며 춤을 추 듯 봄기운을 불러일으킨다
꽃밭은
한 잎 자태가 어여쁘다
산처럼 영원히 변하지 않은 맹세로 달콤한 말을 나눈다
꽃씨의 하얀 솜털들이
하나는 하늘에 올라가고
하나는 은하수에 들어간다
빛나고 투명을 그리워하는 레드카펫

꽃 바다엔
매혹적인 향기가 만연해있고
꿈은 그림과 같이 우아하게 퍼져 있다
바람에 따라 사방으로 흩날리다
세상이 평온하다

렌핑 파파라치 连平拍客

당신과 나는 함께 탐구하고
먼 산간 마을에 가서 민속을 이해하고
멀고도 험난한 길에

인생 고락의 순간을 함께 찾는다.

우리는 렌즈로

완전무결하지 못함 중에 완전무결함을 보여 준다

마음속의 매력적 공간에

눈부신 과정이 냉정하게 빛난다

세월이 빨리 지나가고

달력과 함께 흩날린다

날아 흩어진 세월 속에

미래의 시간이란

소리 없는 강물에

도도하고

주저하지 않고 미래로 펼쳐진다

세월은 개구쟁이 요정이다.

몰래 혼자 웃으면서 아름다움과 어깨를 스치고 지나간다

생각에 따라 하늘 끝에 갈 수도 있고

눈앞에 올 수도 있다

초심이 구름, 초원처럼 따뜻하고 평안하다

차동국 약력

룡정시 출신, 연변대학 전과 졸업
재한동포 문인협회 이사
시, 수필 발표 다수

빙판길

대소한 추위까지 가려면 아직도 한 달 넘게 남았는데도 어제는 함박눈을 마구 퍼붓더니 오늘은 새벽부터 시베리아 찬바람이 여과도 되지 않고 몰려왔다. 눈보라가 기승을 부리며 휘몰아치고 한기가 뼈 속까지 파고든다.

한국생활 십여 년 만에 고향에 돌아오다 보니 여러 가지 처리해야할 일들이 줄서서 기다리고 있었는데 모두 신분증을 요구하고 있었다. 요즘은 기차를 타려해도 신분증이 있어야 한다. 그래서 우선 신분증 재발급부터 받아야했기에 아침 일찍 길을 나서보니 엄동설한이 따로 없었다. 더구나 며칠 전에 내렸던 눈이 살짝 녹았다 다시 얼어붙어 어제 내린 눈이 발목까지 푹푹 빠지니 미끄러워 어디를 밟아야할지 몰라 몸 가누기도 어려웠다. 그런대로 뚱기적거리며 버스 정류장을 향해가고 있는데 저 멀리서 27선 버스가 오는 것이 보였다. 저 차를 놓치면 십 여분 밖에서 얼고 있어야 했기에 급히 걷다보니 오른쪽으로 경사진 곳에서 왼발을 내딛다 오른쪽으로 미끄러지면서 다리가 꼬여 땅을 짚을 사이도 없이 통나무가 넘어지듯 넘어갔다. 왼쪽 엉덩이가 찢어질듯 아팠지만 간신히 일어나 절룩거리며 달려가 버스에 올랐다.

때는 출근시간이라 버스 안은 콩나물시루처럼 사람들로 꽉 차 있었다. 나의 흐트러진 거동과 일그러진 추한 얼굴을 읽었는지 옆자리에 앉은 사십대의 한 족아줌마가 자신의 자리를 선뜻 내주었다. 나는 쑥스러운 대로 "고맙다" 하고는 자리에 앉았다. 거동이 불편한 노인이나 애를 안은 어머니, 임신부 같은 승객이 오르면 누구나 앞 다투어 자리를 양보해주는 것이 요즘 연길시내 버스에서 흔히 볼 수 있는 미덕인 것 같다. 나는 속으로 "그전보다 많이 변했구나" 하고 가슴이 뭉클해짐을 느꼈다.

도시변화는 내 눈을 확 트이게 했다. 깨끗한 거리와 고층 빌딩이 숲을 이루어 그전의 모습을 거의 찾아볼 수 없었다. 특히 나라에서 "벼슬을 법제의 울타리에 가두라"는 지시에 힘입어 부정부패는 물론 사회질서가 판이하게 변한 모습들이 비록 날씨는 춥지만 내 마음을 따듯이 녹여주었다.

버스가 공원 다리를 지나고 있었다. 다리 밑 하천 스케이트장과 저쪽 인민공원 스케이트장에서는 제비가 물 차듯 얼음 위를 미끄러지는 모습(여름은 연못으로 변한다 한다)들이 보인다. 주변으로 어린이들이 썰매를 타는 모습도 보였다. 그 눈에 익었던 장면을 보고 있노라니 저도 모르게 추억은 동년시절로 돌아갔다.

　고향의 육도하는 작은 하천이지만 겨울철이면 얼음 폭이 하루가 다르게 넓어진다. 그것은 얼어붙은 빙판위에 겉물이 흘러들고 얼고를 반복하다보니 입춘쯤이면 얼음 폭이 오십 미터도 더 되었다. 방학이면 우리들은 매일 얼음위에서 살다시피 하였다. 외날 앉은뱅이 썰매를 타고 공치기도 하고 스케이트 타고 원을 그리며 노 꼬기도 신바람 났으며 이웃동네 아이들과 아이스하키 경기도 하곤 하였다.

　그날도 얼음위에서 신나게 놀고 있는데 소떼가 기슭을 지나가는 것을 보고 어느 애가 "얘들아 소를 얼음위에 몰아넣으면 재미있어"하고 소리쳤다. 그래서 우리는 소들을 몰아넣으려고 달려가 이리 뛰고 저리 뛰었지만 다 놓치고 겨우 한 마리를 몰아넣었다. 처음엔 몇 발짝 뚱기적거리며 걷는가 싶더니 그 다음부터는 조금만 움직여도 미끄러워 넘어질 수 있기 때문에 오도 가도 못하고 네다리를 쩍 뻗히고 서있는데 후들후들 떨고 있었다. 가뜩이나 큰 퉁방울 같은 눈은 겁에 질려 당장이라도 튀어나올 것만 같았다. 원래 겨울철이면 소 발굽에 철편을 대고 미끄럼방지용 동철 못을 박아 주는데 비용 때문에 부림소한테만 그런 혜택이 돌아가고 그 외의 소들은 미끄러워 빙판에 들어설 수 없었다. 착하고 공부 잘하는 애들은 불쌍해서 못 보겠다며 놓아주자고 했지만 공부는 뒷전이고 못된 장난엔 악돌인 나와 몇 놈의 개구쟁이들은 절대로 놓아주려하지 않고 '재미'를 만끽하면서 얼음지팡이로 쫓기도 하고 건드리기도 하였다. 소는 얼음 밖으로 나가려고 안간힘을 써서 발을 내디뎌보았으나 미끄러워 한발작도 못 움직이고 나중에 힘이 빠진데다 우리가 건드리는 바람에 번디디고 있던 앞발이 미끄러지면서 드럼통이 넘어지듯 "쿵"하고 쓰러졌다. 일어나려고 버둥거렸지만 다시 일어서지 못하였다. 그대로 방치해두면 얼어 죽을 수밖에 없었다. 그제야 우리들은 겁도 나고 후회도 들었다. 때마침 지나가던 어른 몇 명이 간신히 소를 얼음 밖으로 밀어내어 살렸고 우리는 귀뿌리 빠지도록 욕을 먹고 그 자리에서 쫓겨났다.

한국에서 십여 년간 불법체류로 있으면서 어쩌면 그때의 그 철없던 시절의 죗값을 치르지 않았나 생각해본다.

한국 사람들도 이민생활 경험해본 사람들은 "이민생활 자체가 겨울"이라고 한다. 그렇다면 생계를 위해 불법체류하고 있는 사람들의 생활은 어떻겠는가? 그 자체가 겨울이고 또 끝도 없는 빙판인 것이다. 항상 몸보다 가슴이 얼어붙고 찬바람소리가 주위를 맴돌면서 그림자마냥 따라다닌다. 정부는 물론 고국의 동포나 먼저 와서 일하고 있는 동포들도 대부분 시선이 차가웠고 관심 같은 건 티끌만큼도 없다. 조금만 잘못하여도 멸시와 조소를 하고, 심지어 조사받거나 구속당하여 강제추방 당하기 일쑤이다. 그러니 내가 서있는 곳은 항상 빙판길이고 앉아있는 곳은 송곳방석이며 누워서도 발편잠을 잘 수 없었다. 마치 내가 빙판에 선 소와 같다는 생각이 들었다.

잘 살아보겠다는 이유 하나로 한국에 입국해서 3개월 후부터 불법체류자로 되면서부터 '얼음'위에 서게 됐다. 나에게 주어진 일이란, 규모가 잡힌 현장이나 공장 취직은 신분 때문에 엄두도 못 내고 3D업종에서도 제일 열악한 현장에서 영세민 업자 밑에서 일해야 했다. 수당이라도 받으면 그나마 다행이고, 인간성이란 조금도 없는 악독업주를 만나면 실컷 부려먹고도 돈 주기가 아까워 차일피일 미루다가 신고하겠다는 미끼로 수당도 못 받고 나앉을 때도 있었다.

때는 한창 단속이 심할 때여서 불법체류자를 신고하면 포상금을 준다는 소문이 돌고 있었다.

며칠이 멀다하게 대문짝 같은 소식이 실려 나오는데 어디서는 단속을 피해 층집에서 뛰어내렸다가 죽었다는 둥 불까지 질러 자살했다는 둥 소문이 나돌 때마다 손에 땀을 쥐고 일해야 했는데 마음은 항상 추종당하는 범죄자의 심정이었다. 퇴근해서도 단속이 들이닥칠까 발편잠을 잘 수가 없었다. 며칠 전 싱크대 공장에서 일하던 나의 친구는 다른 싱크대 공장의 경쟁업자의 신고로 점심을 먹고 있는데 출입국 일꾼들이 들이닥쳐 애매하게 잡혀가서 '희생양'이 되었다. 그 소식을 접한 나는 당혹감을 감출 수 없어 갈팡질팡했다. 나 역시 다른 싱크대공장에서 일하고 있었으니 언제 날벼락이 떨어질지 모를 일이었다.

어느 한 번 일을 마치고 돌아오는데 숙소 부근에 경찰차가 서있었다. 누가 신고해서 날 잡으러 온 줄로 알고 노루가 제 방귀에 놀라 뛰듯 혼비백산해서 도망쳐 찜질방에서 밤을 새고 이튿날 집에 와보니 아무 일도 없었다는 듯이 잠잠했다. 후에 이웃의 말을 들어보니 경찰차가 지나가다 잠깐 멈추어 있었을 뿐이란다. 며칠 전인가 법무부 인원들이 백주 대낮에 괴한들이 납치해가듯 발악하는 불법체류 동포여성을 강제로 끌고 개잡아가듯 봉고차에 압송해가는 안타가운 동영상을 보고 두려움과 놀라움을 금치 못해 소주 몇 병을 마시고나서야 잠이 들 수 있었다.

그런 와중에도 정부에서는 몇 년에 한 번씩 불법체류자 해소정책을 써서 그들로 하여금 인권의 사각지대에서 빠져나오게 하여 다행이었다. 그러나 이런 저런 여건으로 그런 기회를 놓치게 되는 불법체류자들이 많았다. 나 역시 몇 번의 기회를 놓쳐버리고 이제나 저제나 하면서 다음기회를 손꼽아가며 기다리고 있는데 동포사회에 박춘봉이란 인물이 나타나 토막살인 사건을 저질렀다. 언론계는 물론 전국을 들썩하게 만들었다. 가뜩이나 중국동포들의 이미지가 안 좋은데 동포사회에 먹장구름을 몰아왔다. 색안경을 걸고 보는 일부 보수적인 사람들은 북치고 장구 치면서 갖은 비난을 다 쏟아냈다. 사실 지적으로 정상적인 이민자나 불법체류자들이 그런 일을 저지른다는 것은 상상도 안 되는 일인데도 말이다.

재한중국동포 70만대 1밖에 안 되는 지적장애나 변태심리를 가진 자를 놓고 동포사회를 이러쿵저러쿵하면서 빙판길로 몰아가니 불법체류자인 나도 끝내는 귀향길을 선택할 수밖에 없었다.

지금은 합법체류자가 돼 '빙판길'을 어느 정도 벗어난 듯한 느낌이 들지만, 가끔은 역시 벗어날 수 없는 '빙판길'에 서있다는 오한이 들 때도 있다. 소시적 내가 경험한 빙판에 서있는 소가 나인 듯하다. 예전의 기억은 완전 뿌리 뽑을 수가 없나 보다. 현실에서 차가운 '빙판길'을 만나게 되면 그 기억이 또 업그레이드가 된다. 아마 이는 이민자들이 겪는 똑같은 심리인지 모른다.

그렇지만 나는 오늘도 계속 '빙판길'을 벗어나는 연습을 하고 있다. 이제는 이 땅위에서 미끄러지지 않고 안전하고 확실하게 앞을 내딛고 마음 편히 살아가고 싶다.

천숙 약력

중국 벌리현 교사 출신, 집안 심양 등지에서
사업체 운영
재한동포문인협회 이사, 수필, 시 수십 편 발표

별을 헤아리는 밤

한가한 어느 여름날 주말 저녁, 나는 한강의 산책길을 나선다. 한낮을 뜨겁게 달구던 햇볕이 서산으로 넘어가면서 곧 저녁으로 잇닿더니 대지는 서서히 어둠속으로 들어간다. 부드러운 바람이 무더웠던 나의 하루도 어루만져준다. 여름밤의 바람결은 아무리 쐬어도 싫지 않다.

어둠이 깃든 강변에는 걷기 운동을 하는 사람들이 적지 않다. 여름밤의 저

강도 운동은 스트레스도 없애고 노화를 늦추는 효과 때문일 것이다.

강 건너 강남의 네온사인 불빛은 마치도 하늘의 별들이 그대로 내려앉은 듯하고 물위로 은하수가 쏟아질 듯 걸려 있다. 밤의 황홀한 매력이다.

나는 여름밤을 사랑한다. 어둠속에 독특한 치유가 있기 때문이다. 다 내려놓는 심정이다. 어둠속에서는 생각의 생로병사가 좀 더 확연히 드러난다. 어둠의 정화효과로 머리가 맑아진다. 빠른 속도로 한참을 걸으니 구슬땀이 양볼을 타고 흘러내린다. 마음의 독소까지 다 배출하는 것 같은 느낌이다. 나는 강둑에 멈춰 서서 다시 강물을 바라보았다. 검푸른 어둠속에서 별빛이 강물에 비쳐 황금빛으로 빛난다. 그 별들을 찾아 나도 모르게 하늘을 쳐다보았다. 저 멀리서 북극성이 반짝이고 있었다. 북극성은 어느 하늘아래에서 봐도 늘 그 자리에 있었다.

십 년 전, 어느 여름밤에, 고구려유적지인 길림성 집안(集安)시의 압록강 변에서 우리 호텔을 찾은 교수님 일행들과 별을 헤아릴 때도 북극성은 저 자리에 있었다.

그날, 우리는 플래시를 교편대 삼아 하늘 흑판에 있는 별들을 하나씩 짚으며 별자리들을 찾아보았다. 교수님의 말씀에 의하면 고구려시대부터 왕은 하늘의 운동을 관측하여 백성들에게 알려주었다고 한다. 그 시기는 농경시대였기에 왕의 지시에 따라 밭을 갈고, 씨를 뿌리고, 김을 매고, 열매를 거두었다. 또한 일식, 월식 그리고 화성, 수성, 목성, 금성, 토성의 움직임도 관측하여 이러한 행성들이 당시 국가와 왕의 미래에 영향을 준다고 생각하였다. 하여 천문학을 '제왕의 학'이라고들 하였다. 고구려 도읍지를 그 곳에 정한 것도 별자리를 보고 정한 것이라고 한다. 그래서 705년 동안이란 긴 세월을 지배했

는지도 모른다. (이것은 나의 생각)

우리는 장천1호 분묘(집안시에 있는 고구려시대의 벽화)에도 그려져 있는 북두칠성부터 찾아보았다. 그리고 북극성을 중간에 두고 반대편에 있는 W자 모양의 카시오페이아 별자리를 찾았다. 이어 큰곰자리, 작은곰자리, 그리고 궁수자리인 남두육성, 심방육성, 은하수를 사이에 두고 있는 견우성과 직녀성……. 많은 별자리들을 찾아보았다. 욕심이 부른 카시오페이아 별자리, 신들의 왕에게 당하고 억울하게 곰이 된 큰곰자리와 곰이 엄마인 줄도 모르고 화살을 당겼다가 작은 곰이 된 작은곰자리, 그리고 천황의 명을 어기고 신분이 낮은 목동과 결혼했다가 벌을 받아 일 년 에 한 번씩밖에 만날 수 없게 된 직녀성과 은하수 바깥쪽에 있는 견우성……. 각 별자리 신화는 우리들의 행동이나 동기의 반영을 보여 주며, 더욱 다양한 시각으로 세상을 바라 볼 수 있는 지혜를 만날 수 있게 한다.

그 때 집안시의 압록강 변에서 별이 쏟아져 내리는 밤하늘을 보면서 문득 고구려로 시간여행을 간듯하였다. 하늘세계와의 만남으로 1,500년이란 긴 세월만큼 멀게만 느껴졌던 고구려인과 친숙해진 듯한 느낌이었다.

십년 후인 오늘에는 과거 백제, 조선의 수도였던 서울의 한강변에서 고구려 도읍지의 추억을 더듬으며 별자리를 찾아본다. 세종대왕도 이순지 등을 시켜 '천체관측기구'를 완성하는데 이른다. 만 원짜리 지폐에 세종대왕이 나오는 앞면을 보면 근정전 옥좌 뒤의 병풍그림 '일월오봉도'가 있다. 일월오봉도란 해와 달과 다섯 개의 산 봉오리를 그린 것이다. '일월화수목금토'를 의미한다. 즉 음양오행의 우주를 상징하는 것이다. 만 원짜리 지폐 뒷면에는 '혼천시계'와 조선시대 천문도 '천상열차분야지도'가 그려져 있다. 여기에는 또 이런 시사가 전해지고 있다.

TV 연속극 '세종대왕'을 보면 조선 황후의 가마 속에 이 '천문관측기구'를 숨겨가지고 가다 중국사신의 검문을 받는 장면이 나온다. 그 시기에도 중국 사신이 오면 중국 천자나 할 수 있는 일을 조선이라는 작은 나라에서 하고 있다며 시비를 걸어올까 그러한 기구들을 모두 분해해서 숨겼다고 한다.

별과 인간의 삶은 이렇게 옛적부터 긴밀한 관계를 가지고 있기에 그토록 중요시됐던 것이다. 별이 사는 세상을 보면 우리가 어떻게 살아야 하는지를 알게 된다. 무수히 많은 저마다의 별자리가 있듯이 우리도 저마다의 삶이 있고, 그 삶은 저 마다의 이야기를 만들어 간다. 하늘의 별을 보면, 살아지는 대로 사는 것보다는 하나의 스토리텔링의 관점을 갖고 자신을 바라보며 진심으로 살아야 한다는 것을 깨닫게 된다. 만일 자신을 제대로 어필하고 싶다면 결코 이 스토리텔링이라는 마법의 힘을 무시해서는 안 된다. 그래도 세상에 자신이 살았다는 흔적 하나를 남겨야 하지 않겠는가!

언제쯤일지는 모르겠으나 나는 또 역사적으로 삼국시대 고구려 수도였던 평양의 대동강 변에서 그 어떤 사람들과 하늘의 별자리들을 헤아리면서 삼국시대로 시간여행을 떠날 것이다. 그 때는 삼국시대의 고려인과 또 친숙해지겠지! 거기에는 또 어떤 다른 역사와 신화가 전해올지 궁금하다.

흩어져 있는 별들을 바라보며 오늘날, 우리시대의 경험과 삶의 이야기도 후손들의 경험과 해석을 덧붙여 미래에 그 어떤 별자리로 만들어 질 것이라는 생각에 잠겨본다.

나의 처녀작 수필들을 읽으며

별빛이 내리는 고요한 밤, 나는 사색의 마차에 몸을 싣고 드라이브를 한다. 나의 처녀작 수필들을 다시 쭉 읽어보는 시간을 갖게 된다. 처녀작인 만큼 글의 짜임새가 그리 매끄럽지 못했지만 풀 속에서 피어나는 민들레의 향처럼 순수하게 느껴졌다. 새벽까지 글을 쓰던 그 때의 열정을 생각하면 스스로가 대견스럽게 느껴지면서 살짝 미소가 피어오른다. 지적 욕망을 위해 열심히 독서 필기와 요점정리를 하던 모습이며, 어디를 가나 늘 글과 연관하면서 감상하던 그 시절이 너무도 소중하게 느껴졌다. 그래서 사는 동안 행복한 일 중의 하나는 혼자의 아름다운 추억이라고 했나 보다.

그런데 요 몇 달째 나는 글쓰기도 손을 놓고, 예전에 적극적으로 다니던 단체모임에도 나가지 않는다. 그 것은 내가 꿈꾸던 일이 한때 피었다가 지는 목련의 운명처럼 부딪치고 사라지면서 생기와 열정도 어디론가 사라져 버렸기 때문이다. 몸과 마음을 쉬면서 독서와 산책으로 나의 모든 것을 대신하였다. 어쩌면 그 속에서 또 다시 나를 찾을 수도 있으리라고 믿고 싶었다. 나를 응원해주고 도와주신 이들에게는 미안한 생각이 들었지만 나의 실패한 모습을 다른 사람들에게 보이기 싫었던 것이다.

책과 산책은 나를 위로해주었고 어디서부터 무엇이 잘못되었는지를 지적해

주는 듯하였다. 인생은 선택이었다는 것도, 어떤 일을 하든지 간에 잘못된 동기를 조금이라도 깔아서는 안 된다는 것도, 꿈은 꾸되 너무 황홀하게 꿔서는 안 된다는 것, 그리고 일을 시작하기 전에 그 분야의 전문가 정도까지는 아니라도 일정한 지식과 경험을 많이 쌓아야 한다는 것을 뼈저리게 느끼게 하였다. 그 동안 '삶에 대한 태도'와 나의 경제 관리에 대한 반성을 하게 되면서 환상적인 꿈에서 헤어 나오도록 도와주었다. 어두운 외길에서 나는 삶의 진실을 만나게 되었다. 우리가 사는 공간에는 물건을 가두어 인공적인 조명을 쏘는 쇼윈도의 빛도 있고, 하늘에서 스며드는 신선한 자연의 빛도 있다. 나는 독서를 통해 내 마음을 비추는 쇼윈도의 빛을 받았고, 자연의 빛을 받으면서 다른 질서를 보기 시작하였다.

독서를 하면서 내 마음의 병을 스스로 진단해보았다. 성공한 사람들의 실패 사례들에 비해보면 나의 좌절은 아무것도 아니었다. 상처 받지 않은 삶이 오히려 두렵다는 데서 위로를 받고 분발의 힘을 얻는다. 아픈 마음은 우선 스스로 보듬어 주어야 한다는 도리를 깨닫게 된다.

산책길에 나서니 눈앞에 펼쳐진 자연은 난생처음 본 것처럼 너무도 아름다웠다. 바람에 살랑살랑 고개를 젓는 키 낮은 꽃들과 작은 풀들은 정겹고, 선하고, 생생하고 아름다운 모습이었다. 나는 속상했던 일을 금세 잊어버렸다. 무거운 생각들이 바람에 사라져버렸다. 그래, 내가 보는 것이 풀과 꽃, 나무가 전부다. 자연은 나의 정원이었고, 나의 열정이었고, 나의 연인이었다. 나는 자연과 아무도 눈치 채지 못하는 친밀한 교분을 가졌다. 자연과 대화를 나누고 속삭이기도 하고, 포옹하면서 예쁜 꽃들에게는 키스를 아끼지 않았다. 그들은 때로는 사람들에게 밟히기도 하지만 비관하지 않고 살아가고 있었다. 그리고 때가 되면 내려놓을 것을 내려놓을 줄 안다. 또한 모든 사람들의 즐거움도 슬픔도 쓸쓸함도 편차 없이 다 받아준다. 그 동안 내면의 자아를 드러내지 못 한 채 표면에 숨어서 살아온 듯한 자책감에 머리 숙여졌다.

자연 속에 있노라니 언젠가 읽었던 시 한수가 떠올랐다.

잃은 것과 얻은 것
놓친 것과 이룬 것

저울질 해보니
자랑할게 별로 없구나

내 아느니
많은 날 헛되이 보내고

화살처럼 날려 보낸 좋은 뜻
못 미치거나 빛나갔음을

하지만 누가
이처럼 손익을 따지겠는가

실패가 알고 보면 승리일지 모르고
달도 기우면 다시 차오르느니

나에게도 잃은 것이 있다면 얻은 것도 있으리라. 진정 별로 자랑할 게 없지만 치열한 삶의 현장에서 현실사회를 좀 더 깊이 이해하게 되었고, 문화적 차이의 측면들을 찾는 과정에서 그에 대한 소통의 방식도 연구하며 배울 수 있었다. 그 것은 앞으로 똑 같은 일을 하지 않아도 글로벌 시대에 적용되는 것이다.

실패는 고통뿐이 아니었다. 진정한 삶의 진리를 깨우쳐 주고 앞으로 살아갈 방향을 제시해주기도 한다. 그래서 환멸과 슬픔과 쓸쓸함 또한 우리의 생을 살게 하고 보다 높이 들어 올리는 힘이라는 것을 어렴풋이 느끼며 다가올 아름다운 여름을 맞이한다. 나의 식었던 열정도 처녀작을 쓸 때의 열정처럼 다시 타오르기를 기원하는 마음으로……

최미성 약력

중국 길림성 룡정시 출생, 재한동포문인협회
회원, 현재 고려대 현대문학 박사과정.
2004년 '장백산'에 처녀작 시 '정' 발표.
2007년 시평론 '23자의 매력'으로 연변문학
'윤동주문학상평론부문 신인상' 수상

막히는 도로 정보

고속도로를 질주하던 시간들이
문턱에 걸려 넘어질 듯 휘청-합니다

편도 5차선이 생선마냥
도마 위에 놓입니다 뭉텅. 뭉텅.

1단지 2단지 3단지……
충혈 된 눈빛들이
단지들을 훑고 지납니다

어깨 나란히 댄 승용차에서 각기 내려
담배를 맞대는 투기세력이
도로분양 호황기를 이끌어냅니다

택시 뒷좌석에서 생애 첫 보금자리 꿈이 깊던 아저씨는
미터기에서 수시로 치솟는 땅값을 통보 받으며
엉덩이를 자꾸만 들썩거립니다

비좁은 골목길을 뺑튀기 들고
첨벙첨벙 뛰어드는 아저씨의 목구멍은
도심의 소용돌이만큼 분주합니다

늦가을 찬바람같이 문 틈새를 비집는 불청객 앞에서
주택내부구조만큼 다양한 얼굴들 너머
훌쭉해진 부엌이 전화를 걸어옵니다

-밖에서 먹을까
-그래, 밖에서 먹자, 밖에 나가서,
먹자.

어쩌다

어쩌다 밴드의 공연이 시작되었다

검은 가닥 듬성한 백발머리 속에서
맑은 선율 한줄기 더듬어내는 할아버지

악기가게에서 다하지 못한 흥정의 아쉬움을
활에 얹어 어깨에서 끌어내리는 아주머니

삶의 밑층에 깊숙이 가라앉은 자신감을
펌프질하여 목구멍으로 끌어올리는 아저씨

매끈하게 조여지지 못한 활의 언어로
비비고 파고 거침없이 들어오는 이국 새댁

이들은 어쩌다 이 자리에 와있는가
나는 어쩌다 멍하니 이들을 마주보고 있는가

어쩔까 어쩐다 어쩌지
묶여있던 망설임들이 빠져나가는 길목에
꽃숲이 너울거린다

나라는 나무에도
꽃잎이 흩날리고 있다.

멜랑콜리

너비의 확장은 질주를 강요한다
뒤꽁무니 바짝 쫓는 무리를
이리저리 피해보아도 도로 위에는
그저 파도처럼 몰려오는 속도뿐
덜컹거리는 바퀴와 벗겨지는 신발 뒤꿈치가
한 눈 파는 마음을 철썩 후려친다

로켓마냥 엔진을 가동하는 고층빌딩

달로 별로 솟아오르는 창문들 클래식한
여백 사이로 은하수처럼 한강이 비껴 흐르고

허리 휘도록 거리의 리듬을 따는
나는 재즌지 록인지 팝인지의 멜로디
한 소절이 되어 밀물 썰물에 떠밀리고 휘말린다

빛처럼 지칠 줄 모르는 나의 무게를 짊어지고
짐꾼처럼 따라와 주던 헌신적인 그림자가 있었다
창밖으로 쏟아지는 불빛들의 현란한 각도는
그림자의 감정을 바꾸어 놓았고
가라앉는 무게를 부둥켜안고 나는
그늘만 우거진 섬이 되어간다.

최세만 약력

중국 흑룡강 출신, 동북아신문 객원기자, 칼
럼니스트.
칼럼, 수필 수십 편 발표.

멀리와 가까움의 희비(喜悲)

사람과 사람지간에 상생과 어울리며 지내는 것도 일종의 학문이다. 이것을
잘 해결하기는 그렇게 쉽지도 않다. 사람 대함에 있어 감정거리를 멀리쯤 하
면 차가운 사람으로 낙인찍히기 쉽고, 지나칠 정도로 다가 서서 섬세하고 쫀
쫀한 관심을 가지며 살갑게 대하면 정과 원(情和怨)이 동시에 몰려온다. 학
식이나 자격이 넘치는 사람의 멀리쯤 하는 냉정한 태도는 교만스럽고 정나
미 떨어져 보인다. 그래서 '명인'이나 일반인이 익숙하거나 초면인 사람에게

냉랭한 태도, 정열적인 태도는 좋든 나쁘든 말밥에 오르기 마련이다. 거만하다는 둥, 붙임성 좋고 인간적이라는 둥, 가볍고 경박하다는 둥 별의별 잡음이 다 들린다. 멀리쯤 서서 보면 더 좋아 보이는 사람이 있는가 하면 가깝게 다가 갈수록 실망스럽고 역겹게 느껴지는 사람이 있다. 이것 역시 인지상정이 아닐까.

'고슴도치법칙'에 관한 서방 우화가 떠오른다. 아주 매서운 겨울날, 두 마리의 고슴도치가 서로 온기를 취하려 한다. 처음에는 가깝게 몸을 밀착시켜 체온을 유지하려다가 서로의 몸 가시에 찔려 피투성이가 된다. 그래서 자세를 고쳐 최적의 거리를 두었다. 그러니 상호간 온기를 주면서 상대방을 보호할 수도 있었다.

사람과 사람 사이도 가까워지면서 사랑을 할 수도 있고, 오해와 미움을 살 수도 있다. 오히려 거리를 두고 지켜 볼 때 미각(美覺)을 주는 일도 가끔 발생한다. 7년 전 한국 오기전만 해도 나는 한국을 민주와 자유, 문명, 경제 강국으로 믿어 왔다. 그것도 한국 브로커한테 인민폐 6만 위안을 떼이고서도 말이다. 그런데 한국에 와서 직접 눈으로 보고 체감하면서 내 고유 인식에 금이 실리기 시작했다. 개인 인간관계를 떠나서 일국 경제를 말 할 때, 한국은 중국동포들에게 경제이익을 주는 고마운 나라다. 언론인권 자유 시스템 가동은 세계 일류에 속한다. 그런데 적지 않은 사람들이 언론자유 개방 편의를 이용하여 언론매체에 격한 분노를 분출해대는 점은 참으로 유감이다.

SNS, 트위터, 페이스북의 댓글을 살펴보면 실로 가관을 이룬다. '진보', '보수' 할 것 없이 상대방을 공격하는데, 누리꾼들의 어떤 댓글은 정말 소름을 끼칠 정도다. 또 어떤 '쌍욕'은 아주 재미있게 묘한 말로 야유적으로 토해 내는데, 나 혼자 웃음을 참지 못 할 때도 많다. 상스러운 댓글, 사실과 왜곡 된 보도기사는 '동방예의지국'이란 대한민국 이미지가 무색할 정도이다.

전번 동포사회를 강타했던 영화 '청년경찰'은 재한중국동포들에게 '중형폭탄'을 날렸다. 그것으로 동포들의 항의시위가 빈발하고 있다. 영화감독, 제작진이 동포들에게 좀 더 인간적으로 다가 가서 조사연구를 했더라면 동포들의 가슴에 대못을 박는 그런 일은 일어나지 않았을 것이다. 한국인이 중국(사드배치 반대)과 조선족동포간의 멀어진 감정거리가 이런 부당한 일을 조작시킨 것은 아닐까. 조선족 가운데도 중대 범죄행위, 위법행위를 저지른 인간들이 있다. 그렇다고 전체 동포밀집구역을 '범죄의 소굴'로 보는 것은 천부당만부당한 일이다. 절대다수 동포들은 착하고 한국법률을 지키면서 열심이 일해 재산을 축적하고 있다. 실지 한국인이 사랑의 마음을 가지고 동포사회에 접근하면 동포사회의 다른 진지한 모습도 발견 할 수 있다.

'무서움'도 생기고, 속으로 미워지기까지 한다. 그렇다 하여 '문자폭력', 언어공갈을 보고 너무 기가 죽고 한탄할 필요까지는 없다. 기차역에 가면 세상은 여행하는 사람으로 꽉 차 있는 것 같고, 병원에 들어서면 환자들로 득실거리는 것 같고, 화장터에 가면 세상이 죽어가는 사람으로 메이는 것 같다. 댓글 바다에 들어서면 악플도 무지무지하게 많을 수 있는 게다. 그렇다고 전체 한국사회를 부정하거나 미워하고 싶지는 않다. 그래도 정의를 주장하는 네티즌들이 훨씬 더 많다고 본다. 좀 더 갇힌 공간에서 벗어나 넓은 범위 내에서 한국인과 접촉하다 보면 거기에는 정이 많은 사람, 정의를 주장하는 사람도 많다.

계속 멀리에서 기분 좋게 바라보았던 한국인을 가까운 거리에서 보아도 문명하고 세계일류 우수민족이구나 하는 감탄을 자아내게 해 주었으면 하는 바람이다. 아울러 차분한 마음, 사랑의 마음을 가지고 '고슴도치법칙'처럼 최적의 거리를 두면서 인간을 바라 볼 때 이 세상은 그래도 살맛이 나는 것이다.

하주현 약력

시인, 문예사조 2016.9월호 시인등단
2016년 문예사조 제27회 문학상 우수상 수상
전韓中연예인클럽 2대회장, 現글로벌가족
지원연합회 회장, 韓中연예인예술단 회장
사단법인 특별경호총연맹 수석부회장, 문예
사조 편집위원회 이사

독백

당신 귀에

새 우는 소리가

들리면

당신을 그리워하며

보고 싶어 하는

내 영혼의

목소리인줄 아세요

시와 수필 동인 · **389**

또한
아침저녁으로
선선한 바람이 불면
당신의 볼을
간지럼 태우고 싶어 하는
어느 순수한 영혼의
소유자
나인줄 아세요

또한
청명한 가을 하늘에
흰 구름이 떠가면
당신과 함께
여행하고 싶어하는
연꽃 닮은
사람의
마음인줄…
꼬옥 아세요

그대를
그리는 어느 사람이

오늘도

하얀 백지 위에서
높은 창공을 향해
비상하는
꿈을 그리고 있다

희망

저 하늘
위로
구름을 가르며
찾아가는
나의 비상

뭉게뭉게
떠도는
구름밭은
어찌도
하얀지

눈부시기까지

방긋 웃으며
미소 지으며
만개한
흰 꽃은
마치
순백의 천사 같다

이에
비상은
꿈을 싣고
더 높고
높이 비상한다
더 맑고
투명한
순백을 찾아

그리고
희망을 찾아

2017.03.26일
제주-서울행 비행기 안에서

허순금 약력

시인, 재한동포문인협회회원, '문학동인시와
이야기' 회원
2016년7월 동포문학 신인상 수상
시, 수십 편 발표

눈을 쓸다

까맣게 타는 가슴
목메이던 기다림

희미한 미소로 토해내며
한 번도 기다려본 적 없는 사람처럼

한 번도 아파본 적 없는 사람처럼

장대비 들고
쓱싹쓱싹
눈을 쓴다
쓸고 쓸고 또 쓴다.

빗자루 지날 때마다
내 맘이 내려앉아
하얀 눈이 금새
시커멓게 변한다

올 겨울……

나는
무지 아팠다

수평선

물과 하늘은 같은 색깔이다
서로를 당기는 흡인력

그것을 이어주는 수평선

예쁜 인연의 끈으로 곱게
하늘과 바다를 하나로 꿰맸다

하늘과 물이 맞닿아
한 몸인줄 알았더니
다시 보니 경계가 그어져
온 몸으로 통곡하며
바닷물은 눈물에 젖을 수밖에

먼 곳에서 보면 나란히
한 몸으로 엉켜있는 듯 하지만
가까이 다가가 보면
하늘은 구름을 안고 저멀리
그 거리가 십만 팔천리

파도는 오늘도 그 경계를
지우기 위해 힘찬 몸부림과
울부짖음을 토한다

그림자만을 남기고 싶지 않다고
온 몸을 다 바치고 싶다며
밝았던 하늘 얼굴에 눈물 번질 때

짙은 안개 뽀얀 장막 속에

수평선 서서히 흐려지면
안개는 하늘로 오르고
빗물은 바다에 내린다

소나무

1

한 계절 넉넉히 흔들리다
연지곤지 찍어 바르고
가을바람에 잎사귀
시집보내는 활엽수한테
비옥한 토양 묵묵히 내어준다
너는

척박한 땅에 밀려나
삶의 벼랑 끝에 이르러도
초록 꿈으로 엮어 만든 삿갓
회오리바람 불어올수록
갓끈 단단히 묶으니

사시장철 변함없는
군자의 모습 의젓하기
그지없어라

2

더러운 세상 향한
삿대질인가
아니면 썩고 썩은 세상
향한 아픈 침질인가
온 몸의 신경줄
편히 놓을 날이 없어라

바람의 손길도 부드러운 날
따사로운 봄의 교실
온 천지에 노란 분필 가루
흩날리며 꿈을 키워준다
무수한 꽃꿈 팝콘처럼 터진다

세상이 소란스런 날
무언의 종은 우렁차게
세상 벽에 부딪혔다가
더 큰 메아리로
심장을 찌르는데

종은 누굴 위해 울려야 하는가
부지런한 다람쥐와
먼 곳에서 온 상모솔새
향기로움 챙겨가네

3

숲에 살면서
숲이 그리운 날이 있단다

춘하추동 한 자리
허리 굵어지는 나날에
부는 바람에 덩실덩실
어깨춤만 있었겠는가

삶의 굽이굽이 궤적마다
눈물보다 진하고
피보다도 진한
아픔의 멍울멍울들
진한 솔 내음 송진으로
몸속에 그들먹이 쌓인다

그 몸을 베고 쪼개보라
그리고 치익 성냥을 그어봐라

타닥타닥 불똥 튕기며
일어나는 뜨거운 정열,
정녕 그대는 보았는가

4

삶은 크나큰 시련을 주었고
시련 속에 바위처럼 단단해진다네
고고하게 삿갓 눌러쓰고
오늘도 여유로운 맘으로
세상을 휘둘러본다네

너 죽은 뒤 그 발치에
실금들이 나 있으면
나 서슴치 않고 찍어보리라
땅속에 묻어둔 복령,
그것이 바로 너의 사리일 것이다

허인 프로필

본명 허창렬. 시인, 평론가. 기자, 편집 역임.
재한동포문인협회 평론분과장
동포문학(5호) 대상 등 수상 다수

갈대 2

슬퍼는 하되
상처 입지를 말고
즐거워는 하되
음탕으로

흐르지를 말자!

오늘도

진실의 눈꺼풀

뒤집어 보면

너와 나의 아름다운

속셈에서는

살기가 번뜩인다

생활은 얼마나

안일한

우리들의 自慰속에서

영위

되어왔던가?

난 오늘도 뿌리 뽑히지 않은

한포기 작은 풀,

바람에 지친 몸 서걱이며

마디마디

울음으로 새 숲을

이루었다

난 해의 장막에 길게

드리워 진

저기 저 낯설은 세월의

그림자가

절망이고 전생에

호수를 너무

사랑했던 죄일 뿐

하이에나의

슬픈 눈동자를

꼭 빼 닮은

저 밤하늘 별들의 우렁찬

맥박소리를

듣지 않으려고

산은 매일 왔던 길로

집으로

다시 돌아가고 있다

어둠은 내 갈비뼈가

뽑혀 나간 자리

혈흔의 진통 속에서

소금꽃이 하얗게

고독으로

피어올라 선의(善意)의

눈망울을

곱게 닦고 있다

아직도 뼈마디가
아프신가?
창문을 열면
하늘이 입 다물고
창가에
내려앉으려니

어리숙한
갈대는
슬퍼도 마디마디
진심으로
가을이 그리워
운다……

시가 늙어 갈 곳이 없을 때 3

시가 늙어 갈 곳이 없을 때
가끔이나마 멍하니

먼 하늘을 쳐다보아라
텅 빈 듯이 꽉 찬
저 가을 하늘에 까마귀
울음소리 요란할 때
우리들이 가끔 아무런
이유도 없이 슬픈만큼
시도 때때로 외롭고
서러웁거늘 또 옹근 하루를
영감(靈感)이 뜬눈으로
지새우고 있음을
가슴 깊숙히 가직하자
랭보며 보들레르. 말라르메며
보를레보다 훨씬 더 늙은
현대시가 이 가을에 돗자리
펴놓고 풍악 울릴때
우리는 살아 온 만큼은

아닐지라도 자성의 채찍으로
오만과 시건방을
난타질 하자! 입술이 붉은
저 싱싱한 꽃잎도
찬바람에 우수수 흩날릴
그런 날이 있거늘
시가 늙어 더는 갈곳이

없을때 우리는
우리들의 작은 가슴에
작은 구멍을 하나 뚫어놓고
맑은 하늘을
잠시 옮겨다 한 조각씩
희망으로 심어놓자!
저 하늘이 늙어 갈수록
눈빛이 예지로
반짝이는 날 시는 비로소
또 누군가의 메마른
가슴에 한포기의 새싹으로
뾰족뾰족 다시 돋아나리

서러운 별

내 본시 저 하늘의
밝은 별이었다가
엄마의 오이냉국이 그리워
누이의 크레용 태양이 그리워
한자깊이 가슴을
시원히 갈아엎고 봄이면
씨앗 뿌리는
아버지의 시퍼런 보습날이
그리워 이 세상에
한 점의 이슬로 찾아왔노라

올 때는 울며 왔더라도
갈 때면 웃으면서
저 하늘로 돌아가리
본래 검은 색이었다가
본래 푸른 색이었다가
흰색에 소스라치게 놀라
곱게 차려 입은 한복

태양을 채칼로 치어

오이냉국에 버무려놓고

누이의 발그레한

얼굴만큼 수집은 별들을

송송 칼로 썰어

장국위에 다시 띄워놓고

아버지와 얼큰한 막걸리

한잔씩 나눠 마시며

나머지 인생 즐기다 가리

내 본시 저 하늘의

밝은 별이었다가

옷깃을 스친 지난 인연들이

그리워 이 세상에 다시 왔노라

잘 다슬어 번쩍 번쩍

빛나는 구리빛 얼굴

혼백마저 하아얗게

색 바래여가는 그날까지

단군인지 땅꾼인지도 모를

겨레의 아들 농부의

후손으로 한평생 순박하게

살다 가리

호길(湖拮) 약력

본명 호수근(胡水根), 1975년 출생, 중국 강서사람. 강서성작가협회 회원. 작품 국내 〈녹풍(绿风), 〈남창문예(南昌文艺)〉 등 문학지에 작품 육속 발표, 〈2014년 시가/산문백가정선(百家精选)〉 등에 수록, 소설 〈인향차구차(引响叉口叉)〉 등 발표

석양이 무색하다

나의 손끝에는 반복되지 않는 기적이 얼어 있다
석양은 서쪽으로 지고, 흙담은 기울어졌다
점점 멀어지는 전설이 먹향에 심취하다, 지혜가 신비롭다
물고기 한 마리가 헤엄쳐 가는 방향에 꽂혀 있다
벽에 비친 깃발은 그림자처럼 희미하다
다정한 장류가 한 호수에 출렁이는 미소를 지었다

지난 일은 연기와 같다. 보잘 것 없는 먼지가 몸에 기대다

얼룩얼룩한 육수는, 온화한 옛말이 녹아 있는 기억이 있다
피망의 내색이 침식하는 말발굽
늘어져 있는 마음은 무심코 한해 동안의 수수께끼를 치를 수 있
을 것이다
마구 달아 올린 음부는 불운한 연기를 하지 못한다
산비탈의 갈망은 점차 덮여있는 낮음을 알아 맞히지 못한다

전혀 마음에 들지 않는 등은 조금씩 주름살에 푹 젖어 있다
푸른 이끼는 작은 우산을 움켜 쥐고 항아리 속의 성벽을 기어
오른다
벌써 한해의 물보라를 마셨다. 석양이 무색하다
생명 소리, 할머니의 눈가는 동강의 별빛을 주무르고 있다

산림을 일소하다

어획을 치다. 편안하게 합주하다. 바람 맞는 미식.
이빨을 집어 들고, 점점 들어오는 걸음으로
레일을 따라 뻗는다.
의식의 틈을 스쳐가다. 새가 큰 입을 벌리다.

작업의 순서는 한 가닥의 달빛을 조각할 수 있다.
삼베로 만든 대나무.
사색적인 눈에서 점점 어려워졌다

사판은 남은 것을 남겨 두었다, 꿈속의 자세
아직도 팅팅 하고, 밀림은 풀어놓고, 푸른 풀은 찢어졌다
시공간에 조인 등뼈, 아침 이슬이 살짝 걸쳤다
이 溪畔 장조에서 부활을 살짝 徐风적으로 바꾸어
이 향상 된 골수 확장 일치가 텅 비어 있다

습지. 세계적인 도원. 탈바꿈한 푸른 녹색
머리와 꼬리를 흔들면, 몸에 좋은 일이 많다. 비파가 잡혔다
귓가에 아귀를 둘러치다. 겹쳐 놓다. 한단의 술
왕성한 모양 수군거리를 1타차로 쫓으며 침체 느낄 수 있게
허상의 진실인가. 강력한 자연스러운 마음을 움직였다

긴 다리로 픽썬 더했다. 나와 새와 벌레와 음영하다
나는 사람의 불꽃놀이를 목구멍으로 막았다.

홍연숙 약력

중국 흑룡강 이란 출생. 현재 한국 울산시 거주
재한동포문인협회 회원

시를 삼키는 여자

그 많은 세월의 갈피에서
그 많은 인생의 잔뼈들을
삼키고도
늘 허기진 모습으로
여자는 쓰디쓴 인생마저 삼켰다

온갖

슬프고 괴롭고 아프고 고달픈

삶의 토막들이

살이 되고 피가 되고 뼈가 되더니

어느날부터인가 여자는

꾸역꾸역 토하기 시작했다

그 많은 세월들이

그 많은 인생들이

세상살이의 토막들이

시가 되어 쏟아져 나왔다

눈물을 닦고 이제

여자는 또

새로운 시를 삼킬 것이다

지금까지 해왔던 대로

그것이 시가 되지 않는다하더라도

大昭寺의 벽화

大昭寺,

불교 최고 무상의 자리에

손톱발톱 다슬며 살아온 세월

1,350년 동안 그 인고의 무게를 이겨내며

피비린내나는 난사의 향을 태우고

오장륙부를 그을리며

참아온 그 지혜로움

지금 우리는

그 옛말을 듣고 있다

역사를 매만지고 있다

세상 점점 멀어져 가고

세상 점점 가까워 온다

아버님 사랑

"아버지~~저예요, 맏며느리 연숙입니다~~~"

"오~누구라고? 그래~ 알았다~전화 빨리 끊자~돈나간다~"

"뛰~뛰~뛰~뚜뚜뚜-······"

아버님과의 통화다. 이제는 귀가 어두워져서 통 듣지를 못하신다. 불쌍한 우리 아버님!

내가 아버님을 처음 뵈었을 때는 18살이었다. 그때 한살어린 남편하고 시집으로 놀러 갔었는데 아버님은 책상 위에 턱 걸터앉으셔서 그냥 싱글벙글 웃기만 하시는 거였다. 이마에 피도 안 마른 녀석이 연애한답시고 여자 친구까지 데리고 다니는 꼴이 여간 기도 안찼겠지만 그냥 웃어주는 그 인자함이 생생히 첫 인상을 남기셨다.

결혼하고 우리는 따로 살림을 차렸다. 아버님은 시간이 날 때마다 우리 집 마당을 한 번씩 쓸어주시고 가셨다. 촌 동네다 보니 볏짚이며 나뭇잎이며 바람에 무더기로 날려 와 마당을 어지럽혔지만 우리 내외는 학교에 출근한답시고 그냥 방치해버렸다. 아버님은 그냥 오셔서 잔소리도 할 법만 하신데 아무 말씀도 하시지 않으시니 되려 더 미안하고 그 후부터는 명심하고 마당을 깨끗이 쓸었다. 참 우리 아버님만의 특별교육법이다.

선천성 심장병을 앓고 있던 남편은 애가 돌이 지나자 더 심해졌다. 부득불 수술하지 않으면 안 되었다. 병원까지 오셨던 아버님은 농사일이 바쁘다면서 다시 집으로 돌아가셨다. 그때 울면서 싸인을 하며 어린 마음에 아버님을 많이 원망했다. 지금에 와서 생각해보면 참 철이 없었다. 농군의 생명이 농사인데……또 남편의 수술비용은 전부 대출을 받은 것이라 연말에 쌀을 팔아야만 갚을 수 있었으니 말이다. 자식을 수술대에 눕혀놓고 논판에서 헤매는 부모마음 오죽했겠냐 말이다. 그날 아버님은 논판에서 땅을 치며 통곡을 하셨단다.

남편은 수술하고 집에서 휴양했다. 그때 나는 개인유치원을 꾸렸고 3살 된 애를 업고 다니는 것이 여간 힘든 것이 아니었다. 마침 늦가을이라 터전에 심어놓은 채소들도 거둬들여야 했지만 시부모님들도 가을하러 다니느라 미처 우리를 돌볼 겨를이 없었다. 그런데 남편은 하루하루가 지겨우니 심심풀이로 마작하러 다녔다. 속이 뒤틀려버린 난 퇴근하자 짜증이 났다. 늦게야 털썩거리며 들어서는 남편한테 몇 마디 잔소리를 했다. 그날따라 돈을 잃었던지 남편은 대뜸 화를 내며 차려놓은 밥상을 뒤집었다. 난생 처음 당하는 일이라 너무나 당황하고 억이 막혀 그냥 애만 둘쳐업고 친구네 집으로 가서 하룻밤을 샜다. 밤새 생각하고 생각하니 억울한 것뿐이고 혼자 뻐득거리며 살아야 하는지가 바보스럽고 아닌 것 같았다.

아침에 일찍이 일어나서 나는 학부모님들에게 사과드리고 유치원을 그만뒀다. 그리고 친구네 집밖으로 문을 잠그고 안에만 박혀 종일 바보생각만 하고 있었다. 그런데 글쎄 아버님이 찾아 오시지 않았겠는가. 아버님은 남자들은 30살은 가야 철든다면서 조금만 참아달라고 사정하셨다. 들어오시지도 못하고 창문에 서서 아들의 잘못으로 용서를 비는 아버님……

어느덧 세월이 흘러 우리도 한국에서 십여 년을 살았다. 아버님은 맏아들이 사는 모습도 궁금하고 보고 싶었던지라 오시겠다고 연락 오셨다. 둘이 맞벌이 하고 또 방도 코딱지 만한데 오시겠다고 하시니 크게 달갑지는 않았지만 맏며느리로서 내색은 못하고 심드렁해 있었다. 아버님은 원래 가만히 못 있는 성격인지라 오시자 강에 나가 낚시로 고기도 잡아오고 강 언덕에 나가 씀바귀며 민들레며 캐다가 깨끗이 손질하고 밥도 해놓으셨다. 나도 자신의 소심하고 불효했던 마음에 반성이라 하려는 듯 쉬는 날이면 아버님과 함께 영화 구경도 가고 외식도 하고 나물 캐러도 함께 가면서 좋은 추억을 만들었다. 그렇게 지내다보니 3달이란 시간도 어영부영 흘러가 버리고 아버님도 집으로 돌아가실 때가 되었다. 아버님은 떠나는 날에도 새벽에 나가 나물을 한가득 캐어놓으시고 깨끗이 다듬어 놓으셨다. 또 가시기 전에 나를 꼭 안아주시면서 고생이 많다며 몸도 돌보면서 일하라고 신신 부탁 하셨다. 아버님이 가시고 난후 냉장고를 정리하는데 안보이던 하얀 플라스틱 통이 눈에 띄었다. 통 안에는 잉어고기들이 깨끗이 손질되어 소금물에 빨갛게 절여져 있는 거였다. 순간 아버님이 매일 낚시를 하셔서 화장실벽에 고기비늘이 늘 붙어 있는 것이 싫었던지라 그만 잡으라고 했던 기억이 났다. 아버님은 내가 출근 한 다음에 고기를 잡아 절여놓고 화장실 청소를 매일 깨끗이 했기에 난 아무런 낌새도 느끼지 못했던 것이다. 순간 몰려오는 참회의 감정들이 눈앞을 흐렸다. 그 좋아 하시는 낚시도 편히 못하시게 한 내 자신이 너무나 얄미웠고 아버님의 깊은 사랑에 감동과 부끄러움이 겹쳤다. 미안해요, 아버님…….

이렇게 자상 하시고 인자 하신 아버님이 지금 많이 아프시다. 뇌경색으로 기억력도 점점 없어지고 뇌의 지능도 점점 떨어지신다. 그 동안 우리들이 못다 한 효를 보상하는 기회를 주시는 것 같다. 아프시면서도 끊이지 않는 아버님 사랑이여…….

저 바다가
제 아무리 허연 거품 물고
괴성을 지르며 달려와도

아버지는 거들떠 보지도 않는다

저 바다가 토해놓은 자그마한 몽돌에

저 웅장한 바다가 외면 당한다

무엇일까

아버지의 손에 담긴 일곱 알의 까만 몽돌

바다는 알 수가 없다

저 바다는

알츠하이머를 알 수가 없다

아버지도 넓은 바다였다

삶의 모든 것을 감내하고 품었던 바다였다

자식들의 고충과 행복을 감싸 안은 바다였다

지금

바다는 마르고 있다

시리고 아팠던 가슴을 쪼이고 있다

평생 짓누르던 바위도 말라 부스러져가고 있다

모든 기억들이 꼬닥꼬닥 쪼그라져 박제가 되어가고 있다

얼마나 힘드셨을까요?

얼마나 아프셨을까요?

저 새카만 일곱 알의 몽돌이 바다였던가

아버지의……

  강물처럼 한쪽으로만 흐르던 사랑이 이젠 역류할 때가 된 것 같다. 아버님의 기억이 사라지기 전에 많은 추억을 남겨주고 싶다.

해암 약력

본명 황해암. 중국 길림성 서란 출생 ,1988년
하얼빈 〈송화강〉에 처녀작소설 〈오월〉 발표
길림시 〈도라지〉문학지에 시/수필 수 편 발
표, 2016년 7월 〈동포문학〉 우수상 수상
현재 재한동포문인협회 시분과장

결계

눈을 감으면 경계가 흐려진다.
기억의 문고리는 닳아 떨어지고
그리움은 파랗게 녹 쓴다.
눈 뜨면 시간이 멈춘다.
속눈썹에 묻어나는 너의

모습들
휴대폰 속에

피어나는 너의 얼굴
설레는 가슴속에 깊이 묻혔던
시간의 도화선
겨울 입술의 푸른 입김 속으로
병 든 새벽이
노랗게 싹튼다.

부르다 찢어 질 슬픔아
노래하다 흩어 질 영혼아
울리다 깨질 종아
하얗게 질식한 창포의 넋아

잘 있어라 길섶의 풀들아 꽃들아
기약 없는 욕망들아
그리고 미소 짓는 가식들아

잘 있거라

기침의 계절

공차는 아이들처럼 깔깔 거리던 낙엽은
이제 회초리 같은 초겨울 찬비에
꼼짝없이 길바닥에 차갑게 감금된다.
그 무수한 감방 곁으로 톱날 같은 기침이 쓸리어 간다.
퍼렇게 멍든 강물 위로 바람이
지나가면 또다시 보이는 기침의 붓질들.
사납게 다가오는 시간의 가장자리에 흩어진 희망들이 보풀져
누워있다
오후 1시의 육중한 하늘아래
피 바 랜 꿈들이 입을 벌린 채 자고 있다.

조 씨는 마침내 마른기침을 주섬주섬 거두며
문 쪽을 향해 걸어간다. 문은 안으로 단단히 걸려있다.

누가 나를 불렀나? 내가 누구를 부른 것처럼
촘촘한 새벽안개 속에 다가오는 하이라이트 불빛처럼 뒤뚱거

리는 발걸음처럼
입김처럼 사라진 흔적들이여
가녀린 희망의 뒷모습들이여

청라의 오침

따가운 커피를 한 컵 마시고
바람이 닿지 않는 양지바른 곳을 찾아
스티로폼 한 장 깔고
반듯이 눕는다.
이제 남은 건

오침시간

금속들의 충돌은 계속되고
모든 소음은
귓구멍사이를 지나간다.
날카로운 칼끝이 유리 위를 미끄러지듯
우리의 수면은 이제 견고하다

얼어붙은 겨울 강처럼
피는 유유히 흐르고
단순한 꿈 하나 봉인 된 채
먼지를 만끽하다
정월의 한반도 청라지구
어느 벽 구석에
우리는
미이라처럼 누워있다.
부활의 시간을 기다리며

풀

풀은 위험하다.
짙은 여름풀은 위험하다.
바람이 선뜻선뜻 갈아 눕힌 푸른 잎 새들이
차례로 덤벼든다.
나 어쩌다 그들의 거침없는 무도의 파티 장에
침몰 했나
어느 신의 계략일가 탱탱한 여름의 유혹에
서슬 푸른 추억의 살기를 감춘 채

나 어쩌다 꽃잎 하나 묻히지 않은
6월의 푸른 늪 한가운데 허우적거릴까

바람의 광분 속에 풀들의 노래,
내 메마른 가슴이 빠져들어 그대로 잠들고 싶은,
나 어쩌다 일렁이는 너희의 춤사위에
이름 없는 서러움을 풀어헤치며
짝사랑에 빠진 소년처럼 홀로 서있나?

풀들은 위험하다
쉽게 다가와 나를 몹시 괴롭힌다
잎 새에 쓸 리운 쓰라림에,

풀이 두렵다

첫차

날 세운 새벽바람
횡단보도를 잘게 썬다
토막 진 그림자들

출구로 쏟아진다.

잠시 숨돌네

간밤의 술기운을 빵 뚫는 어묵탕

5시 13분

계단을 밟는 초침소리에

검은 배낭을 추스른다.

빈대떡처럼 굳은 얼굴

영하의 수은주처럼 냉엄한 표정들이

투명한 침묵 속을 오가다

비슷한 유기체들이 다면체 거울속처럼

복사된 운명처럼

자동문 안으로 삼켜진다.

컹컹 짖어대는 소리에

섞이는 기침 두 토막

자취방 눅진 옷 내음

숙취에 얼룩진 숨결 몇 가닥

간혹 몇 포기 망사스타킹에도

눈 주기 지친

숨 가쁜 환승에 흩날리는 눈빛들

먹이 찾아 파닥이는 날개 짓들이

고국의 새벽을 헤집는다.

2017 재한동포문인협회
조 직 구 성

운영위원장: 이동렬

부위원장: 강호원, 장경률, 박연희, 이명철

회장: 류재순

상임부회장: 변창렬

부회장: 신현산 림금철 허창렬

조직부: 신현산

문화예술부: 박춘혁 신현산

생활스포츠: 남태일 최미영

시낭송협회: 박수산 림금철

홍보부: 최세만 배정순 윤효덕

사무국장: 김재연

사무차장: 최미영 송연옥

재한동포청년문학회: 박동찬

분 과

소설분과: 김노 량영철

수필분과: 곽미란 송연옥

평론분과: 허창렬 전월매

함께 책을 만들어가는 사람들 / 고문·자문위원

재한동포문인협회 담당변호사
동포문학 安民文學賞 후원업체

법무법인 安民

홍선식 대표변호사
차홍구 사무국장

이상규 동포문인협회 자문위원장

이용섭 가민국제무역 대표

김대현 국제다문화협회 회장

이호국 연변TV 한국지사장

양남수 중국실해관구회사 대표

김정룡 재한동포사회문제연구소장

문현택 한중포커스신문대표

이상부 (사)한중사랑 이사장

허영섭 국제자수예술가협회 부회장

2017년 재한동포문인협회 주요 활약상

　재한동포문인들의 작품 창작 열성을 부추기고 디아스포라문학의 발전을 추진하기 위한 문학 친목단체인 성좌(星座)문학사(회장 김재연)가 2017년 3월 12일 대림동에서 발대식을 갖고 힘찬 도약을 꿈꾸기 시작했다.

　재한동포문인협회 소설분과에서는 지난 2017년 4월16일 오전 9시부터 구로도서관 강의실에서 소설 창작 세미나를 개최하였다

'제1회 설원문학상 출판기념 및 시상식'이 지난 2017년 4월 30일 오후 4시 중국동포 최대집거지인 대림동 전가복식당에서 성황리에 열렸다.

제2회 '산동시인'상 (2016년도) 시상식이 6월5일 오후 중국 제남천서호텔(济南泉西宾馆)에서 성료됐다. 재한동포문인협회 이동렬 대표와 변창렬 상임부회장이 그번 회의에 참석했다.

재한동포문인협회 〈제2분기 시문학 포럼-중국 '송화강' 문학지 이호원 주간과의 대담'이 지난 6월 25일(일요일) 오후 2시 영등포구 구로도서관 4층 강의실에서 개최됐다.

재한동포문인협회 '2017 제2차 이사확대회의'가 지난 5월 28일(일) 오후 2시에 구로도서관 4층 강의실에서 열렸다.

지난 2016년 7월 9일 구로구청 대강당에서 '제1회 한중시문학포럼'과 '동포문학 안민상' '아시아시인상', '아시아시번역상' 등 시상식이 개최됐다.